历 史 的

隐 – 秘

角 – 落

一位医学教授眼中的
人性与人生

彭志翔 – 著

天地出版社 | TIANDI PRESS

无穷的远方，无数的人们，都和我有关。

——鲁迅

自序：捡脚印

我得说，这本书中写的所有故事，都是真的。

打小就喜欢听故事，特别是从远方旅行回来的人讲的故事。到了自己也在这个星球上四处旅行了，就开始收集来自不同土地上人们的故事，回来后讲给朋友们听。

有的是在海外听到的，那些亲历或见证故事的人讲的，比如三个越南人的故事、尼加拉瓜学者的诗人邻居孤身一人杀死该国总统的故事；有的文字源于我寻找到的故事发生现场，比如瑞典人瓦伦贝格惊险拯救匈牙利犹太人于多瑙河边、德国木匠艾尔塞装炸弹行刺希特勒差一点就得手的啤酒馆原址；有的故事来自我遇到的实证物件，比如流落海外的唐代昭陵六骏之二"飒露紫"和"拳毛䯄"、肖斯塔科维奇在围城战火中写出的交响乐稿。

我无法忘记遇见这些故事时，它们曾经带给我的震撼。于是，在很多个夜晚，经历了白天繁重的临床医疗工作后，忘掉疲劳的我，伏案疾书，一个字一个字敲击出它们，最后才有这本书呈现在你眼前。

所以，你可以将这些文字看成是非虚构写作，一个曾经游历世界者的所见所感。于我，是一份纪念；于读友们，是一份分享。

很久以前就听说过捡脚印的传说，后来又在王鼎钧老先生的散文中读到了：一个人死后，他的鬼魂要把生前留下的脚印一个个都捡起来。为了做这件事，他的鬼魂要把生平经过的路再走一遍。我突然发现，我写这些文字，就是在捡拾自己在游历世界时留下的脚印。而在捡脚印的过程中，我又遇见了那些故事和故事中的人们，还有很多没有被我写进本书的故事、但同样感动过我的人们。比如多年前，在罗马遇见的那个来自西西里农村的老奶奶。

那天早晨，她站在我们住的小旅馆院子门口，不顾老爷爷在一旁嘟嘟囔囔的小声反对，执拗地想要用拥抱和贴脸颊，去问候每一个遇见的客人，就像她在家乡的每一个早晨对乡邻们做的一样。老奶奶一脸怯生生的样子，因为她也很害怕被陌生人拒绝。我和太太分别给了她一个大大的拥抱，老奶奶满是皱纹的脸，立刻就笑成了一朵重瓣花。

我希望我在用写文字的办法捡脚印，一路捡回到罗马的那家小旅馆时，能够在院子门口再次遇到那位西西里老奶奶，再给她一个拥抱和贴脸颊。当然，还有很多像老奶奶这样只有一面之缘的人，当我坐下来开始敲响键盘的时候，他们先后从不同的时空里跑出来，给我以久违的问候。

其实，我们生长的地方，仅仅只是广大世界的一小部分。人性的光谱，在不同人群中并无二致。所以，别人的故事，也是我们的故事；别人的眼泪，和我们的一样咸。如是而已。

一位叫"珀金斯"的美国编辑，曾经对他的作家朋友托马斯·沃尔夫说："远古人类曾经在夜里围坐在洞穴篝火旁，洞穴外面是让人恐惧的无边黑暗。这时，他们中的一个人开始讲起了故事，人们听着听着，就渐渐忘记了恐惧。"

很多代人过去了，散落在天地间的篝火，仍然照亮着无数围拢来的面孔。我希望自己是其中某堆篝火旁，那个接着开始讲故事的人。

彭志翔
二〇一九年夏天于广州

| 目录 |

佛朗哥的蓝色师

西班牙人热爱"八卦"的程度，我去巴塞罗那时领教过。在兰布拉大街旁一家商店门口排队买水果时，最前面那位顾客阿叔，竟然跟收银员女孩聊起天来了，俩人呱呱呱地聊个不停，跟西班牙响板似的。最好笑的是，队伍里所有的西班牙人都伸长脖子，一个个面带微笑、兴致勃勃地听那两位的聊天，好像他们都不急着买东西。这群美滋滋享受着八卦乐趣的"板鸭们"（"板鸭"为"班牙"的谐音），让站在队尾炽热阳光下的我，简直哭笑不得。

所以，当一位瑞典朋友告诉我，她认识的一个来瑞典留学的西班牙女孩，在大学待了几年后，对她抱怨说都快要憋出毛病了。我没觉得奇怪，谁让您这从八卦王国跑来的一只"小板鸭"，掉进一堆生来就安静的瑞典人中间呢！

话说那年夏天，我正坐在从德国汉诺威到柏林的火车上，对面一位四十多岁的乘客从我一落座，就对我微笑致意。当他告诉我他是西班牙人时，我忍不住咧嘴乐了。没错，这位西装革履的西班牙胖老兄，坐在一堆正襟危坐、不苟言笑的德国人中旅行，一定憋坏了，很想找个愿意谈话的人聊聊天。他叫何塞，是马德里的一位厨具商人，来德国商务旅行。

好吧，反正这趟火车还要跑一个多小时才到柏林，就聊聊吧。

没想到，西班牙人何塞在八卦时，告诉我的一个历史故事还挺有意思的，我以前没听说过这件事。

一顿东扯西拉之后，我不经意间提到，一年前我去过俄罗斯的圣彼得堡。何塞马上兴奋地说，他爹二战时曾在那里打过仗，那时圣彼得堡还叫列宁格勒。我嗯了一声，心想那震惊世界的列宁格勒围困战，九百多天饿死六十多万苏联人，你们西班牙人也跑去帮德国人围过城？何塞告诉我，他爹当时在一支叫"蓝色师"的西班牙部队中当师长的副官。蓝色师这是西班牙独裁者佛朗哥送给希特勒的一个志愿兵师。

讲蓝色师这个故事的缘起，还得讲到西班牙内战。

简单说吧，1936年夏天，西班牙共产党主导的左派联盟赢得了大选后上台，右派不满左派政府，两派大打出手，西班牙内战于是开锣。西班牙左派政府的后台，是苏联领袖大胡子斯大林；右派的靠山，是纳粹德国元首小胡子希特勒，加上意大利光头领袖墨索里尼。双方的后台国家，为各自的西班牙代理人提供了大量军火，甚至参战人员。助阵的一方是苏联志愿军和著名的国际纵队，另一方是德国的兀鹰军团和意大利志愿军团。西班牙内战极其血腥，双方都是暴行不断。1939年春，终场哨响，佛朗哥的右翼力量胜出。西班牙从此和苏联结下了梁子，佛朗哥也欠了希特勒一个人情。这就是，两年后苏德一开打，佛朗哥就送给德国一个西班牙志愿兵师——蓝色师的缘由。

西班牙内战中，苏联的援助可不是白送的。斯大林向西班牙左派政府提出的援助条件是：费用全部用黄金支付。于是，西班牙就将大部分国库黄金运到了苏联。据当时运送黄金的苏联官员奥多夫说，当西班牙的黄金运达苏联时，斯大林说了这样一句话："西班牙人从美洲抢了那么多黄金，够了，给我们这帮穷鬼分一些吧！"

按说，西班牙在独裁者佛朗哥的统治下，应该成为追随希特勒最玩命的一个小弟，可是事实却是，佛朗哥只舍得出一个万余人的蓝色师。

现在的历史学家，回头看独裁者佛朗哥，发现这个长得像西班牙老农的家伙，目光竟然洞穿了未来历史，他是不是一个会穿越的人？不管希特勒对他怎样拼命忽悠和苦苦哀求，佛朗哥死活都不正式参加二战，一直严守着西班牙的中立，好像他早就知道希特勒这帮人的下场似的。就连这个蓝色师，也是他不得不偿还希特勒的人情，在西班牙志愿者中招募的。当时西班牙内战刚结束两年，痛恨苏联的右翼西班牙人士，多到将各地招兵站都挤爆了。何塞他爹，一位年轻的西班牙国民军军官，就是1941年夏天在马德里报名参军的。可是，佛朗哥硬是只招了万把人，还与德国约定：这个蓝色师只与苏联军队作战。

西班牙迟迟不全面加入二战，让希特勒很失望，两人在法国西班牙边界的一列火车里见了面。希特勒对佛朗哥，那是各种的谄媚与奉承啊，但是，坐在他对面蜷缩着身体、像一口袋土豆一样纹丝不动的佛朗哥，完全没有反应。可怜的希特勒，就只差跳吉格舞去讨好佛朗哥了。无奈之下，希特勒和佛朗哥说："要不你借我们一条路，让我们攻下地中海门户——英国人占据的直布罗陀海峡。"佛朗哥可不愿意与英法为敌，就回答："我们西班牙人把一切外国军队的进入都算作入侵，您进入我国，可能会遭受游击队自发的袭击，那我可管不了。而且您要知道，'游击战'这个词，就是我们西班牙人发明的。"希特勒简直要气疯了，后来他对墨索里尼抱怨说："我宁愿把牙齿拔掉三四个，也不愿再受这个罪了！"

希特勒也曾认真考虑过是否入侵西班牙，然后让他颇为欣赏的蓝色师师长——格兰德斯中将取代佛朗哥，但历史还算学得不错的希特勒，最终决定不这么做，他说道："这些西班牙人可是唯一的拉丁硬汉，若是入侵，在我们的后方将会有一场游击战争发生。"他知道，老狐狸佛朗哥说的也是实话，如果自己非要入侵西班牙，拿破仑就是他的前车之鉴。这位打遍天下无敌手的皇帝，先后派出五十万法国大军去征服西班牙，结果那些元帅们一个个被打得落花流水，跑了回来，气得拿破仑破口大骂：你们竟然输给一群破破烂烂的西班牙农民？这个暴发户皇帝，其实不知道西班牙人民的血性可以达到怎样变态的地步。下面是我读过的一个故事，今已无法考证。

一支拿破仑的法国部队，在路上挨了无数冷枪后，闯进一个西班牙村庄，只找到一个抱着孩子守大饼摊的村妇。饿极了的法国兵却不敢吃那一堆饼，就让村妇先吃。村妇吃了一个，法国兵还不放心，就让村妇喂自己的孩子吃。村妇二话不说，抓起饼就塞进孩子的嘴里。这一下法国人放心了，一拥而上大嚼了起来。

结果，所有人——包括村妇和她的孩子，都被村妇下的药毒死了。这就是为什么很多人认为，拿破仑帝国的丧钟，其实响起于伊比利亚半岛的游击战场，拿破仑称之为"西班牙溃疡"。

佛朗哥，这位有着时空穿越者一般远见卓识的独裁者，换句话说，这一口袋能在五维空间里飞来飞去的神奇土豆，他以专制独裁为手段，强行让西班牙这条船改变了原来的航向，从而避免了自己的祖国走上一条历史不归路。他在二战中让西班牙坚守中立，最大限度地保护了自己的国家。他培养了后来接位的西班牙国王——胡安·卡洛斯一世。在佛朗哥死后，登上王位的卡洛斯一世和一批卓越的政治家一道，使西班牙过渡成一个宪政民主的现代国家。在卡洛斯一世眼里，佛朗哥几乎扮演了父亲与导师般的角色。

在苏联和东欧政治制度垮台之际，那个已死了十多年的历史强人佛朗哥，他的形象，在后世人们的眼中，又经历了一次蹿升。

现在让我们来看看，佛朗哥的这个蓝色师，在二战期间有些什么样的趣闻吧。其中有些是何塞讲的，有些是我之后扒出来的。

完成招募组建后，这个志愿师从西班牙出发，穿过法国，抵达德国正式加入第三帝国武装力量，并获得第250步兵师的番号。该师的别称蓝色师，来源于西班牙右翼组织——长枪党党徒所穿的蓝色衬衫，这是他们离开西班牙时的着装。

首先吃到蓝色师苦头的，却是德国教官。德国人因为刻板而得到"方脑袋"这个绰号。德国教官用要求本国部队的严格条例约束西班牙人，用本国部队的军容军姿训练西班牙人，想将天性自由不羁的西班牙人也夹成一排整齐的"方脑袋",这导致了后者的强烈不满和抵触。德国教官形容穿着德军军服的西班牙人:这群番号"250"的士兵,邋里邋遢;军礼也行得好笑搞怪、不成体统。到了前线,西班牙人擦枪、挖战壕的懒散态度,更是让德国人火冒三丈。而让浪漫的西班牙官兵感到怒不可遏的,是一条德军规定:不得与当地妇女发展亲善关系。他们的抗议也有着西班牙式的喜感:在德国教官检阅部队时,列队而过的蓝色师军阵中,很多西班牙士兵的弹药筒上系着一个避孕套吹成的气球。

但是,蓝色师在战场上的表现,就与他们的军风军纪完全两样了。希特勒对蓝色师的评价,其实是相当公道的。在他的谈话录中,希特勒曾经夸蓝色师和德军最好的部队一样。希特勒这样提道:

对部队来说,这些西班牙人是一群衣衫褴褛之辈,他们把枪支看作不该被清理的装备,他们的哨兵只存在于理论当中,他们也不会设立岗哨,即便他们真的这么做了,那也仅仅是在他们的睡梦之中。当苏联人到来时,当地人还得把他们叫醒,不过这些西班牙人从未交出一寸土地,没有人能想象出比他们更无惧的部队,他们几乎不找掩体,他们藐视死亡。无论如何,我们的士兵都该庆幸,因为我们有像西班牙人这样的部队守在隔壁的防区!

蓝色师的大部分官兵,都经历过西班牙内战的残酷洗礼,在人类战争史上空前残酷的苏德东线战场,他们又目睹了一幕幕极其可怕的场景。在列宁格勒围困战的第一个冬季,死神频频光顾西班牙志愿军的防区。在苏军大规模的连续攻击之后,守住的村庄在西班牙幸存士兵眼里，是"一个活生生的地狱……那些尸体，有着大学生的年轻面孔，像柴堆一样层层码放着"。

一个西班牙掷弹兵连驻守的阵地遭到了苏军突袭，随后，其他西班牙士兵赶到那里，展现在眼前的是一幅血腥残忍的景象：那些掷弹兵的尸体都已被剥去衣服，肚开肠裂，被他们自己的刺刀和镐钉在冰冷的雪地上。不久后，两个西班牙连实施了同样血腥的报复，在德军炮兵的支援下，他们血洗了附近的一支苏军营地。没有俘虏，留在雪地上的只有尸体。这种相互报复，在东线没有止境地发生着。

蓝色师在列宁格勒以南，参加了围歼红军骁将弗拉索夫的苏联第二突击集团军的战斗。德军集团军司令林德曼将军，对蓝色师在此次作战中的表现大加赞扬。被俘的弗拉索夫中将，后来成了二战苏联叛将。

1943年年初，希特勒在斯大林格勒保卫战中惨败，蓝色师抽调去参战的一个营，也被打得只剩二十八名官兵。目睹这一切的老狐狸佛朗哥，认定德国必败，就此开始了与西方同盟国的谈判，并在当年秋天宣布自东线撤回蓝色师。尽管西班牙政府发出撤退的命令，不少西班牙士兵却拒绝返回西班牙。最终，一共有近三千人拒绝和师团一同回到西班牙，这些人大多是右翼的长枪党徒，他们之中许多人参加了德国部队，大多是加入武装党卫军师。

整个二战中，蓝色师有近五千人战死。

从1962年起，根据德西两国协议，德国政府给蓝色师的每一位伤残老兵每月发放约合现在四百欧元的西德马克当养老金。

何塞的父亲一直拿着这份养老金，直到 20 世纪 90 年代初去世。

现在很多西班牙人还是对当年蓝色师的参加者表示尊重，并认为，这些志愿兵是一群愿意为自己的理想献身的人。东欧最终的垮台，让这些老兵更加自豪。在我的眼里，右翼的蓝色师是堪与西班牙内战中他们的死对头、左翼的国际纵队相媲美的一群理想主义者。

在柏林火车站，我挥手告别何塞，默默看着这个西班牙人消失在人群中，像一粒沙消失在沙流之中。我的头脑中，忽然跳出一个有趣的念头：匆匆来去的人类个体，看上去就像沙粒一样彼此相似，在天地时光的沙漏里聚散、生灭。然而，不同沙粒头脑中的世界观迥然不同。我们这个星球上有众多国家与民族，不同的家庭与个人生命经历构成的历史与价值认知几乎天差地别。就拿二战中仆从国的众多支军队来说吧，来自不同民族的军人，他们的参战动机，如同亚历山大大帝面前那一团叫戈耳狄俄斯之结的线球一样，千头万绪，你怎么可能给所有的亡魂贴上一种标签呢？我望着笼罩城市天际线的晚霞，默想如是。

我记忆中柏林的那个黄昏，漫天夕照，猩红到吓人，那场世界之战中的燃城大火又重现了吗？在火光中踉跄闪过的身影，哪些是战斗到最后时刻的蓝色师士兵？我知道，他们是柏林战役中抵抗苏军的西班牙志愿军第 101 连。这些西班牙老兵没有去追求不朽，而是在生命速朽之前纵情燃烧。

在金色大厅的一次非典型发烧

　　如果让我带上一个远古洞穴人，去参观数个人类文明的代表性地点，让他窥视人类上万年旅程背后的秘密，我会带他去一次音乐厅。

　　据说，我们人类的祖先——晚期智人，几万年前走出非洲后，战胜了那些先于他们生活在欧亚大陆的尼安德特人的原因，是我们的祖先更八卦，更有文艺范儿，可以讲故事、调动气氛、忽悠到更多的智人一起混生活。历史学家赫拉利在《人类简史》中设想过一幕情景，我们可以脑洞大开，再去想象一下他讲的那一幕：一个尼安德特人看到自己的狩猎地盘被智人侵犯了，跑回家后，笨嘴拙舌地咿呀比画了一番，好不容易纠集起五十多个亲戚，要去抢回场子；那边，一位智人，却在宿营地跳上一块大石头，飙起了《费加罗的婚礼》中一曲咏叹调——男子汉大丈夫应该去当兵，结果忽悠到五百多个连唱歌者都不认识的智人，热血沸腾地跟着他去踢场子。几万年前这场群架的结局，不难想象。

　　看来音乐对于人类，有着类似于图腾的性质，当然它不是可视的，而是可听的；但与人们崇拜的图腾一样，都标记了各自的文化共同体，或命运共同体。

　　以上的胡思乱想，起因于我在维也纳刚刚听过的一场音乐会。好了，讲一讲那场大师级的钢琴独奏会吧。

　　那天，当我坐在维也纳金色大厅舞台上的加座椅子上，和千余名衣冠楚楚的听众相对时，还真感觉自己就是一个古代洞穴人跑进现代人的一个大洞穴里来了，因此不免东张西望一番。

　　置身这举世闻名的音乐大厅，想象中它应该有的那种金碧辉煌感，反而不太强烈了。高高的大厅穹顶上，绘着九位缪斯女神像，各执乐器与纸卷，衣袂飘飘地现身云端。从穹顶上面垂下八组巨大的吊灯。大厅两侧长长的墙壁上，各嵌有十四尊半裸上身的女神浮雕立柱。与舞台遥遥相对的大厅入口，有四根希腊爱奥尼式立柱，柱间也挤满了买站票的听众。两侧二楼包厢的护墙上，绘制着双飞狮对拥古希腊竖琴的连续图案，包厢里面也是人头攒动。

　　再说说我与太太的座位吧，因为是钢琴独奏会，所以原来乐队占据的舞台位置都放上了加座椅位，朋友帮我们在网上抢到的是加票，所以我们是坐在原来乐队的位置上，面朝满大厅听众。开始时未免有点不自在，然而有一个极大的好处：可以近距离注视演奏中的钢琴家。

　　脚下的乐队平台，是一个木地板台面，表面的一层清漆掩不住坑凹，古旧斑驳。我惊讶于这样的舞台外观，恍惚间以为身在一条老木船的甲板上。金色大厅这件真古董，其实也在不动声色之际透露出岁月感十足的包浆，让你对它再一次肃然起敬。

　　掌声响起，舞台侧门走出一位老者，一头银灰色卷发，步履轻松。他就是匈牙利裔英国古典钢琴家——安德拉斯·希夫爵士。老者一言不发，慢慢走到那架一张乐谱也没放的贝森多夫三角大钢琴旁，向四方观众欠身致意后，坐下，闭目沉思良久，开始按下第一个琴键。乐音立刻如涌泉而至，顷刻充盈了整座大厅，我们马上变成了一群水族生物，在他弹奏那架钢琴发出的一阵阵"涟漪"中来回荡漾着。

第一首钢琴奏鸣曲非常悦耳，给我的感受是法度严谨、完美匀称、高贵典雅、内蕴深沉，有一种外在的华美与内在的平静，我还能感觉到某种浪漫情感在隐约闪烁着。因为忘了在演出前拿曲目单，我这个古典音乐小白，当时并不知道希夫演奏的是海顿《降 E 大调第 52 号钢琴奏鸣曲 Op.92》。

当第二首钢琴奏鸣曲在希夫的指尖下响起时，我就知道自己的菜端上来了，因为那张力非凡的旋律，立刻就勾住、绷紧了我的心弦，但我仍然不知道是哪位大师的古典作品。我听到的是悲壮的反复追问，沉重而坚定，如西西弗斯推石上山的步履，忽而，音乐快速轻扬，进入了星空一般浩瀚的境界。我依稀看到，从天堂垂照而下的一束光，正好照亮了一双满布伤痕的手在诵唱声中合十祈祷着，表达出生命对神的感恩。后来我才知道，那是贝多芬《C 小调第 32 号钢琴奏鸣曲 Op.111》。

中场休息半小时后，希夫演奏了第三首钢琴奏鸣曲。我在听过上两首之后，对这第三首竟然有点无感、虽然它甜美可人、轻盈欢快、跳动感十足。当后来知道这首钢琴曲是莫扎特《D 大调第 18 号钢琴奏鸣曲 K.576》，是莫扎特为一位德国公主所作时，我就不觉得奇怪了。这个稀世天才，似乎一生都在设法用他的天赋取悦人类，创造出了那么多至纯至美的欢乐。只有临终前写下的《安魂曲》，完全没有去讨好人类。每次他那首《安魂曲》的轰鸣声响起之际，我都会发抖。

第四首钢琴奏鸣曲开始了，那是夏夜明亮的月光漫空流泻而下时，在无数片树叶上的弹溅。似乎有一个漫游者在时走时停中喃喃自语，我有一种被隔空抚摩的感觉。不知何时，月光之瀑化成了漫天大雨，在闪亮中缓慢地垂落。我也很喜欢这首钢琴曲，它是舒伯特《降B大调第21号钢琴奏鸣曲D.960》。

我长久地凝视着几步之外的钢琴家希夫的那张脸，他微闭双目，手指在琴键上时而急驰，时而缓行，已经完全沉浸在独自的精神旅程中。这个老男人与钢琴纠缠了一生，钢琴是他的炼狱和天堂、爱人与仇敌，他与之撕扯、搏斗、爱抚、拥抱。从离开故国匈牙利到异乡各国的长久漂泊，这个犹太人大屠杀幸存者的独生子、东欧极权时代的叛逃者、英女王的授封爵士、名满天下的钢琴大师，他的生命中一定有太多故事，可惜我无从知晓。但是，我看到了希夫的一张电视截屏照片，他手拿一张纸，上面写着：如果你是一个国王，你要做的第一件事是什么？面对镜头，希夫回答说，解放我所有的仆人。这句话展示了希夫的人格底色——他是一位有着浓厚人文关怀的音乐家。我于是明白了，为什么希夫演奏贝多芬作品，可以达到环顾天下数人、相邀华山论剑的巅峰级造诣。

从希夫与钢琴这个合二为一的声源荡漾开去，我扫视台下，那些被音波击荡到如痴如醉的听众，他们绝大多数都是西方白人，我只在其中辨认出一张面孔，那是曼联主帅穆里尼奥。他是趁着英超联赛间歇期，来维也纳看奥地利对阵塞尔维亚的一场世界杯预选赛，顺便听一场希夫的演奏会。当然，在这里你遇到任何人都不会太意外。所有这些听众，应该都可以归于广义上的西方文明共同体。文明其实就是不同人群画出玩游戏的圈子，当然，每个大圈子里又画了很多小圈子。比如西方文明这个大圈子，里面那么多小圈子曾经彼此相生相杀，但在我眼里，西方文明可以被少数几个事物简约标记，其中最显明的是：耶和华上帝与古典音乐。

如果在二战之前有人说，欧洲古典音乐与人性中光明和黑暗的消长无关，这人一定会被很多知识人拿来痛殴。但人类竟然在20世纪里，目睹了一个最有音乐素养的民族将另一个民族送进了死亡集中营。更可怕的是，当那些男女老幼赤条条地列队走向毒气室时，竟然还有一个囚犯乐队在为他们演奏古典音乐。

就在几天前的一个冷雨黄昏，我曾独自站立于波兰奥斯威辛集中营的毒气室里，万籁俱静之际，耳边仿佛响起了那些冤魂离开人世前听到的悦耳的古典音乐声。我忍不住浑身颤抖了。

德国哲学家、音乐理论家阿多诺说过一句有名的话：奥斯威辛之后，写诗是野蛮的。其实按他这句话推论开去，作曲何尝不是野蛮的，也许比写诗更野蛮。

犹太女子乐队成员菲奈龙，讲述过她们为奥斯威辛监狱长克拉默演奏的故事。

"当我们演奏舒曼的《梦幻曲》时，监狱长克拉默哭了。他曾将两万四千多人送进了毒气室。当他工作干累的时候，会到我们这儿来，聆听我们演奏音乐。"

"这些纳粹军官让人难以理解，他们能无情地枪毙和杀害他人，把别人送进毒气室。但当他们做完这一切，音乐响起时，又会变得如此敏感。"

希夫的匈牙利犹太人父母，就是二战纳粹种族灭绝的幸存者。我不知道他们在那场极恐怖的布达佩斯犹太人大屠杀中，是如何侥幸逃生的。当我在希夫的家乡布达佩斯，站立于多瑙河畔那一地散乱的鞋子雕塑之间时，我感觉到了那些被捆绑后、推入严冬冰冷河水中的上万名犹太人的极度绝望。在那一刻，他们心中响起一声哀叹：上帝在哪里？

看来，遏制奥斯威辛的力量，既不可能来自上帝，也不可能来自古典音乐。

政治学者汉娜·阿伦特相信，遏制奥斯威辛的力量只能来自人们在公共领域的行动，只有人们公开地诉诸行动，才能使人性重新显现。希夫爵士就是这样做的，他对祖国匈牙利的民族主义、仇外心理、反犹主义者和曾经的居住国奥地利日益偏右的政治倾向，一向公开进行强烈批判。为此，他受到了匈牙利民族主义分子的威胁，在长期去国离乡之后，不得不宣布继续自我流放。

四部大套钢琴作品演奏结束后，响起了经久不息的掌声。希夫爵士返场加演了两支曲子，整个演出才圆满结束。

我侧过头，望着身边那位意象中的远古洞穴人，他似乎被希夫敲打了两个多小时的那奇怪又好听的声音搞迷糊了。原始人类要想最终弄明白，这声音的魔法中有自然律，或者相反，自然律中隐藏着魔法，恐怕还要经历上万年。于是我拍拍洞穴人裹着兽皮的右肩，对他说："老兄，抱歉一开始就让你来听贝多芬这些人的曲子。这样吧，你回去后，弄一根鸟的腿骨，设法在上面钻几个孔，然后放在嘴唇边吹一吹试试，接着看看周围的同类和世界有没有发生什么变化。"

这个洞穴人目光迷茫地看着我，似乎点了点头，然后嗖地一下消失了。

我不知道他是不是从德国南部施瓦本山区的远古时代穿越而来，因为一位考古学教授在那里的洞穴中，发现了一支距今超过三万五千年的骨笛，由秃鹫的桡骨制成。据称，这是迄今发现的人类最古老的乐器。

维也纳历史随笔

一、小 引

曾经沧海难为水。

坐在哥罗利埃台山丘顶的草坡上，向山脚下俯瞰，绿茵草坡下的半山丘上，一池碧水波澜不惊。山下就是美泉宫，它的豪华与宏伟堪比凡尔赛宫，遍体金黄，古色古香。再往远处看，风烟俱净的蓝色天空下，一览无遗的维也纳城市风景，给人以恬和宁静之感。我对这座历史名城的第一个印象，就在开头这句中国古诗的意境中了。

统治了奥地利六个半世纪的哈布斯堡王朝，曾经以维也纳为帝国心脏，在整个欧洲呼风唤雨。在最鼎盛的时期，它控制了从奥地利到亚得里亚海、从北非到墨西哥的大片领土。它以胜利者的姿态征服过半个地球，建立了人类历史上第一个"日不落帝国"。现在，我眼前的维也纳城，如同一个远离红尘的老隐士，垂首默坐于夕阳的余晖中。

维也纳，多瑙河边的这座名城，它的故事太多，思绪如马疾驰中的我，只能飞花摘叶、盈握为限了。

二、一张肉票起家的故事

刀剑整齐敲击盾牌的铿锵声、数千将士雄壮的吼叫声，惊天动地，那是罗马帝国的兵团开进了多瑙河畔的维也纳地区。公元1世纪至2世纪，维也纳成为古罗马军团的营地。图拉真皇帝在一生征战中使罗马帝国版图扩张程度达到了空前的地步。他二度挥师罗马尼亚，击败了英勇不屈的德巴切罗王子，将其地收为罗马的一个行省。而图拉真皇帝为了加强罗马帝国在多瑙河边境的防御，下令在如今的维也纳城河岸边建造一座军营，可容纳多达六千人的军团。罗马军队在那里驻扎了三个多世纪，以保卫帝国与北方日耳曼民族之间的边界。那时的维也纳，还仅仅是一个依托罗马驻军发展起来的小村镇。

我回首，哥罗利埃台山丘的右侧，夕阳衰草中，古罗马凯旋门废墟静静躺着，这座近千年的红砖废墟，还沉浸在昔日荣光的梦境中。

一阵悠扬的歌声响起时，又一个千年光阴过去了。一位名叫布隆代尔的行吟歌手，正在维也纳以西的多瑙河谷流浪着。他反复吟唱一首忧伤的歌，歌名叫作《渴望的心》，那是他与自小一起长大的国王共同创作的一首歌。他那位英勇善战的国王在一次跨海远征后突然失踪了。为了他们忠贞的友谊，也为了日渐憔悴的美丽王后，布隆代尔踏上了寻找国王的漫漫长路。他跋山涉水，餐风饮露。每经过一座城堡，他都会停下来弹琴吟唱那首歌，希望听到除他之外唯一会唱那首歌的人的回应。在无数次的挫折与失望之后，他流浪到了一个叫敦斯坦的地方，在这座山顶城堡前开始了他的吟唱。这一次，那首歌终于从这座城堡的一个窗口飘出。他在历尽千辛万苦之后，找到了国王的下落。后来国王的子民在支付了巨额赎金后，救回了他们爱戴的国王。

这是一个在西方文学中传诵已久的、关于忠诚的感人故事。尽管历史学家对它的真实性有所质疑，但故事中的历史背景却是千真万确的。那位被俘的国王就是英国的狮心王理查，他在第三次十字军东征后返回英国的途中，被在同一场战争中结下怨仇的同盟者之——奥地利公爵利奥波德五世俘获。

这个梁子的起因（一种说法）是，利奥波德五世也参与了第三次十字军东征，当穆斯林据守的阿卡城被十字军占领后，此战中拼死向前的利奥波德五世在城上升起了他的旗帜，与英国国王狮心王理查、法国国王腓力二世的旗帜并列飘扬在阿卡城上。但是，傲慢的狮心王理查竟下令将利奥波德五世代表德意志诸侯的旗帜撕碎丢在泥土中，表明不愿与他平起平坐，分享荣誉。这对利奥波德五世是莫大的耻辱，利奥波德五世愤怒地离开阿卡城回到奥地利。后来，结下多方仇人的狮心王理查开始了惊险的返回英国的历程。他先化装成一名商人搭上一艘商船，但船却在威尼斯附近的海上遇险。狼狈登陆后，理查带少数扈从穿越德意志地区，躲过了多次追击，但在维也纳附近还是被人识破，成了仇家利奥波德五世的俘虏。次年，利奥波德五世以非常高的价格，将理查卖给神圣罗马帝国皇帝亨利六世。亨利六世又将理查囚禁了近两年的时间，直到理查被迫宣誓称臣，并承诺缴纳一笔巨额赎金之后，才予以释放。利奥波德五世从中得到一份巨额的赎金，据说有二十三吨白银之多。利奥波德五世正是用这一笔极为可观的赎金，建造出了今人眼中壮丽的维也纳老城。

这些历史的陈旧页面，仔细嗅上去，总感觉是蘸着淋淋狗血写出来的，还带着一点点腥臭味。当年利奥波德五世与亨利六世皇帝，联手做出的这一单肉票绑架案，在五百年后，被法国启蒙思想家伏尔泰斥为"不折不扣的野蛮而又卑劣"时，我们看到，历史与人性确实已经沿着蜿蜒向上的道路，离幽暗污秽的谷底远一些了。

三、无名小卒转身成军神

当隆隆炮声回响在维也纳城的上空时，时光已经又匆匆走过了近五个世纪。1683 年夏天，在奥斯曼土耳其帝国大军的汹汹围攻之下，维也纳城破在即。守城军民在绝望中仍进行着殊死的保卫战，弹尽粮绝的人们是在为荣誉做最后一搏。奇迹，总是在最后一刻发生，强大的援军终于赶到了维也纳城下。波兰历史上的传奇国王索别斯基，统率着波兰、德意志诸侯组成的勤王联军，一战击溃了庞大的土耳其军队。维也纳，作为抵御了汹汹向西的伊斯兰狂潮的欧洲前沿堡垒，终于继 1529 年后，又一次拼死挡住了土耳其人试图轰开欧洲大门的炮火。维也纳的面包师为纪念这次胜利设计出的羊角面包，也从此开始流行于欧洲。

土耳其人大概不会想到，此次维也纳城下的重挫，仅仅是一连串重大失败的开始。在这一场维也纳战役中，有一颗在即将到来的岁月里全欧洲最耀眼的将星开始升空，他注定要给奥斯曼帝国带来最为痛苦的挫败。这个人，就是年轻的欧根亲王。

出生在巴黎、血统是意大利人的欧根亲王，成年后希望加入法军。他面见法国国王路易十四，小心翼翼地提出给他一个连长职位的卑微请求。可是"太阳王"路易十四轻视地打量了这个其貌不扬的瘦小青年一眼，立刻拒绝了欧根的请求。欧根亲王后来回忆："我的请求是谦卑温和的，没有人（像国王那样）如此无礼地盯着我看。"于是，欧根从巴黎秘密潜逃出法国，加入了奥地利维也纳的哈布斯堡王朝军队。他希望能接替刚刚阵亡的哥哥指挥一个骑兵团，与兵临城下的奥斯曼帝国大军厮杀。因为他作战英勇，被奥地利大公兼神圣罗马帝国皇帝委任为龙骑兵团长。深感知遇之恩的欧根，从此把奥地利作为了自己的祖国。

后来的历史证明，路易十四确实看走眼了。若非傲慢的法国大君主不肯给前情人奥林匹娅的这个儿子一点面子，一口回绝了二十岁的欧根加入法军的请求，恐怕整个欧洲史都需要作相当大篇幅的改写了。

这位奥地利军神——欧根亲王，在他一生中，对奥斯曼帝国的一系列战役中，屡次大败土耳其军队，终于将奥斯曼帝国逐出了巴尔干地区，成为欧洲史上对抗伊斯兰西扩的军事第一人。我曾经站在维也纳的英雄广场上，仰视那尊欧根亲王手执元帅权杖、跃马扬鞭的青铜雕像，想必是天降斯人，以助奥地利脱厄去灾。在后来西班牙王位继承战中，欧根亲王与英国的马尔博罗公爵，也就是丘吉尔的先祖联手，将"太阳王"路易十四手下几乎所有的法国元帅逐一击败，成为欧洲第一名将。那时，那位法国大君主一定追悔莫及吧。

因为欧根亲王对土耳其、法国作战的巨大战功，他被视为奥地利的英雄和实质国父，在奥地利享有无比崇高的声望，三代帝国皇帝都把他视为帝国支柱。我在曾经的奥匈帝国第二首都——布达佩斯城的王宫前见到过欧根亲王的骑马雕像。这位法国"太阳王"曾经弃如敝屣的瘦小青年，最终逆袭人生，成为神圣罗马帝国的护国神明。

历史的舞台，总是以人物的交替离场和登台延续着灯光不熄的表演。在生前已经注定进入史册的欧根亲王，在参加一位公主的婚礼后不久，就与世长辞了。而婚礼中的新娘——特蕾莎公主，从此站在历史舞台灯光之下，成为奥地利最伟大的一代"女王"。在我登高远眺的山坡顶上，那座洁白的凉廊式凯旋门，就是为纪念这位女王与普鲁士腓特烈大帝之间一场未分胜负的战争而建的。特雷莎女王的历史功绩，在于文治而非武功。在这位开明君主治理下，奥地利开始了一个黄金时代，社会进行了卫生、公务、经济、法制改革，人类社会中第一个义务教育国家从此诞生。发展世俗教育的结果，是长期信奉天主教的奥地利开始世俗化，宗教思想对社会的控制与影响逐渐让位于知识和理性，奥地利进入了实质性的文明繁盛。

特蕾莎女王有一个著名的绰号——"欧洲丈母娘"，她用二十年时间生了十六个儿女，然后将十一个女儿中的十个嫁到欧洲各国当了王后，其中最有名的一位，是她的小女儿、法国国王路易十六的断头王后玛丽·安托瓦内特。

四、打上门的未来女婿

铁骑声踢踏作响，穿越两个世纪破空而来。那是拿破仑的法国骑兵，正在开进已经不设防的敌国都城维也纳，时间是 1805 年。这位法国皇帝住进了我眼前的奥地利皇室宫殿——美泉宫，在里面策划了最著名的"三皇会战"。当奥斯特里茨西斜的冬日残阳如血光一般洒向那片尸横遍野的战场上时，拿破仑这位战争天才已经凭这场名叫"奥斯特里茨"的战役，奠定了他在军事史上传奇般的地位。于是，美泉宫中不时回响起这位不可一世的欧洲新贵君主的叱骂声，那是他在羞辱前来求和的各国使者，那时整个欧洲都在他的面前颤抖。

自负独步天下的拿破仑，认为自己这顶波拿巴王朝的皇冠是在马背上打出来的，所以对孱弱的奥地利哈布斯堡王朝很是瞧不起，认为它在欧洲的纵横捭阖全凭玩弄宫廷阴谋和做媒结姻亲。他屡屡被奥地利王室这个战场上的手下败将用政治计谋纠集起的反法同盟搞得头痛不已的时候，就会轻蔑地称呼奥地利为"欧洲的老婊子"。然而，极其反讽的是，拿破仑这个暴发户皇帝，为了得到欧洲老豪门的加持，后来还是娶了奥皇的女儿路易莎为自己的新皇后，做了他曾十分不屑的古老王室的女婿。当然拿破仑这个废立皇后的大戏，是四年多以后的事了。

历史又像一个势利眼的店小二，站在时光的旅店门口不停地点头哈腰，送旧迎新。1810年春，当奥地利公主路易莎在万众瞩目下，被拿破仑从维也纳迎娶到巴黎，在卢浮宫加冕成为法兰西新皇后时，有谁还会去听约瑟芬内心的哀怨？而比约瑟芬更早的上一位法国皇后——路易十六的老婆，从维也纳来的那位奥地利公主玛丽·安托瓦内特，下场就更为不堪了。在法国大革命中被送上断头台，身首异处，尸体被扔在巴黎的某个万人坑里，很多年无人问津。

我们再看奥地利的这个未来女婿，第二次气势汹汹打进未来丈人的家门的故事。

1809年，在法军大炮的狂轰之后，拿破仑皇帝第二次进入奥地利维也纳。这一次，奥地利人民的同仇敌忾，令这位已被欧洲各民族识透了其贪婪本性的法国皇帝吃惊不小。拿破仑皇帝时代的战争，至此早已不是法兰西民族输出共和理想与自由、平等、博爱理念的战争，甚至不是国王与国王之间的战争，而演变成了一场大独裁者与反抗被异族奴役命运的民族之间的战争。就在美泉宫前的广场上，一位来自图林根的德国大学生，也是曾经的拿破仑崇拜者，他的家乡惨遭法军践踏，这青年身藏长刀行刺拿破仑未遂被捕。当法国皇帝问他，如果放了他，他欲何为时，这位文静柔弱的青年毫不犹豫地回答："我还会寻找机会杀死你。"在拿破仑的行刑队瞄准他的枪响之际，那位德国青年喊出了："自由万岁，杀死暴君！"这是又一个对拿破仑的绝妙反讽。拿破仑本人不就是在这同一信念点燃的法国大革命中，走上历史前台的吗？

当初，一生爱好共和的"乐圣"贝多芬，也曾认为拿破仑是不世出的大英雄，解救欧洲人民于帝王专制的水火之中，因此创作了一首交响曲，准备将此曲奉献给拿破仑。但听说拿破仑称帝后，勃然大怒的贝多芬说："他也不过是一个凡夫俗子罢了。"在愤怒中将写有"波拿巴"的乐谱扉页一撕为二，把标题改为《英雄交响曲》。

在第二次打进维也纳后，拿破仑迫使奥皇弗兰茨签下了屈辱的《美泉宫合约》。可怜的奥皇只好当了法皇拿破仑的老丈人，将女儿路易莎嫁给了拿破仑。新皇后给拿破仑生下一个活泼可爱的男婴，当晚整个巴黎的夜空都在礼炮声和皇帝的老近卫军团欢呼声中颤动。拿破仑激动万分，小王子被他封为"罗马王"。

在拿破仑滑铁卢战败被囚后，三岁的小拿破仑离开巴黎，随母亲回到维也纳，住进了美泉宫。二十一岁时，小拿破仑病逝于美泉宫，死在他父亲率军打进维也纳后曾经睡过的同一个房间里。

五、神魔们的青涩年代

在拿破仑第一次率军进入维也纳一个世纪后，维也纳街头出现了一个十七岁流浪少年的身影。这个少年为了反抗刚愎粗暴的父亲——一个奥地利海关职员，希望少年子承父业，当一个公务员——荒废了自己本来就糟糕透顶的学业，跑到维也纳去流浪。他叫阿道夫·希特勒。

这个性格古怪的少年被维也纳艺术学院拒绝两次后，只好在维也纳街头靠画画和卖画度日。夜晚就蜷缩在价格便宜的单身宿舍里，实在活不下去的时候就去做一点像扫雪、扛行李、画风景明信片之类的零工赚一点钱。最惨的时候，他夜晚就露宿在公园的长椅子上或随便哪家的大门门洞里。贫穷让他时常饿肚子，他也曾靠光顾施粥站打发挨饿的日子。希特勒提道，维也纳给他的最深刻记忆，就是饥饿。

转眼到了第一次世界大战的前一年，1913年。

该时期的奥匈帝国首都维也纳，吸引了这个多民族帝国内外的各色人。当时的奥地利作家卡尔·克劳斯曾经用一句名言形容帝国统治下的奥地利：世界毁灭的实验室。不过，那时的维也纳也许更应该被称为：改变世界的实验室。因为那时，流亡的俄国革命者斯大林和托洛茨基、穷途潦倒的街头画家希特勒、在戴姆勒车厂做工的年轻克罗地亚人铁托、知名的精神分析学家弗洛伊德，竟然都生活在维也纳的天空下。

托洛茨基在回忆录中写道，1913年，他与持假护照逃亡的斯大林在维也纳会面。与此同时，年轻的希特勒也正在维也纳追求自己的艺术梦想，居住在多瑙河附近一家廉价旅馆里。

没有人知晓，二十四岁的希特勒当年是否曾经在维也纳遇到过三十五岁的斯大林。设想，这两个人当时相遇的最可能情景是：寒风料峭的冬季维也纳街头，一个坐在街道转角墙根处的小胡子青年画家，正一边哈手，一边在画板上涂抹着水彩；空旷的行人道上，匆匆走来一位三十出头的格鲁吉亚人，络腮胡，大背头随意后梳，脖上围一条花格围巾，腋下夹着一条报纸包着的长面包，他更像一位波希米亚流浪诗人；当两人的目光相遇时，两人微微颔首向彼此致意，然后，一个低头继续作画，一个接着大步前行。我想，这会儿，上帝要么在打盹，错过了这一刻；要么刚好相反，他老人家正饶有兴致地、认真地俯瞰着维也纳街头这两个人：他们，是他即将用来斧斫20世纪历史的两个最锋利的工具。

其实他们都有一个习惯，就是喜欢在此刻我眼前的美泉宫公园散步，这便是两人无意中擦肩而过的机会。以后，这两位未来的领袖再无见面的机会，即使在二战前签署《苏德互不侵犯条约》之际。在民族混杂的奥匈帝国首都维也纳，他们都在思考着多民族问题在未来帝国的解决之道。

托洛茨基的住所和希特勒常光顾的中央咖啡馆之间，只有几分钟的步行距离。第一次世界大战前夕，这家咖啡馆里发生的对天下大事的讨论，经常点燃客人们的激情。当时希特勒、列宁、托洛茨基、布哈林都先后来过这家咖啡馆，斯大林很可能也来过此地。有一个有趣的故事：一战后期，传来了俄国革命爆发的消息。之前，维也纳的奥地利社会民主党主席阿德勒在探讨俄国发生革命的可能性时，非常瞧不起这些整天泡咖啡馆的俄国革命家，在谈论"一战会煽动俄国革命"的话题上，挖苦地说："谁会领导俄国的革命？搞不好是那个坐在中央咖啡馆的布朗斯坦？"殊不知，布朗斯坦就是托洛茨基。他和斯大林之间的恩怨，终结于他流亡墨西哥的寓所中，那一把遵循从莫斯科发来的秘密指令如同从背后朝他头上狠狠挥下的冰斧。

1913 年 5 月，对大德意志民族充满狂热梦幻的希特勒，离开维也纳移居到德国慕尼黑。他想在那里找到自己的人生追求。

二十五年后，维也纳万人空巷，夹道欢迎一位将奥地利吞并、缔造出一个似乎空前强大的日耳曼帝国的领袖。他在德国国防军坦克纵队的先导下回到维也纳，沿途"万岁"的欢呼声如山呼海啸。他，就是那个早年的维也纳街头流浪汉——阿道夫·希特勒。

两次世界大战的导火索，曾经都隐藏在奥匈帝国之中。而族群之间的仇恨，就是制成它们的原料。塞尔维亚民族主义者普林西普射向奥匈帝国皇储斐迪南大公的那颗子弹，引燃了一战的导火索；而在成长中形成了种族仇恨世界观的奥地利流浪汉希特勒，他本人就是二战的导火索。

想起捷克人伏契克，他在走上纳粹绞刑架前的那一句遗言：人们啊，我爱你们，但是要警惕。

六、命运之矛

在维也纳霍夫堡皇宫的众多博物馆里，有一个珍宝收藏馆，里面有一件稀奇的藏品——命运之矛，也叫朗基努斯之矛。

朗基努斯，是押送耶稣基督前往各各他山受刑的罗马狱卒。传说，耶稣基督被钉在十字架上以后，朗基努斯用这把矛戳了基督的肋骨一下。《约翰福音》里说，"唯有一个兵拿枪扎他的肋旁，随即有血和水流出来"。因为要将耶稣移走，士兵需证实耶稣是否真的死了，所以朗基努斯用这把长矛刺入耶稣的身体，这时鲜血从伤口喷出，染红了整把长矛。当耶稣的血滴入朗基努斯的眼睛，朗基努斯在瞬间被感化，眼疾也痊愈了。此后他成了一名基督徒，并拥有了行使神迹的能力。后来他被追认为圣徒，称为"圣朗基努斯"。

传说只要手持有该矛，就可主宰世界的命运，但拥有者一旦失去它就会招致死亡。在基督教化以后的古代欧洲，这把矛成为权力的象征，多位战绩彪炳的欧洲君主都拿着这把矛打胜了无数的战役。千百年来，此遗物一直轮流被强大的欧洲统治者所拥有，并最终被哈布斯堡王朝得到，后来收藏在霍夫堡皇宫博物馆。

一战前在维也纳流浪的年轻希特勒，因为着迷于圣杯之类的神秘事物，和一位名叫沃尔特·斯坦的同好认识了。他们一同游览这家博物馆时，希特勒见到了这把矛，第一眼之后就再也没有忘记过它，斯坦博士回忆道：两个人站在这把朗基努斯圣矛面前，希特勒忽然之间变得精神恍惚，对这把圣矛着魔了，他注视了这把圣矛好几十分钟。之后希特勒曾说，他感觉到这把圣矛好像隐藏着一种不为人知的魔力。

当上元首后的希特勒曾经告诉希姆莱，他对世界的许多雄心壮志都发源于在维也纳的博物馆里看到命运之矛的那一瞬间。他认为，这是神给予他的启示，他将握有世界的命运之矛。

1938 年春，希特勒吞并奥地利的那一天，他在万众欢呼声中到达维也纳，成为一位征服故国的英雄。他的第一站就是霍夫堡博物馆，在那里，希特勒终于获得了这把梦寐以求的命运之矛。

他立即命令德国最精锐的部队，用装甲火车运送命运之矛到纳粹的精神之都——纽伦堡的一家教堂，后来为了免于受到英美盟军的轰炸，又将其转移到纽伦堡城堡的地窖中。

1945年4月30日，在二战最后的日子里，在对纽伦堡进行大规模轰炸后，巴顿将军的第三集团军占领了它。美军在地下走廊的一个小房间里，发现了藏在砖石墙后面的纳粹宝藏：无数的金砖金锭，各种黄金和纯银制品，几千箱马克、美元和法郎，几百袋珠宝，还有无数艺术品、古董。人们在其中发现了一个不大的箱子，里面装的，就是希特勒占有的命运之矛。一个多小时后，希特勒在柏林地堡中吞枪自杀，似乎印证了命运之矛的传说。

同一天发生的第三个标志性事件是，当晚十点，苏联红军士兵米哈伊尔·米宁与几名战友携带一面红旗，在弹雨中冒死冲到柏林帝国大厦的楼顶。他爬上一尊雕像，把红旗插入雕像头顶的王冠，并用裤带将红旗固定。这样，它就在帝国大厦上空飘扬了起来，那里距离希特勒刚刚饮弹自杀的地堡，仅数个街区之遥。

除了美国的巴顿将军外，所有的盟军将领，都对这件文物不大感兴趣。巴顿知晓这支命运之矛的历代拥有者，最后他还是让顶头上司艾森豪威尔将军将这支命运之矛归还给了奥地利。二战结束的当年，巴顿将军死于一场车祸，这似乎又一次印证了命运之矛的魔力。

2003年，一位英国科技作家罗伯特·费瑟，为拍摄一部纪录片而测试了命运之矛。他得到了奥地利人前所未有的慷慨许可，不仅可以在实验室环境中检查长矛，而且可以把作为长矛紧固件的金银环带移除。根据X射线衍射、荧光测试和其他非破坏性检测，他确定矛的主体最早可追溯到公元7世纪；而矛上的一根铁钉，据称是钉在耶稣十字架上的钉子，其长度和形状与公元1世纪的罗马铁钉"一致"；长矛上没有发现人血的残留。

不久之后，维也纳考古研究人员利用X光和其他技术，对命运之矛进行了又一次检测，并确定圣矛的时间为公元8世纪至9世纪初，钉子也是同一种金属，并排除了圣矛与耶稣受难的公元1世纪时间上的联系。也就是说，维也纳霍夫堡皇宫博物馆收藏的这把命运之矛，不是真品。

至于罗马梵蒂冈收藏的命运之矛的另一残片，据教皇的发言人称，过去不会，将来也永远不会交给什么人去检测。他说："圣物就是圣物。"我听说后忍不住脱口赞美道："真聪明！"

人类文明的演进，其实就是文明的趋于理性化与制度化过程，同时也是一个给各种人造神话祛魅的过程，以往的那些神秘物件，现在往往只能在博物馆和宗教场所里觅得一角栖身之地，安静地向人们展示人类自我进化曾经的心路历程。

克兰德尔在《希特勒的恶魔》一书中，讲述了纳粹党和超自然主义之间的关系，这可以帮助我们了解为什么希特勒及其党徒对命运之矛、圣杯之类的事物如此着迷。克兰德尔阐述了希特勒是如何利用大众对神秘事物、异教信仰的痴迷，来帮助自己实现权力崛起的。确实，只有卡里斯玛型的希特勒才需要圣物来加持，帮助他引导大众去想象出他头顶上子虚乌有的光环。而宪政社会的政治领袖，却因缺少这样的人造光环而往往显得平庸乏味，因为他治下的人民，已经不可能愚蠢到在瞻仰希特勒戴过的一顶破帽子或穿过的一双烂袜子时，感动得涕泪交加了。

迷人的维也纳有太多的故事，它们不仅属于奥地利，也属于整个人类。这就是为什么我十几年后还念兹在兹，终于觅得机会与它重逢的原因。

如果能穿越时空，你会杀死婴儿希特勒吗？
——阿道夫之路的联想之一：布劳瑙

百余年前的某个夏夜，奥地利海关职员阿洛伊斯和妻子克拉拉，这对老夫少妻在床上发生关系后，祈祷这个可能诞生的新生命，不要像他们的前两个孩子一样早夭。他们的这个愿望后来实现了，那个夜晚产生的受精卵，出生后一直活到五十六岁，在拉上了超过半亿人类的性命为他垫背之后，才吞枪自尽，他的名字叫阿道夫·希特勒。

我站在奥地利一个叫布劳瑙的小镇街头，看着街对面一栋小楼。秋日的阳光将这栋米黄色的三层楼房照得彻亮，却也让墙面一人高处那条水平蔓延的霉斑显得醒目。就在公元 1889 年春天，某个临近黄昏的时刻，这栋小楼顶层中传出的一声婴儿啼哭，宣告了那个人降临人世。

人们喜欢用一张白纸来形容一个新生的婴儿，其实，没有哪个婴儿真的是一张白纸。因为他们都是带着父母给予的基因而来，而每一份个体基因，就是一本双方家系漫长生存记忆的密码本。所以，一个人从纯生物学意义上看，是他无数祖先传递下来的基因图谱的蛋白组装产品。

用乡村女诗人余秀华的诗句来说："我是无数个我奔跑成的一个我。"

但是，在无数个希特勒的先辈奔跑成一个希特勒的过程中，一定有什么地方出错了：希特勒的父亲阿洛伊斯·希特勒，这个脾气暴躁的海关小职员，在前两任妻子相继去世之后，竟然娶了外甥女，比他小二十三岁的克拉拉。

乱伦禁忌，在不同的文化与时代中，其严格程度各不相同。但这种社会规则却广泛存在于各个人类社会之中。这一规则之所以重要，是因为它累积了人类世代相传的宝贵经验，是通过血的教训所换来的。即使在走婚制的摩梭人中间，互相开始有好感的青年男女，在准备走婚前，也要双双拜访族中长者，长者会告诉他们彼此有无血缘关系，以确定可否正式结交为阿肖；哈布斯堡家族长期近亲结婚，导致了这个欧洲最显赫的王室走向衰落与绝嗣，即为相反的例证。你真的以为你是古希腊神话里的诸神，可以随便乱伦却从来不担心失去魅力？

传说，老希特勒当年为了实现与外甥女克拉拉结婚的目的，不得不写信给当地林茨教区的主教，为他们之间血缘关系造成的婚姻阻碍请求人道豁免。可见在当时奥匈帝国这样的天主教社会，近亲结婚也非寻常道德伦理可以接受之事。林茨教会声称自己无权给予豁免，并将老希特勒的吁求书转发给了罗马，这封申请经过教廷裁定后才予以了批准。看来，罗马教廷注定要为之后某个事件的发生，以及未来可怕的后果躺枪了。

因此，在奥地利布劳瑙小镇出生的这个婴儿，是舅舅和外甥女结婚之后近亲繁殖的结果，这个生下后没有像他两个亲哥哥一样夭折的男婴，就是希特勒。但多位现代精神病学家在对希特勒进行了严格的精神病理学分析后，做出的诊断是，希特勒在以下几个方面存在较大的人格缺陷：偏执、反社会、过度自恋以及施虐倾向。根据对希特勒个性的描述，他也可能有精神分裂症的倾向，包括过度夸张、异常的思考方式。如果你是那个去拜访希特勒时，见到他正趴在地上疯狂啃咬地毯的德国军官，你应该不会质疑精神病学家们对他所下的诊断吧。

　　希特勒少年时代唯一的好友——库比席克在回忆录里写道：

　　"我在希特勒家认识的另一个人是一位二十出头、容貌出众的年轻女子，她叫安吉拉，和保拉一样，她也管克拉拉·希特勒叫'母亲'。但安吉拉比阿道夫·希特勒早出生六年，是希特勒父亲跟前妻生的孩子。安吉拉的性格一点也不像后母希特勒夫人，她是一个热爱生活并且喜欢笑的人。她给这个家庭带来了一些活力。她的面容俊秀，一头漂亮的乌发扎成了一条辫子。"

　　希特勒这位同父异母的姐姐安吉拉，因为不是近亲繁殖的产物，所以她的性格不仅正常，甚至可爱。她的女儿格莉·劳巴尔，长大后被希特勒追求到手，成了希特勒的秘密情人。看来，老希特勒喜欢外甥女这一嗜好，被小希特勒丝毫不走样地继承到了。这个可怜的女孩，因为无法忍受希特勒对自己的极强占有欲与禁锢，年纪轻轻就饮弹自尽了。我多年前访问维也纳中央墓园贝多芬等诸音乐家墓地时，意外得知格莉·劳巴尔也埋在那里。

《纽约时报》向读者问过这样一个问题：

如果你能穿越时空，去杀死还是个婴儿的希特勒，你会这样做吗？

调查的结果是，42% 的读者表示会对婴儿希特勒狠心下手，30% 说不会，而剩下的 28% 摇摆不定，无法抉择。

我和好友靳松，绕到希特勒出生的这栋小楼背街面，想看看能否找扇门进去一探究竟。此刻的我们俩，不正像是穿越时空、回到一百多年前的两个盗婴者吗？还好，我们没能进入这栋门窗紧闭的小楼，也就不用面对以下这个伦理困境了：杀，还是不杀婴儿希特勒。原来，奥地利政府为了防止新纳粹将这里当成朝圣之地，已经从私人手中买下这栋小楼，并准备将它拆掉后另起一栋新建筑。

其实，不管这个叫希特勒的婴儿能否长大，20 世纪初，德国产生一个独裁者的前提条件都已经全部具备了：一战爆发，德国力竭战败，屈辱的《凡尔赛和约》，孱弱的魏玛共和国，全球经济大萧条，民族主义肆虐欧洲。

所以，即使真的有个时空穿越者，跑来这栋小楼里杀死了希特勒宝宝，那么很有可能，是另一个德国独裁者登上历史舞台。他是更好，还是更坏？天知道。如果这个独裁者不像那个数学一塌糊涂的希特勒，而是一个科学素养良好的家伙，他会倾整个第三帝国之力支持制造原子弹的计划；他会鼓励海森堡重新计算一次核爆的临界质量；他会派一个党卫军师去保卫在挪威的重水工厂，以防英国特工的破坏；他会派人数惊人庞大的劳工队伍去开采捷克斯洛伐克的铀矿。历史因此可能改写成：伦敦与莫斯科将随巨大的蘑菇云一起消散，整个英伦三岛和大半个俄罗斯将重新回到石器时代；欧洲更名为大日耳曼尼亚帝国，与美利坚合众国隔着大西洋遥相对峙，各自手中紧握着原子弹。

史蒂文·福莱在小说《创造历史》中，描写了一个类似的故事：剑桥历史系研究生迈克尔·杨穿越回过去，设法让希特勒的父亲喝下避孕药绝育了。这样，老希特勒和他的外甥女老婆在那晚发生关系之后，并没有产生那个可怕的受精卵。然而，在一个叫哥罗德的人的带领下，纳粹党终于还是上了台。哥罗德并没有希特勒的人格缺陷，他发展出核武器，轰平了莫斯科和列宁格勒，征服了几乎整个欧洲，将欧洲大陆上的犹太人赶到前南斯拉夫地区，并在那里对他们实施种族灭绝，还与美国展开了漫长的冷战。

另一个故事听起来也很悲摧，在艾瑞克·诺登的小说《根本解决方案》里，一位老犹太科学家，是纳粹种族大屠杀后全家唯一的幸存者。他在发现了精神可以穿透时间旅行的秘密后，穿越时空回到过去，控制了希特勒的大脑，并迫使希特勒在跳进多瑙河淹死前，当众狂喝阴沟水。希特勒死里逃生后，得知想要杀死自己的力量来自一个犹太人，从此变得极度反犹，后来带领纳粹夺得权力，并疯狂屠杀犹太人。看到这个故事后我大吃一惊，并感到后怕，幸亏这穿越回去与希特勒结下梁子的人，不是我们这哥俩儿，不然的话，那岂不是祸水东引，戕害国族？

在希特勒出生的小楼前的人行道地面，放置了一块棕褐色的方形花岗岩，半人多高，上面用德文铭刻着：为了和平、自由和民主，不能再有法西斯主义，成百上千万的死者提醒着我们。

这块花岗岩，来自布劳瑙小镇以东百余公里的奥地利毛特豪森集中营。我抚摩着这一方坚硬的巨石，在正午灿烂的阳光下，手感仍然冰凉。有人说，人的灵魂仅重二十一克，那么究竟得要多少个冤魂，才能凝结成这么沉重的一块岩石？

流淌在小楼之上的阳光之瀑，渐渐弯曲成一个穹顶，笼罩了它。传说中的时光穿越，正在将百余年前的岁月回放于我的眼前。我看见，一个可爱的幼童，正摇摇晃晃地走出那栋楼的门，背后屋中传来他母亲温柔的呼唤声：阿道夫，阿道夫。他没有回答，眼睛却被出现在屋前的一块巨石吸引住了。他盯着那上面刻着的、对他如同天书一样的文字看了一会儿，又转过头去注视街道延伸而去的远方尽头。他身后的楼房，开始在一条遥远的时间轴线上无声地坍塌，而这个幼童那双明亮得吓人的眼睛，却盯向前方，那是一条他自己未来的时间轴线，它通向这个世界在 20 世纪里将要发生的、最大的一次坍塌。

那个奥地利少年生命中，两个烙印般的名字

——阿道夫之路的联想之二：林茨

一

在奥地利林茨的老城，我和朋友站在一个叫施密托尔街的繁华十字路口，望着秋天阳光下来去的行人，脑海中却想象着一百多年前，两个守望在这路口的奥地利少年。

他们常常在下午五点钟守候在这个路口，为了其中一个少年，能够看到他的梦中情人———一位根本就不认识他的金发少女。因为这位叫斯蒂芬妮的美丽少女，总是挽着她母亲的手，像许多林茨市民一样，在傍晚沿着兰德大街散步。每天下午五点钟，她们都会准时出现在这个街口。那个可怜的痴情少年，只能用眼神来表达对心上人的问候。

这个叫阿道夫的少年，做的是与全天下少年几乎一模一样的梦。我用了几乎这个词，是因为他的单相思，确实还有与众不同的地方。很多年后，当年的另一个少年，阿道夫当时唯一的朋友——奥古斯特·库比席克，写出了这个秘密。

少女斯蒂芬妮，其实并不知道阿道夫对她一往情深，她只是将他看作众多爱慕者中的一位。当斯蒂芬妮对少年阿道夫试探性地一瞥，偶尔回以莞尔一笑时，阿道夫立刻像被幸福的闪电击中一样，心情会变得无比美好，坚信斯蒂芬妮一定也在深深爱着他；但当他的目光被少女斯蒂芬妮直接无视时，少年阿道夫就会顿时陷入崩溃的境地，那一刻，他就恨不得把整个世界，连同自己一起摧毁。库比席克回忆道。

为情所困的阿道夫，冥思苦想之后，萌生了一个疯狂的念头：绑架斯蒂芬妮。他向好友库比席克描述了整个计划的所有细节，还给库比席克分派了角色任务，负责上前攀谈以转移斯蒂芬妮母亲的视线，而阿道夫自己负责实施绑架。

更要命的是，阿道夫想绑架的对象斯蒂芬妮，可能已经厌倦了这个沉默不语、苍白消瘦的年轻崇拜者，开始对这位看上去有点神经兮兮的同龄人表现出一种不友好的冷漠情绪。每次经过两个少年守候的街口时，她都会把脸转过去，就当他们根本不存在一样。这种做法让阿道夫滑坠到了绝望的边缘。"我再也无法忍受了！"他大喊道，"我要做个了结！"

十六岁的少年阿道夫，生平第一次产生了自杀的念头。他告诉好友库比席克，他会从桥上跳进多瑙河，然后一切就结束了。但他坚持声称，斯蒂芬妮必须跟他一起死。于是一个详细的计划再次出炉。这出骇人惨剧的每一部分都被他详尽地描述了出来，包括库比席克在其中扮演的角色，以及其作为唯一生还者的后续行动。这阴森的一幕一直萦绕在库比席克的脑海中，甚至还经常出现在库比席克梦里。

当然，这位血液中似乎有疯狂基因的奥地利少年，并没有拖上梦中情人跳进多瑙河。如果他真的这样做了，人类历史会因此而大幅度改写。不久后他去维也纳当了流浪汉，又经过了惊心动魄的四十年漫长岁月，最终，他还是选择了自杀。

这个少年，长大后造成的人类死亡数字，用他的一生时间换算的话，平均五十二秒就有一个人因他而死去。他的全名叫阿道夫·希特勒。

故事中的女主角斯蒂芬妮——这位无意中在少年希特勒的生命里烙下了印记的少女，后来嫁给了一位军官，在维也纳度过了平淡的一生。二战结束之后很多年，一位传记作家，在维也纳找到了这位上校遗孀，问老妇人是否还记得，少年时代，在家乡林茨常常陪母亲去散步的施密托尔街口，有一位几乎每天都等在那里、就只为看她一眼的少年。老妇人已经不记得有这么一个奇怪的少年了，当得知这个少年就是后来的第三帝国元首阿道夫·希特勒时，她极度惊讶。老妇人突然想到，少女时代的她曾收到过一封古怪的信，内容大意是希望她保持信念，等待他有了出息后再来联系，而信上并未署名。

我得不到的，我就要毁灭掉！这就是希特勒。无论是他单恋过的梦中情人、就要失守的法国首都巴黎，还是即将战败的德国，他都是这样想的。

哪个少年不痴情？但是请问，你追求不到的梦中情人，你有想过杀死她或者他吗？如果你的回答与我一样，是没有，那么很遗憾，看来，你我都没有当上大人物去创造历史的入门级资质了。有一句话是：最好与最坏的创造历史，中间的则繁衍种族。现在你我应该知道，我们这些当不成伟人也做不了大坏蛋的人，该老老实实去干些什么了吧。

站在兰德大街和施密托尔街交汇处的街口，望着一街来去的饮食男女，我呆呆地想。

二

我闭上眼睛，一遍又一遍地听着瓦格纳的历史大歌剧《黎恩济》中的主题片段。那是一个关于拯救的音乐主题，在光明与黑暗的交替中反复浮现。其中也有雄壮如进行曲的旋律，表达了对胜利的渴望与信念。音乐中善与恶的二元对立，如童话一般界线分明。

我这样做，是想让自己接近一个神秘的体验。这个瓦格纳音乐的体验，曾经让一个奥地利少年完成了精神蜕变，确立了他未来人生中的雄伟理想——追求至高无上权力，带领德意志人民争取最大生存空间。那个叫阿道夫·希特勒的少年在成为德国元首后，有一次回忆起早年在家乡林茨，观看瓦格纳歌剧《黎恩济》的震撼之夜，这位大独裁者郑重地讲道："蜕变就从那一刻开始。"

为了更加接近少年希特勒在那个精神蜕变之夜的体验，我和朋友驱车来到他的家乡——奥地利的林茨市，登上那座叫弗莱堡的小山。那里是十七岁的希特勒，在看完歌剧《黎恩济》后的深夜，与少年伙伴登高之地，就在这座山的山顶之上、星空之下，希特勒实现了人生顿悟。

那个晚上与希特勒一起登上弗莱堡山的少年库比席克，后来在回忆录中写道：

似乎有一种无形的力量在推动他前行，阿道夫登上了弗莱堡的山顶。我突然发现我们已不再身处于偏僻和黑暗之中，因为此时在我们头顶，繁星闪耀。

阿道夫站在我面前，他抓起我的两只手，紧紧地握住……他的声音显得相当嘶哑，粗糙甚至有些失控。从他的声音中我能够感觉到，这次经历给他带来的震撼是多么的巨大。

他的言谈渐渐地放开了，措辞也更加随心所欲。阿道夫·希特勒在那一刻讲的话我以前从未听过，后来我也再没有听到过。我们伫立在星空之下，仿佛我们是这个世界上仅存的生物。

…………

在这种完全陶醉和痴迷的状态下，他用不切实际的幻想，将黎恩济这个人物的性格特征转化成了他自己在某种层面上的雄心壮志……事实上，我不得不说，这部歌剧给他造成了很大的影响和冲击。用他的夸张措辞来讲，就如洪水决堤一般。他用幻想为他的未来，以及他的人民描绘出了一幅壮丽而振奋人心的画卷。

之前我还一直确信我的朋友想成为一名艺术家、一名画家或是一名建筑师。现在看来，情况已不再如此。这个时候的他已有了更高的追求，只是我还不能完全领会而已。这让我感到相当惊讶，因为我曾一度认为艺术家的职业生涯才是他追求的最高目标。然而现在他却侃侃而谈：有一天，人民将会授予他权力，他将带领人民摆脱奴役，争取最大的自由。

是怎样的一部瓦格纳歌剧，让希特勒确立了他的人生理想？

这个历史歌剧，叙述了14世纪中叶，罗马的一位护民官黎恩济的故事：黎恩济率众反抗贵族们的暴虐，使罗马平民恢复了自由；却由于妹妹跟青年贵族的恋爱和别的因素，受到平民误解而被杀害，结果罗马平民的自由也随之消失。

就像瓦格纳所有的歌剧一样，《黎恩济》真正震撼人心的，不在于故事而在于音乐。这部歌剧的音乐，在壮丽辉煌上没有达到《尼伯龙根的指环》的高度，但同样气魄宏大，充满了英雄剧的非凡张力。那种旋律并非以优美打动你，但有一种坚定感，那是黑暗与苦难中的前行，力量与意志的潜流暗涌、喷发，并非是单个生命，而是群体的巨大旋涡；强烈的节奏感，有时有进行曲的雄壮，似乎与百年后的纳粹第三帝国军乐遥相呼应，莫非前者就是后者的灵感来源？

事实上是，瓦格纳的思想和音乐曾经被认为是日耳曼精神的化身，也是纳粹主义的精神来源之一。希特勒从少年时代就开始狂热崇拜瓦格纳，即使在他年轻时忍饥挨饿的流浪日子里，他也要省下钱买最便宜的票看瓦格纳歌剧。希特勒对这位作曲家的大德意志思想和反犹太主义推崇备至。瓦格纳作品中，叔本华的唯意志论哲学、尼采超人哲学都被音乐化表达了，这也让希特勒和后来追随他的纳粹党徒们醉心不已。希特勒甚至说，如果可能，他愿意充当瓦格纳乐队中的一名鼓手。其实在希特勒降临人世时，瓦格纳已经辞世六年了。

希特勒经常说：凡是想了解国家社会主义的德国人，必须了解瓦格纳。他终生对瓦格纳的歌剧顶礼膜拜。每逢纳粹党举行集会，特别是当希特勒检阅军队、行纳粹举手礼时，现场都要播放瓦格纳歌剧《诸神的黄昏》中的片段。《尼伯龙根的指环》这部歌剧，据说希特勒听了整整一百四十遍。在二战末濒临死亡之际，藏身柏林地堡里的希特勒，在炸弹猛烈爆炸的震撼中，还不断向人唠叨着瓦格纳作品给予他的灵感。

瓦格纳这个德国音乐巨匠，用德意志民族擅长的音乐，给19世纪的德意志英雄崇拜精神思潮、20世纪上半叶的纳粹主义运动以及纳粹领袖希特勒的精神世界，打上了不可磨灭的印记。

以我之见，过度迷醉于英雄崇拜的民族，其间产生的领袖人物，往往蔑视眼前这个实然的世界，因为它太不完美；他们只醉心于那个应然的世界，那是理想中的彼岸世界。这类喜欢以宏大叙事唤起人民激情的领袖，极容易成为卡里斯玛型人物。

马克斯·韦伯认为，卡里斯玛具有这样一类人格特征：他们具有超自然、超人的力量或品质，具有把一些人吸引在其周围成为追随者、信徒的能力，后者以赤诚的态度看待这些领袖人物。卡里斯玛型政治的合法性，来自服从者作为信徒的虔诚态度，或产生于激情、困顿和希望所导致的献身于信仰的精神。然而，它是一种最不稳固的政治统治形态，往往随领袖人物生命的终结而完结，或者随最高统治者的改变而改变。

所以，有什么样的人民，就有什么样的领袖。一战战败和经济危机中的德意志民族，选出了与他们有精神同源性、却又是他们中最疯狂的一个人当上了领袖，那就是希特勒。

以我的了解，希特勒和他崇拜的瓦格纳有一个相同之处：他们都完成了一个宏大自我的制造，为做到这一点，瓦格纳用了音乐天赋，希特勒用了演讲天赋。后者成为卡里斯玛型领袖人物，最终带领德意志民族走上了几乎毁灭世界的疯狂征途。

这个征途的精神起点，就在我脚下站立的这座奥地利田园与多瑙河岸风光环绕的宁静小山——弗莱堡山。

三个刺杀过希特勒的人

一、木匠艾尔塞

灯熄人去，咔嗒一声大门上锁之后，深夜里空无一人的啤酒馆内，漆黑一团的大厅归于沉寂。然后，厅堂通往储藏室的过道，亮起了极微弱的光亮，那是一只蒙上了布的手电筒，一个黑影悄悄出现了。

黑影来到大厅前侧的一根大柱子旁，借着那只蒙了布的手电筒微光，无声地忙碌了起来。黑影将一个机械装置上的定时器校准好时间后，打开柱子表面木质护板上的一个小暗门，将装置轻轻放了进去，然后将小暗门仔细合上，确定严丝合缝之后，黑影又蹑手蹑脚地走回到大厅过道尽头的储藏室里，躲在一个黑暗的角落，开始等待黎明的到来。直到早上六点半响起开门锁的声音，然后是后门打开的声音，他又等待了一会儿，趁着没人注意，从啤酒馆后门悄悄离开了。

这时是 1939 年 11 月 7 日凌晨。11 月 6 日夜晚是这个叫艾尔塞的德国慕尼黑木匠，偷偷在这家叫贝格布劳凯勒的啤酒馆，干惊天秘密工作的最后一个夜晚。这个工作持续了两个月，他暗中为此准备了整整一年，艾尔塞从工作过的兵工厂偷来炸药、引线和雷管，成功试验出了简易炸弹。在最近的两个月里，他潜入啤酒馆三十多次，每次都在晚上九点左右来到贝格布劳凯勒啤酒馆用餐，大约一小时后，他会悄悄地溜到那个储藏室里躲起来，等啤酒馆熄灯关门后，他便溜出来秘密开工。先在柱子的木质护板上安装一扇对接完美的暗门，然后拆除门后的石膏，把柱子里的砖块挖出一个小空间。整个工程异常艰苦，进行缓慢。在这个如同山洞一般空旷的大厅里，锤子每一次轻轻敲击出的声响，在他听来都如同枪声一般，让他心惊胆战。每次完工后，他都非常仔细地清理场地，用一个布袋把碎砂土和砖头装好，次日清晨带上装满碎片的小手提箱，悄悄从后门溜出去。

艾尔塞安装进啤酒馆大厅柱子里的装置，是一颗爆炸力巨大的定时炸弹。现在它的双时钟在无声地走动着，接近一个即将改变世界历史的时刻——1939 年 11 月 8 日晚上 9 时 20 分，那时德国元首阿道夫·希特勒，正站在离藏着炸弹的柱子仅一米的讲坛前，给啤酒馆暴动周年纪念会的纳粹党徒们做年度演讲。1939 年是一个特别的年份，希特勒在两个多月前刚发动和完成了对波兰的闪电战，从而拉开了第二次世界大战的序幕。

七十八年后，在一个秋日黄昏，我和几位朋友在寻觅中，来到了慕尼黑的嘉斯台文化中心，这里就是当年希特勒发动啤酒馆暴动以及后来木匠艾尔塞用炸弹谋刺希特勒的地方——贝格布劳凯勒啤酒馆所在地。老啤酒馆在战后已被拆除，建成的文化中心是一组大型现代建筑群，包括图书馆、美食城、音乐协会和一家希尔顿酒店。我原以为可以轻松找到啤酒馆的原址，现在却置身在迷宫一般的建筑群中傻眼了。

我开始向人询问，一位推着婴儿车的年轻妈妈微笑着说不知道；又问刚走到庭院天井吸烟小憩的餐厅厨师，他也说不知道，但建议我去隔壁建筑内的图书馆问问，那里的人肚子里墨水多，兴许哪位知道。

我走进图书馆门厅，问一位挂着胸牌的瘦个子年轻男性希特勒发动啤酒馆暴动的原址在哪里。他很有礼貌地微微一笑，先说了句，那可是已经过去了好久的事啊。然后才告诉我，穿过这栋建筑物，看到另一栋建筑，啤酒馆的原址就在它左侧。

我们几个从另一扇门走出，朝左却只见到一个儿童游乐场，只好又返回，停在一栋很大的红色建筑物前，问一个从里面走出的中年男性，他一指我们正站立的水泥路面，只见一块黢黑的金属铭文板，赫然镶嵌在地面上。这位中年人用不带感情的语调，为我们念出了金属板上的德语铭文，那是艾尔塞 1939 年行刺希特勒的经过简述，以及他在 1945 年被处死在集中营的结局。这块金属铭牌所在位置，正是当年艾尔塞隐藏炸弹、意图刺杀阿道夫·希特勒的那根柱子的位置。

原来，1939 年深秋的那个夜晚，那一声差点就改变了世界历史的轰然巨响，就发生在我站立的地方。但是，短短的十三分钟，人类历史的巨大车轮，没有能够在二战的血海深渊前刹住车，终于还是一头坠落了下去。

是艾尔塞算错了时间吗？不是。

1939 年 11 月 8 日当晚，慕尼黑突然被一场突如其来的大雾笼罩，慕尼黑机场被迫关闭。坐不成飞机的希特勒，为在演讲结束后赶上返回柏林的火车，将那晚的演讲提前到八点开始，比原来早了三十分钟，还把他的演讲从原计划的两个小时缩短到了九点零七分结束，同时他还拒绝了老纳粹党人的宴请，演讲结束随即离开了贝格布劳凯勒啤酒馆。十三分钟后，艾尔塞的炸弹准时爆炸。那时，希特勒和他的随从已经在去火车站的路上了。猛烈的爆炸摧毁了部分屋顶，外墙也倒塌成一堆瓦砾。原先有三千多人的啤酒馆大厅，当时仍有百余位纳粹党人在里面，七人当场炸死，一人伤重不治身亡。

艾尔塞在爆炸前的半小时，正准备逃到瑞士，不幸在德国边境被海关人员从身上搜出了炸弹设计草图和导火线，以及一张贝格布劳凯勒啤酒馆的明信片，就在这时，边境警察部门接到一份紧急电报，得知希特勒在贝格布劳凯勒啤酒馆险些遇刺。艾尔塞就这样落入了盖世太保手中，一直被严刑问供，连希姆莱也亲自殴打过他。这位勇敢的德国人大笑着，对审讯他的盖世太保说："虽然大雾帮他侥幸逃过了死亡，但他终究会被钉在历史的耻辱柱上！而我则会成为德国的英雄被永久纪念。"

纳粹本想在战后举行一场作秀式的审判，然后将艾尔塞处死，但二战的战火开始反噬点燃它的魔王希特勒。眼看大势已去，希特勒在他自杀前三周，下令将达豪集中营中的艾尔塞处决，那一天距纳粹德国投降还不到一个月。

艾尔塞曾对逮捕他的海关官员说："我想通过我的行为来阻止更严重的流血事件。"历史的进程完全证实了艾尔塞的话，他差点就炸死希特勒的那个时刻，二战才刚刚开始两个多月，希特勒只完成了对波兰一个国家的闪电战征服，波德两国的战亡人数加起来才七万多人，而在那以后的整个二战中，希特勒入侵了几乎所有的欧洲国家，并将其余国家变成德国的仆从国参战，二战全世界总的死亡人数是七千多万。

历史其实就是无数个偶然事件的集合。在量子力学的解释中，存在多个平行世界，不同的历史发生在不同的平行宇宙中。设想啤酒馆爆炸的那晚，另一个平行世界中的慕尼黑，夜空晴朗，并没有突然飘来那一场诡异的大雾，希特勒的演讲将按预期进行到晚上十点半，而在晚上九点二十分，德国元首阿道夫·希特勒将被距离他仅一米的那颗炸弹炸得粉身碎骨。一同被炸死的，还有陪坐在前排的高级纳粹分子戈培尔、赫斯、希姆莱，等等。全世界都会给德国发出唁电，哀悼这位在本民族历史上堪与铁血宰相俾斯麦并肩的德意志领袖，因为他尚未来得及干出种族灭绝等一系列逆天的罪行。任何一个新的纳粹党领袖，都绝不可能如希特勒那样再疯狂冒险下去而会与英法缔结停战协定，然后竭力让德国消化希特勒留下的领土扩张遗产——奥地利、捷克斯洛伐克和波兰。同一个民族的奥地利不在话下；历史上长期臣服于德意志神圣罗马帝国的捷克民族，也问题不大；桀骜不驯的波兰，已被纳粹德国撕成两半踩在脚下，看来波兰只能指望其中一大强国在将来哪一天国力出问题了，在英法美的帮助下以一半的国土复国。木匠刺客艾尔塞，因为他消灭了一个疯狂扩张的德国领袖，会被德国以外的人们称赞，但绝大多数德国人会将他视为本民族的叛徒。纳粹主义将在更长的历史跨度里影响人类社会。当然，这都是另外的平行世界里要发生的故事了。

在柏林的威廉大街，我找到了艾尔塞的纪念雕像，那是一根弯曲成艾尔塞脸部侧面轮廓的钢筋，它竖向天空，远远看去，宛如一缕凝固了的、弯弯曲曲的黑色烟柱。在六年前这个纪念雕像的落成揭幕仪式中，德国总理默克尔女士说："虽然乔治·艾尔塞只是个小木匠，他却以正义感和无畏勇气刺杀大独裁者，他几乎改写了德国和世界历史，但许多事情总是充满了种种巧合与意外。虽然如此，我们依然不能忘记艾尔塞的历史功绩，他才是真正的德国英雄，值得后人永世纪念。"

艾尔塞，这个仅凭一己之力反抗人类史上空前暴君的小木匠，他生前的预言实现了，那是七千万人的鲜血写成的证词。

我和朋友一起专程访问过柏林的二战德国抵抗纪念馆，那里陈列了所有反抗纳粹的德国死难烈士事迹介绍。在一间展厅里，我突然看见了艾尔塞，这位年轻的德国木匠，正满身阳光，一脸灿烂微笑，从那幅真人大小的黑白照片里向我大步走来。

二、特雷斯科夫

一个军装笔挺的德国国防军军官，站在机场地面上，目送着一架四引擎飞机轰鸣着飞向天空，消失在西方灰色天际。

三月的东线战场，在俄罗斯大地上徘徊着尚未远去的凛冽冬天，让前线所有的德军官兵都感到一股逼人的寒意。但这位特雷斯科夫上校，此刻却浑身燥热，因为他在紧张地等待着一个时刻，一个改变全体德国人民命运的时刻。

1943 年 3 月 13 日，希特勒抵达了苏德东线战场的斯摩棱斯克，短暂造访德国中央集团军群。一个多月前刚刚结束的斯大林格勒战役，已经成为整整八十五万轴心国部队伤亡的大坟场，希特勒要亲临东线战场，为这里的德军打气。早就在密谋刺杀希特勒的特雷斯科夫上校，在得知希特勒的私人卫队加强了安保措施之后，放弃了用直属骑兵团在车队从机场通往城里的路上进行袭击的计划，而改为在宴请希特勒的军官餐厅安放炸弹。但是希特勒吃饭吃得很快，在餐厅里放炸弹行刺的计划也失败了。于是，特雷斯科夫在就餐时，请总司令部的参谋勃兰特中校捎带两瓶君度酒回希特勒大本营，给那里的一位朋友。这两瓶酒，实际上是头一晚包装好的炸弹，起爆时间是半个小时。跑道上，在希特勒和中央集群司令官克鲁格元帅谈话的最后几分钟，特雷斯科夫的副官——施拉勃伦道夫偷偷打破了引信里面的玻璃管，然后把包裹交给了准备登机的勃兰特中校。在目送希特勒的秃鹰专机飞上天空后，特雷斯科夫回到办公室，开始静静等待希特勒飞机失事的消息。

一阵急促的电话铃声，让特雷斯科夫的心脏几乎狂跳出胸膛。他迅速抓起听筒，却得知希特勒的秃鹰专机平安降落在东普鲁士的狼穴大本营，炸弹没有爆炸。

特雷斯科夫赶紧打电话给勃兰特中校，说把盒子搞错了，他已派副官又送两瓶酒过去。施拉勃伦道夫第二天赶忙坐飞机去了狼穴，用两瓶真的君度酒，换下了炸弹包裹。在开往柏林的火车上，施拉勃伦道夫拆开炸弹，发现酸液已经腐蚀了金属线，撞针也停在了激发引爆的位置。可能是因为俄罗斯的冬天过于寒冷，降低了化学液体的流动性，炸弹没有发生爆炸。

这是特雷斯科夫主持策划的刺杀希特勒的一系列密谋中，最接近成功的一次。

出身名门贵族的天才军人特雷斯科夫，以第一名的成绩毕业于柏林军事学院，随后一路官运亨通，在军界人脉极广。他曾经作为曼施坦因元帅最重要的助手，协助制订出闪击法国的计划，后来该计划大获成功。战后曼施坦因在回忆录里多次提及特雷斯科夫，对他赞不绝口。

自从第三帝国陷入了苏德战争的泥潭之后，帝国内部反希特勒的密谋集团就开始着手推翻希特勒，以确保德国能体面地退出战争。特雷斯科夫是最早提出要杀掉希特勒的核心密谋成员之一，从他身上可以看到德国军人抵抗团体的动机，不仅仅是被国家与民族现实主义利益所主导，应该也有理想主义与人类道义的成分。在第二次世界大战爆发之初，特雷斯科夫作为国防军参谋，参与了进攻波兰的闪击战。在波兰，他为党卫军部队对波兰平民和犹太人的暴行感到震惊。后来逐渐传出的对犹太人有计划的大屠杀消息，对不少加入反叛者集团的德国军官而言，是一个很大的推力。

"我不明白人们怎么还能称自己为基督徒，而不成为希特勒政权的愤怒对手。"特雷斯科夫曾这样说过。

　　1944年7月20日，同一个密谋集团中的施道芬堡上校，携带炸弹前往希特勒的狼穴大本营参加会议，他将装有炸弹的皮包放在会议桌下面后就离开了。随后炸弹爆炸，但希特勒仅受轻伤，又逃过一劫。以为希特勒被炸死的施道芬堡回到柏林，启动了特雷斯科夫起草的政变计划——女武神行动。但当晚七点，戈培尔在广播里宣布了希特勒幸免于难的消息，随后政变迅速瓦解。

　　7月21日凌晨，希特勒的声音出现在德国广播里。特雷斯科夫听到后知道大势已去，决意自杀的他，对副官施拉勃伦道夫说出了下面的一段话：

　　　　全世界现在都会诋毁我们，但我仍然完全相信我们做了正确的事情。希特勒不仅是德国的大敌，也是世界的大敌。几个小时之后，我将要在上帝面前对我的行为进行申辩。我认为我能带着一颗无愧的良心，为我在反希特勒的战斗中所做的一切进行辩护。上帝曾经答应过亚伯拉罕，只要能在索多玛城发现十个正直的人，就不毁灭这座城市。但愿由于我们的缘故，上帝能以同样的方式对待德国，不要灭绝德国。我们谁也不能抱怨死亡，因为所有加入我们的人，都已穿上了必死的涅索斯长袍。一个人，只有当他愿意为信念牺牲生命时，才具有道德良心上的价值。

　　1944年7月21日清晨，特雷斯科夫独自驱车来到前线一个苏军阵地附近，开枪制造了一个假的遭遇战现场后，随即将一枚手榴弹顶在下巴颏上拉响，炸碎了自己的脑袋。此举是为了让官方误以为他是战斗身亡的，借此保护他这条线上的同志。一开始德国军方也被他瞒过了，将他的尸体送回家乡隆重安葬。但数周之后，盖世太保从缴获的密谋集团文件里，查出特雷斯科夫原来是核心成员，于是竟将他的尸体从墓地挖出，悬挂在萨克森豪森集中营示众，而后又被焚尸扬灰。

在柏林的二战德国抵抗纪念馆的一面墙上，我从一幅肖像上认出了亨宁·冯·特雷斯科夫，这个前额谢顶的中年男子，正含笑注视着我，他的目光中似乎有一种预见未来的穿透力，这让我想起他在政变失败前一个月，就已经写下的一句话：

我们几乎肯定会失败。但是，如果整个德国都找不出几个人有勇气去阻止那个罪犯，未来的历史将如何评判德国人民呢？

德国人民应该感到庆幸，在二战中他们有过特雷斯科夫这样的同胞，尽管在那个黑暗年代的第三帝国里，这样高尚的德国人寥若晨星。

三、施道芬堡男爵

一只仅有三个手指头的手，在艰难地用钳子剪碎一个装有酸溶液的玻璃管后，启动了雷管，然后雷管被插入一块生面团状的塑性炸药块之中。这是一个独臂的残疾德国军官，在一个极度凶险的时间和地点，在启动一枚烈性定时炸弹。这时，走廊上突然响起了咔咔的皮靴声，他那位不知情的顶头上司，国防部部长正快步向他所在的房间走来。因为希特勒正在军情通报会上，等着这位独臂军官做汇报。

这时是 1944 年 7 月 20 日中午 12 时 30 分，希特勒在东普鲁士的狼堡大本营。

独臂上校施道芬堡男爵是德国后备军的参谋长，这位第三帝国的军事精英，有直接觐见希特勒的资格。颇为欣赏施道芬堡男爵的希特勒，却没有想到这位英勇善战、在北非战场上重伤致残的贵族军官，竟然是密谋集团的核心成员，而且已经下定决心要亲自暗杀自己，将德国从二战濒临失败的悬崖边缘拉回来。

7 月 19 日，施道芬堡突然接到通知，要他次日中午到希特勒的大本营——戒备森严的狼穴，当面向希特勒汇报关于组建新的"人民步兵师"的情况。刺杀希特勒的机会来了！

7 月 20 日早晨，阳光灿烂，天气炎热。施道芬堡带着自己的副官海夫腾中尉飞往东普鲁士的狼穴。他在公文包里放了三样东西：两枚炸弹和一件衬衫。中午 11 时，施道芬堡准时到达狼穴，一位负责接待的副官发现他的皮包很沉重，施道芬堡镇定自若地说："我们有很多事情要谈。"

施道芬堡来到国防部部长凯特尔元帅的办公室，凯特尔告诉他，因为意大利领袖墨索里尼要在下午来访，原定的会议提前了，所以时间已所剩无几了。很快，凯特尔领着施道芬堡出发去觐见希特勒，路上，施道芬堡告诉凯特尔元帅，因为酷暑炎热，希望自己在向希特勒报告前更换一件衬衫。施道芬堡以此借口进入凯特尔办公室的洗手间后，在副官海夫腾协助下，用钳子剪断雷管中有酸液的玻璃瓶并将其启动，然后将雷管插入一块重达一公斤的塑性炸药块之中。酸液浸蚀后，原先扣住撞针的金属丝会失效，进而引爆炸弹。

由于必须让这次刺杀行动的助手——副官海夫腾离开洗手间，去留意附近人员的走动状况，施道芬堡——这位左眼失明、右臂缺失、左手只有三根手指的残疾军人，只能独自一人艰难地组装炸弹，盛夏的高温加上极度紧张，使他的动作变得迟缓。凯特尔元帅见施道芬堡迟迟未出来，担心迟到，连忙赶回办公室，在卫生间外不断催促。原计划要组装两枚炸弹，现在施道芬堡只好减为一枚，定时装置设为12分钟。

施道芬堡随凯特尔元帅进入会议室后，发现另一位军官正在向希特勒等人做汇报，他成功将自己装有炸弹的公文包悄悄安置于希特勒身边的大会议桌底下，离希特勒的腿只有两米远。还有五分钟，皮包里的炸弹就要爆炸了。施道芬堡以要接听来自柏林的重要电话为借口，离开了会议室。

12时42分，一声巨响。已在屋外的施道芬堡，看到一团巨大的烟雾伴着碎木屑和纸片升上天空，还有人从窗户和门里面飞了出来。亲眼看见了爆炸和烟雾的施道芬堡，认定希特勒必死无疑。然后，他和他的副官爬上了一辆车，快速穿过三个检查站，路上将未用的第二枚炸弹扔进森林中。冲到机场后，紧急飞回柏林。

一回到柏林本德勒馆的后备军司令部，也就是这次的政变指挥部，施道芬堡上校就命令启动兵变计划——女武神行动。

　　晚上六时，密谋集团成员哈泽将军命令下属警备营长雷莫少校，前去逮捕宣传部部长戈培尔。雷莫持枪闯入戈培尔的办公室，戈培尔冷静地告诉雷莫，希特勒还活着。随后戈培尔拨通了希特勒大本营狼堡的电话，并递给雷莫接听。雷莫少校一听到那个熟悉的声音，砰的一声双腿并拢来了个立正。那正是帝国元首阿道夫·希特勒的声音。

　　原来，在施道芬堡上校将装有炸弹的公文包安放在希特勒身边的会议桌底下，悄悄离开会议室后，站在希特勒旁边俯身察看地图的一位上校，因为嫌桌子下面的那个公文包碍事，便把公文包移到会议桌的另一边，这个无意之举，再一次改写了历史。炸弹爆炸后摧毁了整个会议室，三名高级军官和一名速记员因为伤重不治身亡，多位高官重伤，然而主要刺杀对象希特勒，因为受到厚重的桌角保护，而奇迹般地只受了轻伤。

　　希特勒问雷莫少校听没听出自己的声音，随后在电话里当场提升他为上校，并给他下了逮捕反叛者的命令。本身就是死硬纳粹分子的雷莫，随即率领自己的部队包围了反叛者的总部——本德勒馆，但除了封锁之外，雷莫没有率部进入馆内。

　　秘密的猎手，突然间变成了公开的猎物。随着雷莫上校重新夺回城市的控制权以及希特勒仍然活着的消息传开后，柏林一些本来就立场游移的密谋人士纷纷倒戈。在本德勒馆内部，坚定的反叛者们在单眼独臂上校施道芬堡的领导下，与反对政变的军官之间爆发了战斗。为了救自己一命，曾经的反叛同谋弗罗姆将军反戈一击，命令手下部队控制了本德勒馆，并希望通过积极镇压政变重新向希特勒表达自己的忠诚。施道芬堡等反叛者被追赶到本德勒大街，他们寥寥几人奔跑的脚步声，在这条后来改名叫施道芬堡的大街上孤独地响着。一阵枪声之后，施道芬堡肩部中弹受伤，被抓回本德勒馆。

最后，为了杀人灭口，弗罗姆当晚召开临时军事会议，宣布施道芬堡上校、海夫腾副官和其他数人被判处死刑。

在一个乌云笼罩的阴郁秋日，我来到柏林当年的本德勒馆，现在的德国二战抵抗运动纪念馆。我站在空旷的庭院里一堵建筑物的外墙前。墙上挂着一个树叶花环的金属雕塑，花环的暗红色像极了洇干后的陈旧血迹。我的目光穿过历史的烟瘴，看到了很多年前，那个凶神游荡的午夜，被一辆卡车大灯照得雪亮的这堵墙前，站着的那个叫施道芬堡的单眼独臂人。

7月21日凌晨，这批密谋成员被带往本德勒馆外院子里的大墙下，在卡车提供的夜间照明中，逐一接受行刑队开枪处决。施道芬堡排在第三位，随后是他忠诚的副官海夫腾中尉。然而，当轮到施道芬堡时，海夫腾中尉却抢前一步，将自己置于行刑队和施道芬堡上校之间，在挡住了射向施道芬堡的子弹后死去。当轮到施道芬堡男爵的时候，施道芬堡说出了他最后的遗言："我们神圣的德国万岁！"

弗罗姆将军下令将被处决的军官，也是他的前同谋者的尸体草草下葬。然而第二天，施道芬堡和战友们的尸体被希姆莱授意党卫军挖掘出来，剥去勋章和徽章，焚烧火化后，骨灰丢至柏林污水处理厂的水沟。

在威廉·夏伊勒的经典历史巨著《第三帝国的兴亡》之中，引用了盖世太保发布过的资料，在施道芬堡行刺希特勒和发动兵变失败后，有七千人遭到逮捕，近五千人被残酷处死，其中也包括那位对施道芬堡杀人灭口的弗罗姆将军。希特勒下令对判决有罪者"像生肉那样吊起来"。一旦被宣告有罪，便会在几个小时后被处以死刑，并且依照希特勒所要求的，以钢琴弦挂在肉钩上慢慢绞死。重要人物的死亡过程还被拍成电影，供希特勒欣赏。

对施道芬堡男爵等军人刺杀希特勒、发起女武神行动的行为，一直以来众说纷纭，言人人殊。在战后的德国，这场政变的动机是长期讨论的一个话题，多数人认为，是部分政府官员和中高级军官密谋刺杀纳粹德国元首希特勒，推翻纳粹政权，与西方媾和，并促使其阻止苏联入侵德国，建立新的德意志政府。但不少人也认为，策划者想杀死希特勒既是为了结束一场注定失败的战争，也是为了避免失去他们作为职业军官和贵族成员的特权。这些质疑者问道：如果希特勒一直赢下去，这些人还会密谋刺杀他吗？

施道芬堡的临终遗言是："我们神圣的德国万岁！"是的，在以施道芬堡男爵为代表的部分国防军军官心中，德国是神圣的，但元首却不是。这位叫阿道夫·希特勒的外来暴发户，蛊惑人心，靠一群粗鄙下流的纳粹党新贵控制了德国，然后驾驭着德意志战车疯狂碾压整个欧洲。如果他获得成功，在德国的容克军事贵族精英们眼中，他也只是一个干得不错的代理人；如果他失败了，他就是一个奥地利流浪汉和前陆军下士而已。对不起，德国是我们的，你滚吧！我们，才是日耳曼神圣家园的真正守护者、北欧神话中主神奥丁的儿子海姆达尔。

施道芬堡男爵个人的某些言行，也模糊了他作为人类英雄的光环。他曾经同意纳粹党的极端民族主义观点，支持德国对波兰的殖民统治，并对波兰犹太人发表过极端言论，等等。

但我还是认为，对历史人物做出泛道德化评价，是一种失之偏颇的史观，它让所有其他的评价话语体系都沦为了道德的奴婢。如果让一个运动中的主角，比如女武神行动中的施道芬堡男爵，戴上人性所有的高贵光环，从道德、智慧、忠贞、仁慈、勇气到操守，你认为这有可能吗？

如果要从密谋集团中找出一个人物当作抵抗运动的道德象征，那应该是德国神学家朋霍费尔。没有放一枪一弹而最终走上纳粹绞架的谋反者，朋霍费尔的重要意义在于，他通过对伦理与宗教精神的深刻表述，为反叛者们与纳粹主义的决裂，在道德和良心上进行了背书。

而我对施道芬堡男爵的崇敬，完全是因为这位独眼单臂的贵族，迎着功败必将被挫骨扬灰、功成亦必将遭千万同胞唾骂的悲剧命运，闯入护卫森严的狼穴，去刺杀一个人间最可怕的魔王。虽千万人吾往矣，这个德国军人的勇敢无畏，实为世所罕见。

离开抵抗纪念馆之前，在施道芬堡男爵的陈列室留言簿上，我写下了这样一句话：

    施道芬堡男爵或许没有站上人类道德的高峰，但他确实站上了人类勇气的高峰。

审判白玫瑰兄妹的法官

　　我和朋友们在寻找中，来到慕尼黑大学的一个庭院里，看着满地散落的白色传单，确切地说，是象征着传单的银色铭牌，我知道自己找到了。这里，就是二战中传奇的白玫瑰兄妹最后一次向空中奋力撒出反抗希特勒的传单的地点。下一幕，是纳粹秘密警察呼啸而来，然后，就是悲壮的断头台之路。从最后一份传单自空中飘然落地，到这对年轻兄妹的头颅砰然落地，仅仅四天。

　　关于白玫瑰兄妹——汉斯·绍尔和苏菲·绍尔的故事，很多人已经熟知了。在德国电视台举行的"一百个最伟大的德国人"民意投票中，绍尔兄妹名列第四，竟然排在巴赫、歌德、俾斯麦等伟人之前，可见他们在现代人心中地位之崇高。白玫瑰兄妹已经成为人类反抗暴政的史诗英雄，而我，却希望在阅读史诗中那些不起眼的注脚时，能发现历史滑向悲剧深渊的草蛇灰线。比如，为什么一个经过法庭审理的案子，从逮捕到执行死刑，仅仅用了四天？做出这个判决的，是怎样的一个法官？

　　这个纳粹法官叫罗兰德·弗莱斯勒。

　　在审判白玫瑰兄妹之前半年，1942 年 8 月，弗莱斯勒博士刚刚被希特勒任命为纳粹德国人民法院院长。人民法院是什么？纳粹的司法机关，是运作于宪法体制之外的一个独立国家机关，负责审理各种"政治犯罪"的人。人民法院的审判过程，多为摆样子的公审，比如对于白玫瑰地下反抗运动集团成员的审判，在一个小时内便审判终结，庭审中不允许任何一方提出反证，或对案件加以争辩。法庭上的审判长往往对被告任意指控，接着便对被告加以定罪，并在被告律师不能提出任何反对意见的情况下进行宣判。毫无疑问，这种审判程序，完全背离了当时德国的一般诉讼程序和法律，人民法院也因此被称为"袋鼠法庭"。这个名词，被用于一些认为是不公平的庭审判决，隐喻国家的部分法庭中法律没有得到良好贯彻，法律就像袋鼠育儿袋中的幼儿一样被人为地左右。

人民法院死刑判决率的最高峰，就在罗兰德·弗莱斯勒任职院长期间。

人民法院，由纳粹德国总理希特勒于 1934 年创立。原因是希特勒对当时的德国法院相当不满，尤其是 1933 年发生的国会纵火案的审判结果，因为只判决斩首了一位被指控的纵火犯——失业者范·德·卢贝，而案中不少人都被宣判无罪释放，其中甚至包括共产国际的负责人季米特洛夫。事件结束后，对德国传统司法系统大为恼火的希特勒，宣布今后的一切政治案审判，都必须由新组建的人民法院执行。这个在国家宪法框架外独立运作的法院，只对希特勒和纳粹党负责。从此，希特勒可以运用这台残酷而高效的国家机器，对反纳粹人士大开杀戒。

从纳粹上台，到纳粹德国崩溃，十余年间，德国法院判决尺度究竟变化到何等程度呢？

1933年纳粹刚上台时，盖世太保和特别法庭的一份记录里，记载了某人讲的、作为轻罪判决的一个笑话：

在教堂前方的墙上并排悬挂着希特勒和戈林的画像，中间留着一些空。老师问："这空里要放什么呢？"一个学生站起来说，"放一张耶稣的像，圣经里说，耶稣被钉死在十字架上时，两边有两个罪犯。"

1944年，一位对纳粹持批评态度的天主教士穆勒说了一个类似的笑话后，竟然被人民法庭判处了死刑。穆勒说的笑话是这样的：

一位受重伤的士兵快要死了，叫来了一位护士。士兵说，自己是一个战士，想知道自己是为谁献出生命的。护士回答，他是为元首而死的。士兵问，那元首能来看自己吗？护士说，那不可能，但会给他一张元首的画像。士兵叫护士把元首画像挂在自己的右边，士兵又说自己在空军服务过。护士又给他拿来一张空军元帅戈林的画像，挂在了这位士兵的左边。士兵说，现在自己可以像耶稣那样死去了。

同样是将希特勒和戈林两个纳粹领袖比喻成耶稣被钉死在十字架上时两边的罪犯，穆勒说的笑话，要比1933年盖世太保记录的那个笑话含蓄得多，他却被判了死刑。这就是纳粹人民法庭的杰作。

关于弗莱斯勒法官，人们只知道他是一个工程师之子，参加了第一次世界大战，在1915年的东线战场成为俄罗斯帝国的战俘。

在被囚禁于俄罗斯时期，弗莱斯勒学习了俄语。在 1917 年俄国十月革命后，他对于马克思主义充满了极大的兴趣。布尔什维克让他担任德国战俘营中的食物供给部长。弗莱斯勒五年后从苏联回到德国，并且在耶拿大学攻读法律并取得法学博士，从事律师工作，在 1925 年加入了纳粹党。弗莱斯勒曾经的长官评价他——一个不可靠且喜怒无常的人。

弗莱斯勒在 1942 年 1 月，参加了著名的万湖会议，他代表司法部部长，与十多位代表一起，讨论关于犹太人问题的最后解决办法，目的是消灭欧洲各国总计一千一百多万犹太人。

在一个秋日，我来到柏林近郊的万湖会议遗址，那个美丽寂静的湖滨庄园。我走过满地落叶的庭院，在悬挂着万湖会议参会者的展示牌上，我辨认出了罗兰德·弗莱斯勒。

弗莱斯勒当法官期间滥杀无辜。例如，流亡美国的德国反战作家雷马克，其留在德国的妹妹朔尔茨女士，一次在楼梯间脱口说出希特勒将会失败，被人告密而被捕。弗莱斯勒已经在人民法庭上判了她几年徒刑，之后，在随手翻阅她的档案时，忽然注意到她的娘家姓雷马克，于是问她："那么，您和那位写作《西线无战事》的雷马克是否有亲属关系？"朔尔茨女士说："他是我的哥哥。"于是，弗莱斯勒没有让她进监狱，而是把她直接送上了断头台。

我从著名的 7 月 20 日密谋案，即施道芬堡男爵刺杀希特勒案件的审判纪录片中，看到了弗莱斯勒法官的个人形象与法庭表演。这个方帽长袍的法官，消瘦无肉的脸上写满了狰狞，对着被告大声咆哮着，当庭羞辱和咒骂他们，并企图打断被告或辩护律师的任何发言。在一个镜头中，被带到弗莱斯勒面前的前德军上将埃里希·赫普纳，被弗莱斯勒轻蔑地称呼为"猪样的狗"，当赫普纳回答说自己不是"猪样的狗"时，弗莱斯勒问他，觉得自己适合放在哪一个动物类别中。

这场刺杀密谋案，最终有近五千人被执行了处决。很多人被弗莱斯勒依照希特勒的要求，判决用钢琴的琴弦挂上屠宰肉钩慢慢绞死。有关密谋案参与人士审判与处决的场景，被拍成了纪录片，之后送至希特勒总部供希特勒与其随从观看欣赏。

在这场审判中，陆军元帅埃尔温·冯·维茨莱本，受到抽走裤带的极大羞辱，他必须时时拉着裤子接受质问，以免裤子在法庭上当众脱落。在被判处绞刑后，元帅向弗莱斯勒喊出："你可以将我们交给刽子手，然而三个月内，那些饱受愤怒与煎熬的人们将会把你活活地从街上的粪便上拖过。"

维茨莱本元帅的预言，不到半年就实现了。不过，弗莱斯勒没能活到战争结束，就被炸死了。1945年2月3日，弗莱斯勒正在人民法院进行庭讯时，空袭警报凄厉地响起，英美盟军又来空袭柏林了。这天，第三帝国首都遭受到近千架轰炸机扔下的三千多吨炸弹的轰炸，这是柏林遭受到的最大一次空袭。那些炸弹问候到的地方，有希特勒总理府、盖世太保总部、纳粹党总部和人民法院。

关于弗莱斯勒在这场空袭中身亡的情形，有两种说法。一种是弗莱斯勒当天匆忙地暂停审理，并且命人将当日的被告带进避难室中。这时，一颗美军轰炸机投下的炸弹，几乎直接命中了人民法院的建筑，弗莱斯勒被炸断的屋梁压死。他的尸体在一根倒塌的石柱下被发现，手上还抓着档案，那是当天要审理的关于法比安·冯·施拉勃伦道夫在1944年的密谋案中反抗希特勒的档案。

另一份报道说，弗莱斯勒从法庭去空袭避难室的途中，被一个炸弹碎片击中，因流血过多而死在柏林人民法院的走廊。施拉勃伦道夫站在弗莱斯勒旁边，看着他死去。这位勇敢的反抗者，其实还参与了更早的一次刺杀希特勒的行动。在1943年，他曾帮助密谋反抗的上司特雷斯科夫，将伪装成法国名酒"君度"的一枚定时炸弹，放上希特勒访问东线后返程的专机。可惜炸弹失灵，那次刺杀失败了。弗莱斯勒的突然死亡，使施拉勃伦道夫躲过了被宣判及行刑，并于战后成了德国联邦宪法法院的一名法官。

据陆军大将约德尔的遗孀——路易丝·约德尔（她曾经在柏林一家叫吕措的医院工作过）回忆，当弗莱斯勒的尸体被送到医院时，她听见一个工人说，这是神的审判。然后是一片沉默，没有人再说什么。

对弗莱斯勒的死，无人感到惋惜。他被埋葬在他妻子的家族墓地里，墓碑上没有名字。

这个在法庭上咆哮如野兽、表现颇似狂人希特勒的纳粹法官，又一次印证了一个历史铁律：有什么样的君主，就有什么样的臣子。暴君欣赏酷吏，贤君对残忍之人心怀警惕。沿着人类历史的纵轴看下来，这类故事一路俯拾皆是。我想起唐太宗李世民的一个故事：唐太宗下令将谋反的代州都督刘兰成腰斩，大将丘行恭竟然当场挖出刘兰成的心肝烹食，以表对唐王朝的忠心。唐太宗得知后，责备丘行恭，说刘兰成谋反，朝廷有规定的刑罚，何至于如此！如果以此来表示忠孝，则应该是太子和诸亲王先吃，岂能轮到你呢？丘行恭惭愧，磕头谢罪。救过李世民性命、立下大功的丘行恭，或许因为做了这件违背人性伦理之事，而被李世民排除在凌烟阁二十四功臣之外。

沿着20世纪的历史横轴看，已经进入了宪政文明时代的部分人类，人民普遍的自由和权利已经在宪法的保护之下，可以免受国家权力过度滥用带来的伤害。但在极权主义的纳粹德国，司法不再是分权制衡机制中的一极。法官不再独立，而是必须做出符合纳粹秩序观与政治领袖意志一致的价值判断，成了与领袖合谋的杀人凶手。对于弗莱斯勒和他的同行来说，希特勒的意志就是德国的法律。独裁者希特勒对人道主义、文明教化和宪政民主毫无好感，他不喜欢的事情，就动用血腥的武力以及残酷的手段毁灭。在他看来，所谓的人道主义只是"愚昧、软弱和虚构的高级知识的混合体"。因此，这个集所有权力于一身的大独裁者，最终变成了率兽食人的魔王。

德国哲人马克思曾经说过：在民主的国家里，法律就是国王；在专制的国家里，国王就是法律。

这句话，是对人类文明的真知灼见，它洞穿了历史，将纳粹德国的司法真相昭然揭示于世人。被这一束智慧之光钉在历史耻辱柱上的，还有那个审判白玫瑰兄妹的法官——罗兰德·弗莱斯勒。

在马丁·路德故乡的追思

一

一个身着黑色长袍的人,正在往教堂的木质大门上张贴拉丁文告示。教堂门口渐渐聚集了一群围观的人,这位黑袍修道士开始用萨克森口音的德语,慷慨激昂地向读不懂拉丁文的德国同胞讲解起告示上的内容。

整整五百年后,这个世界已经被那张告示不可逆转地改变了。在一个阳光纯净的秋日正午,我和朋友们驱车来到德国小城维滕贝格,找到那座巍峨的教堂——诸圣堂,发现原来张贴告示的木门早已在战火中消失,取而代之的是两扇青铜大门,门上雕铸着那张告示的文字。这篇青铜铭文,向过去、现在和未来的所有人,宣告了曾经书写、张贴出它的那个人的不朽。

这张告示的原标题是《关于赎罪券的意义及效果的见解》,后来被人简称为《九十五条论纲》,他的作者是德国人马丁·路德,一位基督教神学家和修道士,他在1517年10月31日,将反对赎罪券的辩论提纲张贴在维滕贝格的诸圣堂大门上,希望将赎罪券的神学意义提出来与教会人士讨论。这张告示引起欧洲极大的轰动，从此引发了德意志宗教改革运动，也导致了基督教世界的分裂，促成了新教的诞生。

赎罪券是什么？

如果你在五百年前欧洲城镇的大街上走，会遇上推销赎罪券的天主教士们游行，且口里念念有词地唱着：银币叮当落柜响，灵魂应声进天堂。教士推销员还会拉住你说："朋友，多买赎罪券不仅可以预先豁免自己今后犯的罪行，而且还可以替已死的亲人赎罪，好让死者的灵魂尽快脱离炼狱，升入天堂。比如，你的亲人要是生前干过挖绝户坟、踹寡妇门这样的坏事，那他这会儿肯定在炼狱里被烧得嗷嗷叫，你能忍心让他一直叫下去吗？去吧，赶紧给你的亲人买张赎罪券，当成机票让他直飞天堂吧！"在当时欧洲的基督教社会人群中，赎罪券成了罪犯的良心赦免证。

在基督教世界定于一尊的堂堂罗马天主教廷，为什么竟然用这么难看的吃相捞钱呢？

原因是，当时在任的教皇利奥十世，是意大利文艺复兴运动的一位大金主。他几乎拿了无量的金钱去赞助文艺事业。看看与他有过交集的艺术家：这位对人文艺术非常痴迷的教皇，邀请过老年的达·芬奇到罗马当座上宾；他让米开朗琪罗为其家族——美第奇家族的墓穴制作雕像，从而诞生出了不朽的大师作品《昼》《夜》《晨》《暮》；他与拉斐尔的关系更加密切，将其视为亲密的朋友，并要求拉斐尔为他的梵蒂冈办公室作壁画，还特意赐给他一顶红衣主教的小红帽。文艺复兴的天空中最亮的三颗巨星，都曾在这位教皇的眼前——闪耀过。在利奥十世疯狂烧钱下，罗马再度成为西方文化的中心。

为了赞助伟大的文艺复兴，这位花钱如流水的教皇，他一个人就花光了三代教皇的钱：一是前任教皇留下的巨大财产，二是他在任时罗马教廷的收入，三是将来要为他清偿债务的新教皇的收入。教廷的财务陷入了枯竭，但为了继续完成圣彼得大教堂的建造，他还得大量烧银子，因此就有了向全欧洲基督徒推销赎罪券的招数。结果导致北方的马丁·路德，在维滕贝格教堂大门上张贴出神学辩论提纲，进而引发了一场惊天动地的宗教改革。

所以，意大利文艺复兴疯狂烧钱，在德意志引燃了一场宗教改革的大火。我眼里的文艺复兴与宗教改革，这两场伟大运动之间，暗中存在着某种稀奇古怪的关系。你看，历史就是这么狗血淋漓八卦。

二

路德在维滕贝格获得神学博士学位后，成了大学教授。除了教书以外，他还是当地的修士，在当地的教堂里面主礼，甚至要帮忙调解当地人的纠纷，忙得不可开交。

当维滕贝格附近的一些人来找路德行告解时，路德告诉他们，需要悔改才能得到主的赦免；当有人拿出在外地买回来的赎罪券炫耀时，路德愤怒了，他拒绝为他们做赦罪祷告。

为什么当时作为普通神职人员的路德，会有这匹夫一怒呢？

路德认为，人只要虔诚信仰上帝，因信称义，不需要教会当中间人搞什么神神道道的仪式勾当，死后这人的灵魂就可得救。他还主张从头到脚改良腐败的教会，建立廉俭教会。路德曾经被当地修会派去过罗马，他震惊于罗马教会的骄奢淫逸、道德败坏。他后来将反对赎罪券、改革教会的主张，写在告示《九十五条论纲》中，从而招致教皇利奥十世的指责。教皇指责路德为异端，将他比喻成"擅闯上帝葡萄园的野猪"，接着颁布最严厉的判处——破门律，即革除路德的教籍。最终却使统一于罗马教廷一尊的西方教会轰然解体，引发了欧洲绵延上百年之久、极其惨烈的宗教战争。

我以为，将普通修道士马丁·路德的生平与教皇利奥十世的生平对比着看，可以提供一个解读时代风云突变的角度。

利奥十世，是一个典型的衔着金汤匙出生的人，从小到大都是幸运儿。他是意大利佛罗伦萨显赫的美第奇家族之子，童年时代受过很好的教育，8岁就成为大主教，14岁时因为姐姐嫁给了教皇英诺森八世的儿子，他也被升为枢机主教，38岁时被选为教皇。

佛罗伦萨是意大利文艺复兴的摇篮和中心，而美第奇家族又是这个摇篮最大的金主，利奥从小生长在宫廷，所以养成了对人文艺术的热爱，他尤其爱好音乐、诗文和戏剧，对任何学者都有求必应，他常随身带着一个红色丝绒袋，里面装满了钱币，随时准备分赠给有所求的人文艺术学者。他身边甚至还有乐队，随时待命表演，他是一位生活的艺术家，知道如何享受生活，却不知道如何去应付他的时代。传说，利奥被选为教皇后，曾对他的弟弟说："主既然给我教皇的职位，就让我好好地享用它吧。"

这位艺术品位极高、私德亦无大碍的教皇，在宗教改革运动中，站在了人类历史前进方向的对立面，一个重要原因，即那些站在世界之巅的肉食者与芸芸众生，分别身处于两个不同的平行宇宙中。因此，他们对众生所受的苦难，怎么会感同身受呢？这些生而高贵者对底层人民最有善意的慰问，也只能是一句：何不食肉糜？

出身于贫苦农家的马丁·路德，走的是一条与利奥十世完全不同的人生道路。早年的路德，为了解决上学的经济窘况，和其他上学的孩子们组建了一个唱诗班，在富有人家吃晚餐的时候，让主人们边享用丰盛晚餐，边聆听孩童唱诗班唱圣诗。主人用过餐后，可食用主人们吃剩的菜肴，运气好的话还能拿到一些小费。后来路德的父亲靠着个人的努力成了"小矿主"，但备尝艰辛的路德却终身保持着简朴的生活习惯。

朴素真诚的人类良知，多隐藏在鹑衣粗服之下，而罕见于锦衣华服之中。

在这里，我拿宗教改革刚开场时的两位主角的身世做了一个对比，并未打算对这场运动做出全面的叙述。根据孔乙己的学问，光是茴香豆的一个"茴"字就有四种写法，宗教改革这颗德国茴香豆的写法，那学问多了去了，我们就此打住吧。

关于马丁·路德与罗马教会之间的恩怨，还有一个小插曲。那是利奥十世死后第六年，神圣罗马帝国的日耳曼雇佣军进犯罗马，打进了梵蒂冈。历代教皇的坟墓都遭到了亵渎，他们的尸体被德意志士兵从棺材里面拉出来乱扔，这些已逝教皇中，马丁·路德的对手——利奥十世的尸体被侮辱，是大概率的事情。有一件事可以确定，那些朗斯克纳长枪兵——路德派的坚定支持者，在大师拉菲尔精美壁画装饰的梵蒂冈宫殿里，用长矛在墙上重重刻下了路德的名字，以示对罗马教皇的蔑视。这时的路德，已经成了宗教改革运动中一呼百诺的领袖，基督教世界的一代宗师，这可真是风水轮流转啊。

三

让我们还是回到1521年，罗马教廷对马丁·路德占绝对上风的时候吧。

一辆马车在疾驶中扬起一溜烟尘，里面坐着的人，正是从神圣罗马帝国会议上出逃的路德。

因为路德不但坚持自己的观点，还当众烧了教皇命令他悔过的圣谕，教皇利奥十世正式宣布：开除路德教籍。当时，罗马帝国皇帝查理五世，决定召开帝国会议以执行教皇的通谕，并叫来路德给他判罪。但由于与会的部分德意志诸侯反对，以及路德本人被审讯时的有力辩护，帝国会议决定再开几个闭门会议，以决定马丁·路德的命运。马丁·路德在终极裁决前，就离开沃木斯议会地逃亡了。帝国议会最后认定马丁·路德违法，并下令逮捕他。

坐在向家乡维滕贝格飞奔的马车上，路德知道自己此次凶多吉少，教皇和神圣罗马帝国皇帝都与他这个普通修道士为敌了，如果被他们抓住，一定难逃一死。

原来，路德的这张告示，使赎罪券在德意志各诸侯领地销路大减，有些地方已无人购买。路德此举不仅断了罗马教廷的财路，同时也让教廷颜面扫地，昔日至高无上的权威严重受损。按照惯例，在罗马教廷宣布路德为异端后，他有遭受火刑的危险。先于路德一百年的宗教改革先驱——扬·胡斯，就被教皇下令在火刑柱上烧死示众。在捷克的布拉格老城广场上，我曾瞻仰过这位思想先驱的雕像。

突然，一队士兵出现在路中央，喝令马车停下，在辨认出车中的人就是他们要找的路德之后，这队士兵把人带走了。马丁·路德就此失踪。人们传言他已遇难，但他的名声传遍了欧洲，他的观点在德国民众和许多德国王公贵族中赢得了广泛的支持。渴望宗教改革的人们，将在帝国议会上接受审判的路德与耶稣受审相比。受到路德的精神感召，路德的拥护者行动起来，宗教改革运动如燎原之火开始在德意志的土地上迅猛发展。

一年以后，路德神奇地又出现在世人面前，手里拿着一本被他刚刚翻译成德语的圣经。

原来，萨克森选帝侯腓特烈三世，这位赞同宗教改革的德意志君主，在帝国议会下达对马丁·路德的通缉令后，为了保护路德，腓特烈三世让手下以拦劫和绑架的方式，把他秘密送进瓦特堡的城堡中避难，并让路德化名为乔治骑士，帮他躲过了最为艰难的那一年。路德很幸运，因为在那个时代的欧洲，教权和君权之间的角力，生生撑出了思想者得以幸存的空隙。借助这方狭小的空间，马丁·路德终成经天纬地之功。行文至此，我突然想起加拿大诗人歌手——莱昂纳德·科恩的一句歌词：

万物皆有裂痕，那是光进来的地方。

路德在瓦特堡隐居期间，致力于将《圣经》原文的希伯来文、希腊文翻译成德文。从此以后，所有德国人都不再需要懂拉丁文的教士讲授，自己就能读懂《圣经》了。信仰还在，人和神中间那位混饭的中介——教会，可就很尴尬了。

马丁·路德的宗教改革主张，有一点类似比他早八百年的禅宗六祖慧能。那位具大智慧的文盲和尚，似乎更为旷远放达，他主张不拘泥于坐禅观定，即成佛道，所以称之为顿悟。他教外别传，不立文字，直指人心，即心即佛；提倡无所依傍，自性自度。这与路德鼓吹的、踢开天主教会的一切繁文缛节，只凭一本《圣经》就可以与上帝直接对话，有近乎异曲同工之妙。

四

让我们来看看，被后人封神的马丁·路德和他那位能干的太太前修女凯瑟琳是如何结识、结婚的，还有他们后来的家庭生活的真实情况。

凯瑟琳五岁时，就被送往修道院接受教育。成年后，凯瑟琳对修道院的生活渐渐感到不满，继而计划跟另外几位修女秘密逃离修道院，并联络马丁·路德请求他的协助。

在一个复活节，路德请一个定期往修道院送鲱鱼的商人朋友帮忙，让修女们藏在封闭货车里面装鱼的木桶之间，成功出逃到了维滕贝格。一个当地学生给朋友写信道："一辆装着纯洁修女的货车来到了小镇，她们所有人都拼命渴望结婚。上帝许诺给她们丈夫，以免出大乱子。"

路德首先请求出逃修女们的父母，让她们重新回到家中，但是这些家庭都拒绝了，可能因为修女的私自出逃是违反宗教法律的。两年内，路德给逃亡的修女安排住房，介绍对象以及帮助她们寻找工作，除了凯瑟琳。凯瑟琳拥有众多的追求者，但她告诉路德的一位朋友，她只愿意嫁给路德。

马丁·路德和他的许多朋友一开始并不确定他是否应该结婚，他们认为路德的婚姻可能会变成一桩潜在的丑闻，从而伤害到他发起的宗教改革运动。路德最终得出这样的结论：他的婚姻会取悦天父，激怒教皇，就让天使们笑，让魔鬼去哭吧。于是，1525年马丁·路德与凯瑟琳结婚了。

我访问了维滕贝格马丁·路德故居，他在那里居住了近四十年。时近黄昏，灯火已经开始在那栋老房子里闪烁并飘了出来，与庭院上空的晚霞天光交融。拜访者不多，人们放轻脚步和压低谈话声音，仿佛怕惊扰到屋里那位脾气暴躁的神学院教授。在庭院中，我见到了路德夫人的雕像。由于路德同时代的画家留下了路德夫人的画像，加上路德夫妇收留的学生们记录的大量的关于他们日常生活的言行，因此这尊真人大小的路德夫人雕像很传神。雕像的她，短小精悍，目光坚定地跨出门框，向你走来，有虎虎生风之感。看来这对生猛夫妇，的确是天雷地火一般的绝配。

路德的婚姻，是从艰难的经济窘境中开始的。凯瑟琳要在满足他们一家子需要的屋子与农田中工作，她不仅会独自宰鸡，而且还会宰猪和牛。路德给她起了个名字，叫她"我的凯蒂大人"。路德在给朋友的一封信中提道："我的主和凯蒂向你问好。她耕种我们的田野与牧场，并且贩卖母牛，等等。"

凯蒂也承担起管理路德任职的神学院财产的任务。她还在家里收留学生，以此来赚钱度过贫困时期。后来她经营酿酒厂和农场，来供养他们的家庭。路德称她为"维滕贝格的晨星"，因为她经常于凌晨四点起床来做各种家务。

这对相差十五岁的夫妇，生了六个娃，活了三个。这位神学教授父亲，因为在阳光下晾尿布而带给邻居们欢笑。"让他们笑吧，神和天使在天堂微笑呢"，路德自我解嘲道。路德惯有的幽默，在生活中随处可见。一次，他一边把小儿子汉斯裹在襁褓中，一边说："踢吧，小家伙。这正是教皇对我所做的，但我挣脱了他的束缚。"

路德并非一个易于照料的人，他总是在各种时候生病，宗教改革运动的巨大压力，让他身心俱损、积劳成疾。多亏凯蒂精通草药、药膏与按摩，后来成为医师的儿子保罗说，母亲是半个医师。凯蒂不让路德喝白酒，而让他改喝可以治疗失眠的镇静剂与溶解结石的啤酒，那是她自己酿的啤酒。结婚一年后路德曾写信给一位朋友："在所有的事情上，我的凯蒂都对我有益并且使我喜悦。"在瘟疫流行的时候，凯瑟琳还开了一家医院，与一群护士们为病人服务。

路德描述凯蒂的行为和给她起的名字——"我的凯蒂大人"，向我们表明，路德确实强烈地感觉到，她对自己的生活和决定表现出了极大的控制力。她甚至对马丁·路德也有了一定的影响力。

夫妻俩情投意合，婚姻幸福美满，闲暇时会一同钓鱼、散步，他们常邀请学生共进午餐。

也许是因为他们的孩子们，有时两人也会用完所有的耐心。有一次凯蒂厉声斥责路德："博士，你为什么不停止说话开始吃饭呢？"路德反驳："我希望女人在开口前，先反复背《主祷文》。"

路德也曾大发过牢骚："天哪，在婚姻里有多少麻烦！亚当把我们的本性搞得一塌糊涂。想想亚当和夏娃九百年间的争吵，夏娃会说，你吃了苹果！而亚当会反驳，那是你给我的！"

对于大半生都活在宗教战争的紧张状态中的路德来说，死亡，或许是他最快乐的事，因为他终于可以回到上帝那里去了。在预感到自己将不久于人世时，路德表现得十分开心。他甚至高兴地宣称："我可以躺在自己的棺木中安息了，让医生们都见鬼去吧。"1546年初春，马丁·路德溘然长逝。

五

关于马丁·路德给这个世界带来的遗产，恕不展开叙述。只要看看他五百年前贴出告示的时间点前后的历史，你就知道了。1517年以前，一代代生活在后来的新教国家地区的欧洲人民，对人类文化和历史做出的贡献相当小，能上榜的大约只有两个人：西方活字印刷术的发明人古登堡和神圣罗马帝国缔造者查理曼大帝，在这个时间点以前的大多数著名历史人物，都来自新教地区之外的其他地方。而马丁·路德之后的五百年中，新教国家地区开始涌现出大量杰出的人物,在相当意义上这一历史事实是马丁·路德宗教改革运动引起的。新教地区较多的思想自由,可能是一个重要因素。

与今人心目中,已经神圣偶像化的马丁·路德形象相比,真实的路德远非一位完人。他有着充沛的精力、创新的思想和对神许公义的执着追求。然而,他常常缺少自制力,有时候粗鄙、狂野、专横到了令人难以置信的地步。

"我粗野!狂暴!激烈!好战!"

"应该把他们戳碎、扼杀、刺杀,就像打死疯狗一样。"他在《反对杀人越货的农民暴徒书》中如是说。

"犹太人就是这么绝望、邪恶、毒意和被魔鬼所占据,一千四百年来他们是我们的疟疾、鼠疫和所有的不幸,而且一直是。总之,他们就是魔鬼。"在《论犹太人及其谎言》一书中,路德这样说。

他提出了世俗世界如何对待犹太人的建议:点燃他们的会堂和学校,泼上硫黄和柏油,全部烧掉;烧不掉的,用土埋上,使之永远看不到一块石头、一角瓦片。为了我们的主耶稣基督,要将犹太人用来撒谎、渎神和赌咒的场所全部烧成灰烬,夷为平地。

当然,这是因为路德发现,不可能让犹太人皈依基督教后,发出的愤怒声音,这种偏激的宗教情绪,还不能与种族仇恨完全画等号,但是作为一位宗教信仰的叛逆者,他自己却丝毫不能容忍宗教异见。也许就是由于这位德意志先贤不容异说的榜样,才使得宗教战争在德意志地区,远比其他国家要激烈和残忍得多。而路德凶狠攻击犹太人的论著,也在四百年后,被希特勒拿来当了反犹主义与种族灭绝的理论资源。但我不认为路德需要为希特勒去背锅，一个人脑子中对一群人的偏见，与举一国之力去杀光这群人，这两者之间还隔了一个巨大的魔鬼，它的名字叫极权。

路德的精神遗产清单上，除了反犹这样的不良资产，还有世俗专制权力的思想滥觞。在宗教改革运动这场历史大戏中，教权与王权之间的斗争是戏中的主线之一，正是因为有了萨克森选帝侯腓特烈三世的庇护，路德才逃过了教皇利奥十世的破门律追杀。为了反对教会对世俗政治的干涉，路德经常强调民众服从合法民权的重要性。草蛇灰线，伏脉千里。虽然路德当时的动机有着明白的历史理性，而且，我们也不能要求一个人超越他自己的时代，但德国新教徒从此对专制权力与国家主义的认可，让德国成了一战军国主义、二战法西斯主义瘟疫流行的温床。

如此看来，在过往历史的幽暗深处，潜伏着很多只蝴蝶，它们在微微扇动着翅膀，那是之后岁月里将要发生的巨大风暴之源。

在诸圣堂内的马丁·路德墓前，我和其他人一样静悄悄地走近，向墓中人致敬、离开，唯恐惊扰了墓中那位火暴脾气的博士。他在精神气质和体格特征上，都与脆弱的天主教圣徒形象相去甚远。被同时代人描绘成"双下巴、有力的嘴巴、锐利的深邃的目光、肉质的脸和垂着的脖子"的那个胖子，在诸圣堂门上贴了一张告示，引起的狂飙巨浪永远改变了这个世界后，安静地躺在里面睡着了。

圣彼得堡速写

一

一个早春，我和瑞典于默奥大学一群师生，舟车相继，穿越了波罗的海与芬兰国土，去访问俄罗斯的北方名城——圣彼得堡。

大巴士抵达于默奥城外的海边轮渡码头时，约下午4时。

波罗的海的北方海岸，广阔而荒凉，平坦的海岸线蜿蜒消失在寂无人烟的天际，没有山脉、森林。纯灿的阳光从湛蓝的天空流泻而下，令浮满海面的冰块变成了无数闪烁的巨大钻石。

一艘轮渡、一座风车，几乎成了这个小小海湾风景线上仅有的构成因素。虽然单纯，但隐含了丰富的诗喻。

巨轮悄然离岸。在夕阳中驶进大海，朝着芬兰的瓦萨城开始了四个小时的航程。在船顶部甲板拍下日落海景后，与王展翔博士于餐厅择一桌，临窗而坐。船内乘客寥寥，轮渡的赌场大厅冷冷清清。

夜幕降临，王博士有事离开，我独自登上船顶甲板。突然发现，在沉沉夜海之上，那璀璨的巨大星空，仿佛咫尺之遥、伸手可及。

这一幕使我陷入迷惘，那带着神性的星光，刹那间照亮了我空寂的心灵。古往今来，那在星空下无所逃遁的人类的孤独感，在这一时刻追上并淹没了我。

有所敬畏，或许正是人性觉醒于混沌之梦的特质。在波罗的海的星空下，我想起了康德墓碑上的名言："有两样东西，对它们的盯凝愈深沉，在我心里唤起的敬畏与赞叹就愈强烈，这就是，头顶上的星空和心中的道德律。"

船行于浮冰漂流的大海，远远地，芬兰海岸简约的轮廓出现了，它由无数处茫茫夜海之中的小城中的灯火微光勾勒而出。船首探照灯照亮的海面冰层，也由于渐近海岸而渐厚且连延。

抵达芬兰，登上大巴，组团者兼导游——瑞典人 Lennarth（我们叫他老林）语颇诙谐，言虽将彻夜长途行车，但各位仍可安然入眠，因路面光坦似女性肌肤，众人哄笑。该旅行团多为于默奥大学的国际学生，调皮鬼亦不少。当老林强调车上厕所马桶内除手纸外，不能扔入任何东西时，一小鬼大叫："shit（粪便，大便）能扔进去吗？

车穿越瓦萨城，小城灯火通明，街道上却寂无一人，建筑物皆精致整洁，有巴洛克风格的外廓。我对瓦萨小城的印象是"冰雪宫殿里的睡美人"。

夜行穿越芬兰自西北至东南全境。所经之途人烟稀少，窗外的沉沉夜色中，唯有垂野星空隔着闪掠而过的夹道林与我们相互追逐同行。

二

清晨过芬兰与俄罗斯边境，对比芬、俄两国海关查对护照的弛与严，可以隐隐感受到欧盟与俄罗斯之间的差别。

我对俄国边防军人的印象是表情温和，不苟言笑，似乎略有羞涩感。和我后来所见到的俄罗斯平民一样，这是一个经受了历史残酷的碾压后，顽强生存下来的伟大民族。它的人民已经习惯了过往社会的强大压力，而今在新的社会里却变成了茫然失措的学步幼童。我默默祝福俄罗斯人民，有一天也能像我所见到的瑞典人民一样，生而自由的信心荡漾在每一个公民微笑的脸上。

车行晴空熙日之下的莽莽林海雪原，深入陆地的小海湾皆成冰原，时时可见。

近午抵圣彼得堡城郊，路旁建筑渐多，但颓败之象颇明显。

大片墓地漫野遍坡，墓碑陈旧，似历经漫漫岁月，其可能为二战中举世闻名的列宁格勒保卫战死难者公墓。过此墓地时，一车默然。

车过一古堡，原为瑞典人在数百年前与俄罗斯人对峙所筑。古堡临水而立，黝黑的垒石记录了历史的风雨沧桑，不知同行中的瑞典师生此时的感受如何。

在老林的提醒下，我们一路发现了许多军事防御工事，有壕沟、石垒，等等，年代自二战至冷战时期。

其实我们的这次旅行，正好穿越了十余年前，人类历史上两个空前强大的政治军事集团，华约与北约对峙的界面。一想到东欧边境线一侧集结的数万辆苏联坦克，可能在某个不可预知的瞬间突然吼叫着冲向西欧诸国，而凭借常规兵力在欧洲绝对无法抵御的北约和美国，极可能动用撒手锏——核武器，最后升级为相互毁灭的战略核弹互射的情景，真令人不寒而栗。如今那个最恐怖的景象已经烟消云散，噩梦醒来是早晨，这大概是很多欧洲人的感受吧。

城市边缘地区矗立着大批新落成和正在施工的商品住宅楼群，颇似中国城市。老林介绍说，这里的年轻人结婚时一般买不起住宅，常与父母挤住在城内三居室左右的公寓内，故生育孩子一般推迟到婚后七八年，在有了自己的住房时。

穿越城中央的涅瓦河畔，面对扑面而来的众多人文历史风景，老林开始兴奋起来，口中滔滔不绝地冒出在我听来如雷贯耳的名人，那都是出生或曾生活于此的历史人物。直到一个调皮学生大叫："库尔尼科娃是不是出生在这里？"老林才就此打住，幽默道："不，她出生于另一宇宙空间。"

车抵圣彼得堡市中心的莫斯科饭店，已过中午12时。

三

下午自由活动。团中七位中国同胞相约，去逛城中最著名的涅夫斯基大街。此街有数公里长，临街多见百年以上沙俄帝都时期的石质建筑，多为四层左右，饰以洛可可艺术风格的装饰，现都整修一新，为了次年（2003年）的圣彼得堡建城三百周年纪念大典。

从大街上往来的俄罗斯市民脸上，常常看不到轻松与愉悦的表情，生活的压力可窥一斑。但从人们眼里隐约可见的坚毅与自重，又使你感受到一个有着伟大历史与文化的民族所具备的人格力量。

一对年轻的情侣在阳光下欣喜若狂地对视，然后轻轻跳起来以胸部碰触彼此，那种幸福得流溢出来的表情，让人难以忘怀。我想到了电影《日瓦戈医生》的结尾：饱经磨难后死去的主人公那长大了的女儿，背着父亲遗留下的那把琴，和男朋友一起走进阳光，去开始自己全新的生命旅程，希望的火种就这样经由年轻的心而传向未来。这是多么相似的一幕！

同行的女士们进了一家鞋店，我和王博士看到远处另一街头的一尊铜像，似为一路所寻之普希金像，遂奔去留影。路上一位推着婴儿车的年轻妈妈证实了我们的推测。

离铜像不远的建筑物上，有一尊女性的大理石浮雕像，她又是谁？为什么恰好默默凝视着普希金像？我用相机拍下了这个不解之谜，期待着有一天能得到破解。

在历史人文纪念景观无处不在的圣彼得堡，铭文全部是俄文。这是我们留下遗憾的重要原因之一。

回到鞋店，已不见另几个同伴的踪影。我们二人遂继续沿涅夫斯基大街前行。

过安尼可夫桥，与桥头驯马力士铜雕像合影。

一临街公园中央，矗立着一尊巨大的女皇铜像。她就是叱咤风云的叶卡捷琳娜女皇吗？我向两位路过的俄罗斯少女寻问答案，她们非常羞怯地微笑着，迟疑片刻，其中一位告诉我：是的，是叶卡捷琳娜二世。少女的羞涩面容令我有隔世之感。

　女皇手执权杖，威仪天下。在她脚下四周，是一组围坐着的男性雕像。从雕像面容推断，应该是女皇陛下的重臣们。他们神态各异，或微笑，或沉思。但较之于女皇的凛凛天威，简直如云泥之别。这一幕在男权主宰的人类社会历史中应该是不多见的吧。

　叶卡捷琳娜二世的统治时期是 1762 年至 1796 年，她是历史地位仅次于彼得大帝的沙皇，以德国公主的身份嫁给彼得三世，后废黜丈夫登上皇座。在与土耳其和波兰的一系列战争中，为俄国开拓了大片领土，为俄国文化、艺术、教育做出了无法估量的贡献。仅以我们将要参观的冬宫博物馆为例，那里收藏的众多欧洲艺术大师的原作，多是她委托颇具艺术法眼的臣属长期在欧洲多方求购而来的。

　女皇石榴裙下的那群名臣显贵，哪一位是她最为宠幸的波将金呢？那位在克里米亚战争中立下赫赫战功的公爵，曾经得到女皇许多赏赐，其中包括一座宫殿，但他却在一场豪赌中把它输掉了！令人惊奇的是，女皇向赢家秘密买下这座宫殿后，又赏赐给了那位幸运的宠臣。

　我想起多年前听过的另一个关于波将金的故事：他遣使者远行，希望请来著名琴师为他私人演奏。该琴师让使者吃了闭门羹。无法交差的使者，惶惶中巧遇一位极富才华的无名青年琴手，遂让其冒名顶替那位著名琴师，带回给公爵。公爵聆听一曲之后，果然大为赏识。但不久之后，公爵知晓了真相，唤来使者。预感大难临头的使者，却意外得到公爵的一顿夸奖，言其发现了一位音乐天才，应获赏赐。如释重负的使者在公爵宣布完赏赐后，立刻昏了过去，那赏赐竟然是——绞刑！这个故事，大概是帝俄社会的一个生动写照，生命的价值与尊严在皇亲贵胄的眼里贱如泥土。

随后，我们乘出租车回到了莫斯科饭店。

五点的晚餐为自助式，在一楼大厅里。俄式餐饮确实比瑞典要精美丰富得多。

四

晚餐后，在漫天落霞里，我、王博士和李博士走出下榻的莫斯科饭店，来到街对面的季赫温公墓，进入了右侧的艺术家墓园。

整个墓园寂无一人，光秃的落叶乔木枝丫纵横，在黄昏的天空里拼织出一张黝黑的残破之网，期冀着从流逝的岁月天光中留下什么。然而，逝者如斯，不舍昼夜。满眼所见，也只有这冰凉的墓碑和下面已复归尘土的亡者。

《天鹅湖》如梦的旋律在脑海中缓缓响起，我发现自己正站在柴可夫斯基墓前。作曲家头像后是一位带翼天使，左前方是另一位捧读乐稿的天使，她的手上竟然还捧着一支鲜活绽放的红玫瑰。这一定是在我们之前的拜访者留下的。《天鹅湖》的乐音，继续托举着我的想象之翼轻飓向上。我每次听到这疑非尘世的乐曲，都惊讶于其表现出的一种特质。那种生命难以承受之轻的特质，它是什么呢？灵魂。对，就是它。如果说，自小就接受唯物主义教育的我，以前曾怀疑过灵魂是否存在的话，那么，在《天鹅湖》的乐境中，我一次又一次触摸到了人类的灵魂，我自己的灵魂也因此而复苏了。

谢谢你，不朽的《天鹅湖》作者！

克拉姆斯科伊，巡回画派创始人之一，其死后的墓碑如许简朴。碑座下，残雪中的两支黄玫瑰早已凋零。在画家的墓前，我回想起自己二十年前大学校园生活的一个故事：冬假临近，亲如兄弟的室友们决定在返家前互赠礼物，同室六人遂分成两组，分头在偌大个武昌城内游逛选购。我为京山籍张姓同学挑选了一幅印制精美的画——月光下，白衣如雪的少女静坐在林边长椅，等待着心上人的到来。因为那时这位学友和我一样，正陶醉在纯洁的初恋中，我以这幅画向他表达自己的祝福。掌灯时分陆续回到校园的同室学友们拿出各自的礼物时，我和那位张姓同学惊呆了，他送给我的礼物，是一模一样的画作。而作者，就是此刻长眠于我面前墓中的克拉姆斯科伊。

谁又知道，有多少对情侣，曾经和将要为这幅画中的意境而陶醉？

从里姆斯基·科萨科夫、希施金、斯特拉文斯基的墓前走过，怀着深深的敬畏，我来到大文豪陀思妥耶夫斯基的墓碑前。

在我的想象中，陀氏的传世印象，大概是一个潦倒却不失倜傥的浪荡才子。但墓碑胸像分明是个长髯拂胸的花甲老者。

我的敬畏，产生于拜读他的作品时，如临万劫不复的黑暗深渊之感，那是人性的黑洞。善良无辜的灵魂，在其中绝望地抽搐，会让人也不禁颤抖起来。曾有一位德国女孩建议我读陀氏。于是，2001年在瑞典的圣诞冬夜里，我开始阅读他的《被侮辱与被损害的人》。那几天真是一段可怕的心路地狱之旅，自杀的魅影一度就在窗外白雪皑皑的永夜中徘徊。伟大和病态的陀思妥耶夫斯基，你知道你呈现在我面前的苦难的灵魂，是怎样惨不忍睹吗？

仿佛某种神秘的感应，就在这位展现人性黑暗的大师的墓前伫留的片刻里，最后一抹残照悄然逝去了，天地顿时沉沦于墓中逝者创造的意境之中。

还有多少大师静静地躺在这黑暗中的土地下？也许永远没有机会再来寻访了，别了，不朽的人们。

五

红日跃出地平线的一刹那，白雪覆盖的圣彼得堡，美丽得像一位穿着婚纱的害羞的新娘。站在莫斯科饭店六楼客房巨大的窗口，我欣赏并拍下了这迷人的一幕。

早餐毕，与王博士步行至饭店对面——晨光沐浴中的涅夫斯基修道院，绕院一周方返。

上午乘车观光城市。

车行涅夫斯基大街，沿途皆帝俄时期建筑，全部是欧式古典风格。据说圣彼得堡城市风格与曾为帝俄首都的莫斯科迥然不同，其实这也是 18 世纪初彼得大帝手创圣彼得堡的愿望之体现。他虽生于莫斯科，却并不喜欢它，莫斯科所代表的俄国在当时欧洲遥遥领先的诸国眼中，其子民还是一群尚未开化的东方野蛮人。而非常崇尚西方文明的彼得大帝，为了将自己的祖国拉进西方文明圈，使俄罗斯成为一个真正的欧洲国家，遂决心踏着 13 世纪诺夫哥罗德大公——亚历山大·涅夫斯基抗击外敌的足迹，挥师西向，与俄罗斯的传统强敌瑞典一决高低。在大北方战争中击败了瑞典，得到了俄国历史上第一个波罗的海入口，并在该地建立都城，该都城就是圣彼得堡。而 1703 年彼得大帝修建的彼得堡罗要塞，即成为该城的奠基之作。

大北方战争宣告了俄罗斯正式成为欧洲列强之一，而昔日波罗的海霸主——瑞典，从此沦为了欧洲二流强国。

一种主流历史观认为，国家历史的所有进程，有其内在的必然性，是经济、政治、文化、宗教等诸因素合力作用的结果，英雄人物不过是历史之手借用一时的工具，如果不是张三，那就会是李四或王五。但是，彼得大帝却是对这一历史观强有力的质疑。很难想象，一个自给自足的农奴制帝邦，一个从未有过海洋传统的民族，一个本身已是地广人稀、资源充足的国家，一个当时并没有自身结构性危机和外源性危机的社会，这样一个生存共同体，会有足够的经济、政治、文化、宗教等任何理由，去进行一场超过二十年的对外战争，却只得到一大片人迹罕至的北方土地。因此，三百年前俄罗斯民族的突然崛起，似乎让历史必然论者眼中如天体运行一般有序的历史轨道陡然偏离了逻辑常态。而这一切，就是因为一个人的出现——彼得大帝。

这个身高两米、双目炯炯令人生畏、酗酒、结过两次婚的人，俄罗斯帝国罗曼诺夫王朝的王位继承者，对西方文明的一切都不可救药地疯狂着迷：科学、建筑、造船、解剖、兵器，等等。他甚至化名米哈伊洛夫，以下士的身份随团游历欧洲，在荷兰学习驾船，在英国造船厂做工，在普鲁士学射击，旁听英国议会的开会。他回到还如同中世纪一般愚昧落后的俄罗斯后，决定对内大刀阔斧地进行政治改革，对外用武力把俄罗斯边界向西推进，直到变成文明欧洲的一衣带水之邻。这在当时，只是这位君王一个人脑子里的惊人想法，与他的民族甚至整个贵族阶层都没有什么关系。彼得大帝的这种执着最终造成的结果，现在人人都看到了，那就是造就了跨越整个欧亚大陆的一个巨型国家。

如果这个叫彼得的人，死在他游历欧洲之前，而不是他功成名就后的1725年，那么俄罗斯的历史以及全欧洲的历史应该要大幅改写了。

因此，如果不是从人类整体，而是从各个民族生存共同体的演化过程而观，历史充斥了无数个随机事件，偶然性常常主导了历史进程，尤其在以个人意志主宰人类群体的君主专制时代。

对这些历史的浩叹，无关功过评价，无关民族与道德立场，没有赞美与微词，甚至对那些历史人物成败得失的结论，在我眼里都只是一笔笔糊涂账。彼得大帝为后世俄国人建立了一个最高君主楷模，却成了俄罗斯人弥赛亚情结的不解之源。当原来的社会制度在俄罗斯大地轰然坍塌后，已经挣脱了专制枷锁的俄国人民，却还一直哭着喊着，呼唤一个君主般的强权人物来领导他们，让旁观者看得目瞪口呆。当年败于彼得大帝、疆土锐减的瑞典，在人类社会发展之路上早已遥遥领先于它的北方强邻，就连小小的芬兰邻居也位于世界宜居人类社会前列。谁能简单说小好还是大好？

车过涅瓦河上的皇宫大桥，停在冬宫对岸的桥头广场。广场上数根灯柱遥遥相对，柱脚下的雕像分别为俄国当时四条大河——伏尔加河、第聂伯河、涅瓦河、沃尔霍夫河的河神。

我以远处的彼得堡罗要塞，那直刺蓝天的金色尖顶为背景摄影留念。那座著名的帝俄时期国事犯监狱，堪与英国伦敦塔和法国巴士底监狱齐名。曾关押过彼得大帝的皇太子、策划谋刺沙皇的列宁之兄乌里扬诺夫、文豪陀思妥耶夫斯基、高尔基以及最后一个沙皇——全家被苏维埃政权关押后处决的尼古拉二世。十月革命前夕，要塞成为苏维埃的司令部。按照列宁指示，在棱堡的旗杆上悬挂着一盏明灯为号，引导阿芙乐尔号巡洋舰炮轰冬宫，人类历史从此掀起了巨大的红色浪潮。

离开皇宫桥头，行经曾诞生过门捷列夫、巴甫洛夫、罗蒙洛索夫等科学大师以及列宁的圣彼得堡大学，收藏有西伯利亚出土的猛犸象化石的自然博物馆，长明火不灭的无名死难者纪念广场，满园白色大理石雕像的夏宫花园。来到参政院广场，广场中央矗立着尼古拉一世骑马铜雕像，与之遥遥相对的，是世界第三大教堂——圣依萨克大教堂。铜像右前侧是20世纪初瑞典人投资建造的阿斯托利亚饭店，瑞典导游林纳斯告诉我们：二战中希特勒曾计划在攻克圣彼得堡（即当时的列宁格勒）后，来此饭店举行庆典。据说庆典海报当时已在德国印好，幸好这只是黑色邪恶帝国一个破灭了的白日梦。

下一个景点是滴血教堂，为纪念在此地遇刺的亚历山大二世而建。那些大大小小、金碧辉煌的洋葱头教堂屋顶，极具俄罗斯东正教风格，与全世界其他的教堂完全不同。1881年3月1日，亚历山大二世的马车通过遍地积雪的运河河堤大街时，革命党刺客在此投掷出第一枚炸弹，炸伤了亚历山大二世的卫兵和车夫。沙皇不顾左右劝阻，执意下车查看卫兵伤势，结果刺客投掷的第二枚炸弹在他脚下爆炸，炸断了他的双腿，沙皇当日逝世。奇怪的是，他却是历史上最好的沙皇之一，人称"解放者沙皇"。在俄罗斯延续了几百年的罪恶农奴制度，就是他签署法令废除的。

六

我们的大巴仿佛正穿行在历史的隧道中，因为下一个出现在我们眼前的沧桑巨物，是那艘载入人类史册的战舰——阿芙乐尔号。

这艘静静停泊在涅瓦河畔的巡洋舰，实在是太有名了。历史教科书告诉我们：伟大的十月革命一声炮响，就是来自这艘军舰上的前主炮。在我眼里，它就是共产主义运动最著名的象征。这声炮响，回荡在近一个世纪的人类社会。在它的当头棒喝下，人类中多少理想主义者，从此顿悟了实现其理想的唯一道路——枪杆子里面出政权。

我们一行人登上这艘与大清北洋海军主力舰同时代的巡洋舰，来到舰首那尊号称天下第一炮的六英寸前主炮旁，恰遇一个俄罗斯年轻男导游正带着一个中国旅游团在那里。那位中文流利的俄罗斯导游手指大炮，向中国游客们说道，十月革命一声炮响，别看只是一发信号弹，却改变了俄罗斯七十多年的历史。

舰内的陈列舱室，油画、照片和实物展示了阿芙乐尔舰，从日俄战争对马海峡海战、俄国十月革命到二战中列宁格勒围困战的全部战史。其中让该舰真正名留史册的，还是几乎兵不血刃的1917年十月革命。说兵不血刃，是因为列宁领导布尔什维克推翻的，只是几无兵卒、仅为筹备大选后建立民主议会制国家而组成的克伦斯基临时政府。后者在冬宫的守卫部队是一营女兵和一营士官生娃娃兵，几乎连象征性的抵抗都没有就投降了。

现在，这艘曾引导俄罗斯民族开辟人类文明新航道的老战舰，又目睹了它的航向改变。这个世界有太多沧海桑田的故事，是不是？

二战中的列宁格勒：往事点滴

一

俄罗斯圣彼得堡，早春的残雪尚未消融，我和朋友们来到了列宁格勒保卫战纪念馆。那些环绕在地下展厅入口的广场雕塑群，有的像怀抱亡儿、仰面苍天的母亲，有的像紧捂着垂死战友胸膛、看上去徒劳无助的士兵，有的像以虚弱之躯艰难抬举起铁轨的工人，他们都在向你无声呐喊着什么，这让来访者的心情立刻沉重起来。

沿着阔大的大理石台阶，步入灯光幽暗的地下大厅，十二具棺椁式的展柜分布于大厅之中，每个展柜中都静静地陈列着几件遗物和俄文说明。遗物包括弹洞遍布的钢盔、转盘冲锋枪、飞行员手册、日记，等等，它们都来自战殁的烈士。我不知道这些遗物后面的故事，但读过不少与这段历史有关的文字。我最终还是想写出那些曾经读到或听到的故事，以作为对列宁格勒无数二战亡魂的凭吊。

圣彼得堡，三百多年前由彼得大帝亲手建成，1924年为纪念逝世的列宁改名为列宁格勒，1991年又恢复了圣彼得堡的原名。它与首都莫斯科是俄罗斯版的双城记，堪比中国上海与北京，西班牙巴塞罗那与马德里。

出于列宁格勒对于苏联的象征意义，希特勒渴望重重地惩罚这座城市。但因为苏军的殊死抵抗，希特勒发现自己不能实现完全征服，于是决定封锁列宁格勒，期望用饥饿征服这座大城，从而实现最后的占领。在城市岌岌可危的时刻，希特勒大本营已经准备好，在即将攻陷的城中最豪华的大饭店为希特勒举行胜利庆典。在经过有沙皇尼古拉一世骑马雕像的大广场时，瑞典导游林纳斯指着一栋气派、巍峨的石质建筑告诉我们，那个就是纳粹德国准备在城破之后举行庆典的所在。

于是，德军强大的北方集群，几乎切断了苏联向列宁格勒运送粮食的所有线路，除了拉多加湖上的运输通路之外。列宁格勒从此陷入重重包围，九百多个围困的日子开始了。三百多万列宁格勒军民陷入一场前所未有的大饥饿之中。这是人类历史上最恐怖的围困，等到苏军最后终于攻破包围圈时，城中已经活活饿死了六十多万人。

二

咔咔的秒针走时声，在空旷寂静的纪念大厅回响，让人有种置身那个漫长岁月之感。

在一个玻璃展柜里，我看到一片借书卡般大小的面包，一百二十五克。这就是列宁格勒人在围城期间的每日粮食定量。九百多个日日夜夜，成千上万的人死于可怕的饥饿。在大街上行人会突然在你不远处倒下死去。当我在熙来攘往的涅夫斯基大街上漫步时，在这同一空间里曾经出现过的惨景，在意象中再现了：一位年轻母亲拖着个小棺材，在冰雪覆盖的街头艰难行走，棺材里躺着她死去的孩子，没走多久，母亲也倒毙在路边了。没有食物，也没有取暖的东西，在那些寒冷的日子里，人们已经习惯这一景象。而下一个倒毙者，很可能就是你自己。

丹娘·萨维契夫，一个有着忧郁大眼睛的小姑娘，因为营养不良头发变得枯黄。她天天写日记，从不间断。慢慢地，她执拗地用她的小手，写出了人间最可怕的苦难：1月25日，爷爷死了；2月3日，伯伯死了；3月1日，妈妈去世了……她记着一个个亲人们逝去的日子，还有他们的死状，从不辍笔。后来，亲人们全死光了。再后来，她的日记突然中断了，如同一首戛然而止的忧伤乐曲。因为，她也饿死了。

我的耳边飘来一个童音，那是来自我依稀记得的、苏俄纪实文学《围困纪事》中的真实故事。"妈妈，我们自杀吧。用煤气不会有痛苦的，我的同学谢廖沙一家就是这样做的。"一个十岁的小男孩，因为难以忍受极度的饥饿，对他的母亲请求道。

另一个更幼稚的童音响起了："阿姨，你能抱一抱我吗？只抱一小会儿就行，一小会儿。"一个三四岁的小不点儿，双亲饿死后成了孤儿，在向后方逃难的路上，一直远远跟着一位年轻的母亲，那位母亲在不时轮流抱起她的三个年幼的孩子。这个孤儿羡慕他们有自己妈妈抱，鼓起勇气上前，向那位早已疲惫不堪的母亲请求道。默默地，那位母亲将这个孤儿抱在了怀里。

一家三口，一位妈妈带着两个孩子，在长期围困后撤退到后方时，一家人已经饿得脱了形，奄奄一息地躺在车上。当孩子们的父亲，在每一辆撤退到后方的卡车里寻找家人时，竟然没有认出，眼前这人皮骷髅一般的垂死者就是他日夜思念的亲人，于是失望地离开。妻子看着丈夫转身离去的背影，心如刀绞，却已经没有一丝力气开口呼唤了。

战争中承受最大苦难的，永远是无辜的平民。

三

围城的九百多天里，列宁格勒的市民想了很多办法来抵抗饥饿。人们先是吃树叶，接下来是野草，最终坟地里的野花也被吃光了。

新京报记者崔木杨写过一篇关于幸存者杰娜的报道。

七十多年后，九十岁的杰娜提起自己的那段日子还是会哭。她说，尽管在妈妈的操持下她们一家挺过了冬天，但是妈妈并没有熬过夏天。"妈妈自制的那些食物没有营养，她把配给的面包都留给了我。"

1942年夏天，杰娜失去了母亲。

她说，妈妈去世前躺在床上，轻声背诵着普希金的诗。

母亲去世后，杰娜的父亲想到了一个求生的办法。这位钢琴师发现，只要躲过德国人射击，就可以翻过铁丝网，到德占区的农田里偷胡萝卜和土豆。不过这种时光没有持续多久，钢琴师爸爸也死了。与这位钢琴师一同去偷土豆的一位科学家回来告诉杰娜，她爸爸挖土豆时踩中了德国人埋的地雷，被炸飞了，什么也没有留下。

一位幸存者说，当时很多妈妈都把吃的留给孩子，经常是大人死了孩子活着。

这位幸存者说，他的一位朋友死了，孩子被送到孤儿院，再后来孩子也饿死了。原因是孤儿院的院长先饿死了。

一次，杰娜看见倒在路边的一个人马上就要死了，路过的一位神父却坚持往这个人嘴里塞了一块糖。杰娜对牧师说："你给他糖，他也活不过来。"牧师告诉杰娜，他要让这个人在去天堂前能够吃上一块糖。

慢慢地，饥饿的人们为了一块面包，开始失去理智。

人们变得很疯狂。杰娜说，她的两个朋友战前都是很优雅的人，但在围城期间这两个人都被警察处决了。第一个人变成了小偷，每到夜里就去虚弱的老人家里抢粮食供应卡；第二个人是一名女性，她向政府报告自己收养了很多孤儿，但警察却在她的家里发现很多儿童的尸体。她把孩子饿死了，自己吃了孩子的口粮。

2015年夏天，被女儿推出门的轮椅上的老年杰娜，看到圣彼得堡那些爬满常青藤的花墙，露出了微笑。当她们来到一栋明黄色的老房子附近时，她让女儿停了下来，然后盯着房子看了很久，杰娜灰蓝色的眼睛里慢慢泛出了泪花。

二战围城时，这里曾是一个地下黑市，人们会在这里私下买活命粮。杰娜曾用妈妈留下来的首饰在黑市里换过土豆，一枚金戒指能换五个土豆。在 1942 年末饥荒最严重时，黑市上有人贩卖人肉。

据俄罗斯公布的苏联官方档案记载，黑市中交易的人肉，多为谋杀犯把人骗到隐秘的地方杀死后，搅成肉馅出售。一位警察在写给上级的报告中声称，在一次搜查中他们在一个男子家中找到了几大盆人肉馅、两麻袋被煮过的人骨头。这名男子是一位在黑市上出售马肉馅饼的商贩。

希特勒曾得意忘形地说："列宁格勒不久将会出现人吃人！"这个人类历史上最残忍的魔王，他做到了。

1942 年冬，杰娜没有了任何去黑市的想法，因为她已经没有东西可以换取粮食，且担心自己在黑市被人吃掉。

饥饿让人们渐渐失去了人性。杰娜说，有一次一个女同事叫她去家里做客。同事家里的人都饿死了，同事叫她写文章，她写着写着感到不对，回头看见同事拿着刀在她背后。女同事用刀打了她的头，不过因为同事没有力气，所以打得不是很重，她就跑出来了。

跑到大街上后，杰娜晕倒了，醒过来时已经在医院住了两个星期。后来警察问她，知不知道她的同事想吃掉她。

一位女性幸存者回忆，她的邻居是一位戴着黑框眼镜的男教师，战前经常义务帮邻居修理电器。可在 1942 年，他杀死了妻子，把肉端到了女儿面前。"隔着门我都能听见那小孩哭着说：'我不吃妈妈！’”

2015年6月的一个黄昏，坐在轮椅上的杰娜，一只手抚摩着小猫，另一只手在胸前画起了十字。"我最难忘的事，就是1944年列宁格勒保卫战全面胜利后，我烧掉了我的日记。因为里面记了太多我不想回忆的事情，大饥荒对每个人的人性都是一个无比艰难的考验。"

"必须烧掉它，我不想让人知道我当时做了什么。1942年我偷吃了一个同事的面包，她死了，我活了下来。"

在俄罗斯，有一组二战雕像传神地表现了战争对人的摧残：一群身姿优美的人渐渐变形，柔软的线条变得笔直，再渐渐变得僵硬、锋利，最后肉身的线条全部消失了，人变形为一块一块的嶙峋之石。其实，战争摧残的不仅仅是人类的肉体。

四

2015年5月，96岁高龄的娜塔莎在自己的公寓里接受新京报记者谷岳飞的专访。娜塔莎是拉多加湖上昔日列宁格勒"生命之路"的守卫女兵之一。

拉多加湖是欧洲最大的淡水湖泊。南北长两百多公里，东西最宽处达一百二十多公里，湖水最深处超过两百米。湖水变幻莫测，常有可怕的风暴巨浪。

在圣彼得堡的俄罗斯国立博物馆，我长久凝视着一幅风景画，那是19世纪画家阿尔希普·伊凡诺维奇·库因芝的作品《拉多加湖》。湖水随着天光变暗而呈现出墨浸色，但近岸水中的鹅卵石仍清晰可辨，显示湖水非常清澈纯净。离岸不远的湖面上，两个渔夫正在一只小舟上捕捞。更远处，一张白帆拖着长长的帆影，在湖上悄然而行。漂到湖滩上的两段朽坏白桦木，静静地躺在鹅卵石堆上，让这幅画更添了一种空寂之感。画面的主体空间是天空，那里乌云正在聚集，一场夏季暴风雨正在酝酿之中，云堆散发着古银器一样的光泽，质感很强，仿佛一座石头城悬停在湖面上方的天空。烈云与湖面上的轻舟，形成巨大与渺小的强烈对比。

我相信，列宁格勒围困岁月的幸存者，看到这幅《拉多加湖》风景画时，心情一定不会平静。

1941年夏天，在纳粹德国对苏联发动人类历史上最大规模的突然袭击后，德国的北方集团军群直逼列宁格勒城下。列宁格勒被围，陆上交通完全中断，空中通道只能起微弱的联络作用，因为战争开始时空中优势在强大的德国空军一方。唯一能与后方相连的，就是东北面的拉多加湖，可湖上的运输船队经常被德国飞机炸沉，城中粮食供应日渐见底。

在冬季即将来临之前，德军转而进攻列宁格勒后方要冲，企图切断列宁格勒的全部供应线，列宁格勒危在旦夕！

列宁格勒准备修筑一条公路，来解决粮食的燃眉之急。但是，这条公路的中间有一段是拉多加湖水域。

有关人员紧急查阅了大量水文档案，发现一份1905年的报告，作者是一位普通灯塔看守员。他根据对拉多加湖几十年的观察，指出：虽然拉多加湖整个湖面冬季不会结冰，但沿岸地带每年都结冰，其厚度足以支撑人车自由通行。这个有心人多年前的观察与记录，最终拯救了列宁格勒城。

果然，冬季到来后不久，拉多加湖沿岸开始结冰，冰层厚度很快超过了十厘米。苏联部队死守拉多加湖南岸，保护着这条唯一的生命通道。一辆辆只能装载少量物资的汽车终于驰上了这条冬季线路，但是车队不仅不断遭到纳粹德国空军的袭击，还有不少卡车掉入冰窟窿。不过就这样，在苏联空军的掩护下，列宁格勒总算有了一点物资输送。

娜塔莎本来渴望拿枪上前线直接参加战斗，但她未能如愿，当拉多加湖的冰上公路开通之后，她被派往湖上，和战友们守护着这条"生命之路"。除了负责警戒敌情和维持秩序，还要严密观察冰层的变化。

这位女兵记得，最初时，拉多加湖上刚刚封冻的冰还不是很牢固，载着物资的卡车经过，时常会发出令人揪心的吱吱声，冰面随时都可能破裂。有一次，娜塔莎见到一辆卡车掉进冰窟窿，是车头先掉进去，车灯还亮着，最后司机牺牲了。

因而，在拉多加湖忙碌的生命之路上，所有车门都是打开的。这样一旦遭遇冰裂，司机就可以迅速跳车。

"那个冬天很神奇，从来没有这么冷过。"娜塔莎说，最冷的时候零下五十摄氏度左右。因为车辆不够，很多老百姓自己通过这条冰上的"生命之路"往外撤，"但他们穿的衣服不对，很多人都穿着自己最好的衣服，而没注意保暖，结果很多人冻死在出城的路上"。

在生命之路上，娜塔莎几乎每天都目睹死亡，这位年轻的女兵设法调整自己的情绪，保证生命之路的畅通。可当她看到孩子们遭遇不幸时，那些场景成了她一生都甩不掉的噩梦。

一次，一辆车好不容易从列宁格勒开出，车上都是孩子，孩子们穿的衣服很少。到了生命之路上，娜塔莎把车门一打开，发现车里的孩子全部冻死了。

1941年的秋天，拉多加湖还没结冰，还是一条水上运输线。一次，在湖边执勤的娜塔莎帮着孩子们上船，那是一所孤儿院的孩子们。娜塔莎记得那些孩子都戴着白色或蓝色的帽子，孩子们叽叽喳喳地上船，坐定，顺利开船。哪知，几个小时后，娜塔莎在岸边愕然发现了好多白色、蓝色的帽子，还有先前孩子们拿在手上的布娃娃，它们随着湖水漂流，漂向湖边。

那一刻，娜塔莎几乎崩溃，她得知那艘船遭遇了德军空袭。"整整一船，都是五六岁的孩子啊！"从那以后，娜塔莎时常做噩梦。即使老了，在梦中，她还会见到那些白色、蓝色的帽子，在拉多加湖的清澈水波上漂啊漂。

五

当我向瑞典导游林纳斯询问，有没有著名音乐家肖斯塔科维奇的遗物在这里。他带我来到一个展柜前，里面静静地躺着一把小提琴和几张发黄的乐曲手稿，那应该就是肖斯塔科维奇著名的《列宁格勒交响曲》手稿吧。作品正是完成于围城岁月，而作曲家当时就在城中。

1941年夏天，德军包围列宁格勒，被困城中的肖斯塔科维奇参加了消防队。美国《时代》杂志封面上、戴着防火头盔的作曲家的照片，让作曲家看上去像一位古典武士。

1941年9月，德军彻底封锁了列宁格勒，苏联诗人吉洪诺夫这样描写被围的列宁格勒："灯火管制下的座座大楼，犹如预示着不祥的噩梦。列宁格勒铁灰色的夜晚，到处是戒严带来的寂静。但寂静骤然被战斗代替，警报号召人们英勇上阵。"

1941年12月，肖斯塔科维奇在隆隆的炮火声中完成了《列宁格勒交响曲》这部作品。他后来回忆说："音乐以不可遏制的速度从我的脑海中迸射出来。"这部作品出生在战火中，但酝酿于作曲家更长的生命历程中，其音乐主题如作曲家死后出版的自传所言，控诉了一切强权对人类的碾压。肖斯塔科维奇的音乐，接续了俄罗斯艺术对苦难的叙述传统，这部第七交响乐使作曲家获得了世界性的声誉。

在一场战争中诞生出一部伟大的交响乐，这本身就如同史诗一样激荡人心。

传说，在九百多个被围困的日子将尽、苏联军队发动强大反攻之时，肖斯塔科维奇将亲自指挥演出他的传世之作——《列宁格勒交响曲》。苏联最高当局决定在《列宁格勒交响曲》公演时音乐奏响的那一瞬间发起反攻。于是，人类音乐史与战争史上绝无仅有的一幕出现了。当肖斯塔科维奇手中的指挥棒向空中缓缓升起时，整个大剧院、整个城市、整个战场一片死寂。所有的前线指挥官手中，都紧紧握着电话，在等候一个声音的来临。九百多个日夜的最后时刻，似乎格外的漫长，时间好像停顿在这位作曲家举起之后却静止不动的指挥棒尖上了。突然，一道弧光自空而下，那是指挥棒迅速挥下的第一个动作，音乐如惊雷炸响。与此同时，远方战场那巨大空间响起了山崩海啸般的轰鸣声。那是列宁格勒前线所有的苏军炮群在一瞬间发出的怒吼。

其实，上述对这部交响曲公演场景的描述，是作家在想象力的驱动下，将之文学艺术化，使其成为伟大卫国战争中一个象征性的巅峰时刻。

而真实的历史是，肖斯塔科维奇第七交响曲在1942年3月5日，由撤出列宁格勒的作曲家本人指挥，在古比雪夫完成了首演。而后，另一位指挥家带领列宁格勒广播乐团，于1942年8月9日完成了第七交响曲在列宁格勒的公演。

这场包围圈中的真实演出情景也极为悲壮，乐谱被装入战斗机，飞行员冒着被德军战机击落的风险将它空投入列宁格勒城中。准备公演前，饿殍满城的列宁格勒，已经凑不齐一支完整的乐队，只剩下十五名演奏员，其他的不是饿死、撤离，就是拿起武器参加保卫城市的战斗去了。街道上贴出布告，让城中所有音乐家立即到广播电台报到。人们用尽一切办法，帮助那些还剩一口气的音乐家来到电台，一半的乐手都是被担架抬来的，那位骨瘦如柴的指挥，甚至都挥不动指挥棒了。一位当时的组织者回忆说："我们从昏黑的公寓中找到他们时，他们瘦得非常可怕！但当得知要演奏《列宁格勒交响曲》时，他们立即恢复了生机。当他们带着乐器来到空旷的排练厅时，我们被感动得热泪盈眶。"同时，指挥部又将在前线作战的演奏家抽调回来补充进乐团。

为了保证公演不被德军干扰，让演出在一个安静的环境下进行，苏军先向德军炮兵阵地发射数千发炮弹，实施了压制性火炮射击。随后，这部伟大的第七交响曲，在它所致敬的城市第一次奏响了。饥饿的人们从街上、从掩体里、从住所里聚集到广播扩音器前，静静倾听这英雄的乐章，第七交响曲响彻列宁格勒的上空。乐团完美地完成了演出，许多乐手在结束的一刹那，晕厥了过去。

很多年以后，如果人们还能想起来，圣彼得堡在历史上曾经有过的另一个名字，那很可能就是因为这部以之命名的交响曲了。

在肃穆的寂静中，我告别了列宁格勒保卫战纪念馆。

六

离开圣彼得堡前，我从当地的一份英文报纸上，偶然读到一个二战回忆故事，这是一个爱情故事，作者叫伊兰·蒂托娃。

"仍然没有信件。今天我值夜班，这将是一个艰难的夜晚，又有很多伤员送来。"加里纳·波波娃，一位面容苍老的妇人，语调平静地读着一本早已泛黄的战时日记。那是当年做护士的她，在二战时的列宁格勒写下的日记。

"我还将思念他，一直思念下去。"

故事开始于1944年5月，它讲述了二十岁的护士波波娃与一位年轻飞行员——二十四岁的亚历山大·库库什金的爱情故事。她与他仅仅相识三个月，但却爱了他一生。

在军人康复中心的一次舞会上，波波娃遇见了库库什金，空战受伤的飞行员在这里刚刚康复。那是1944年5月，列宁格勒城从九百多天包围中被解救出来仅仅数个月，离二战结束还有整一年。"当我和我的朋友走进房间时，我注意到一个高大、英俊的男人，他径直朝我走来，那双灰色的眼睛充满了自信。"波波娃回忆道。

"你知道，这就是人们常说的一见钟情。"第二天，库库什金就出现在波波娃住的公寓门口，两个人闪电般地开始了拍拖。

那时候，年轻人没有什么地方可去。波波娃永远不会忘记，在普希金剧院观看歌舞剧《舞姬》演出的那个夜晚。

没有暖气的剧院里冷得彻骨，观众们都穿着厚厚的大衣。当演员们开口唱歌时，他们呼出的白色气团在空中清晰可见，这让波波娃感觉像是在一个非现实的梦幻里。库库什金突然变魔术一般，掏出一个用报纸裹着的小包，递给了波波娃。

"那是破裂成碎片的巧克力，"她回忆说。因为围城战，波波娃已经有三年没有吃过巧克力了。令她自己都感到吃惊的是，她把纸包又递回给库库什金。"我不想品尝它，因为我已经忘记了它的味道。我怕，如果我再吃一次，我可能会太喜欢它，但也许以后我再也没有机会吃到它了"，她说。

"你会有机会的，我向你保证。"波波娃记得，年轻的飞行员笑着对她说。

那个梦幻的夜晚之五十八年后，老妇波波娃坐在她的公寓里，桌上摆着茶和蛋糕。库库什金的所有信件呈扇形散布在她周围。桌上的一个相框里，年轻的波波娃正凝视着年迈的自己。她手里小心翼翼捧着的是库库什金留下的唯一照片，那是她的稀世珍宝。

波波娃开始读库库什金的一封信，库库什金在信中说："当我收到你的来信时，我兴奋得像个孩子。也许你会说，一个成年人表现得像个孩子，这很有趣。但事实是，当人们相爱时，即使是最严肃的人也开始像婴儿一样。"

她慢慢地辨认着那些泛黄的信，然后又拿起了一封信。

"我爱你，永远不会忘记你。"库库什金写道，"我会尽我所能活下去，这样我就可以和你在一起。"

在他从前线回到城里时，库库什金向波波娃做出许诺，波波娃仍然记得他说的话："我来自西伯利亚，战前，我在莫斯科的艺术学院学习，想成为一名艺术家，我计划在战后继续我的学业。"他停顿片刻，然后像是下了决心，说出："我想让你一生快乐。"

波波娃立刻回答："好的"。

"我只是要求他把婚礼推迟到战争结束后，他同意了。"波波娃说。

波波娃回忆着战争年代的种种压力。她感觉到所有被迫分离的恋人们，在有机会短暂见面时，彼此之间多少有点感觉怪怪的，不太自然。

"我们似乎都有某种群体性心理病症，那是因为生活在战争加围困的恐怖与饥饿之中。战争刚开始时，我还是一个十七岁的女孩。突然，我看到成百上千重伤垂死的人，他们中的一些人失去了双臂或双腿，有的仅仅算是勉强活了下来"。

波波娃特别记得一名格鲁吉亚的伤兵。他因大量失血而被送进医院，医院血库里没有他那种血型的血，恰巧波波娃的血型与他相配，尽管因为经年累月的饥饿波波娃的健康已经被摧残，但波波娃自愿献血。

"献血后我差点就死了。"波波娃记得，"那位受伤的格鲁吉亚士兵告诉我，他爱我。他曾经写信给我，像我护理过的其他士兵一样，他们需要有人记住他们。"

然而波波娃知道，她和库库什金不是这种关系。

"萨沙和我只是亲吻过，没别的。"她回忆说，"我后来有时想，那时我应该给他更多。"

1944 年 8 月 19 日，波波娃收到了库库什金的最后一封信。他是在爱沙尼亚的一个机场写的，苏联飞行员那时正在轰炸柏林和其他德国本土目标。"我不知道，什么时候我会有机会来看你，"库库什金写道，"也许这个秋天，也许更快。8 月 15 日，我又击落了两架法西斯战斗机。"

"很快就会见到你"，他写道。但在那之后，出现了可怕的沉寂。

"亲爱的，我的甜心，我的爱人！"波波娃在日记中写道，"你在哪儿啊？难道你永远都不会回来了吗？"

"不，萨沙，一切都会好起来的。幸福会对我们微笑。我知道你会回来的。"波波娃在内心呼唤着她恋人的昵称。

收到最后一封信整整两个月后，1944 年 10 月 19 日，噩耗传来，在一个简短的官方通知里，波波娃得知，亚历山大·库库什金在 8月 23 日的空战中牺牲了。

可怜的少女，不知道哭晕了多久才醒过来。

"死了？在很多天以前？不，不，我不相信！"她写道。在那一刻，波波娃决定，不去相信库库什金已死。"我希望他被俘了，或者以其他方式得救。"波波娃说，所以她一直写日记，给她的萨沙写信。

"今晚，瓦丽亚姨妈深深地打动了我，"波波娃在 11 月 19 日写道，"瓦丽亚姨妈用纸牌算命，卡片上说他还活着。我精神振作起来。这是真的吗？难道他是因为伤得很重，所以不想给我写信吗？不，不，他是我的，不管他发生了什么事。"

波波娃在 1945 年新年前夕的日记里写道："萨沙，我的爱人，没有你我很难过，我非常爱你。"

1947 年，波波娃嫁给了一个叫叶甫盖尼的士兵。

"我告诉他我对萨沙的爱，他从不嫉妒。他理解战争中活下来的人，没有谁会去嫉妒亡者。"波波娃说，"我告诉他，如果我们有儿子，我想叫他亚历山大。我丈夫同意了，但是后来我们有了一个女儿。"十四年后，波波娃的丈夫叶甫盖尼死于突发性心脏病。

虽然波波娃告诉过丈夫关于恋人库库什金的事，但她从来没有把她的日记或库库什金的信给任何人看，她把它们包裹在干净的亚麻布里，一直珍藏。

"在我与萨沙相遇四十年之后，我第一次告诉我的女儿和外孙女，关于萨沙这个人及他在我生命中的意义。"波波娃说，"我向她们坦白，他是我一生中的至爱。"

1998年，波波娃成了曾祖母，她的梦想终于实现了，她的曾孙被起名为亚历山大。这是她恋人名字中的第一个词，他的爱称是萨沙。

"我的朋友们告诉我，我是在给自己创造一个幻象。但我不在乎他们说什么。"波波娃回忆道，"你知道，我仍然爱他。这听起来是荒谬的，但我仍然希望他还活着。"

我在圣彼得堡旅行读到这个故事时，是在十七年前了。现在如果波波娃女士还活着，应该已经九十五岁了。这个痴情一生的女人，一定期待着与她的初恋情人在另一个世界重逢。

七

这是我长久以来一直想完成的一篇文字。因为在圣彼得堡的时光，我感觉到了战争亡魂的气息，这让我不能忘怀。其实，在我们还没有进入圣彼得堡之前，坐车穿越圣彼得堡市郊的路上，那些漫野遍坡、数量惊人的二战墓碑，就已经让我们所有人震撼了。我想将这些阅读中收集来的文字，当作花环奉放在那些墓碑前。

写到这里，我耳边响起了17世纪英国诗人约翰·多恩的那首诗：

> 没有人是自成一体、与世隔绝的孤岛，
> 每一个人都是广袤大陆的一部分。

如果海浪冲掉了一块岩石，

欧洲就减少。

如同一个海岬失掉一角，

如同你的朋友或者你自己的领地失掉一块。

每个人的死亡都是我的哀伤，因为我是人类的一员。

所以，不要问丧钟为谁而鸣，

它就为你而鸣！

从道义女神站立的云端向下俯瞰，在列宁格勒被纳粹围城的日子里，我们所有人类都是列宁格勒人；在柏林墙建成的那一天，我们都是柏林人；在纽约双子塔被撞毁的那一刻，我们都是纽约人。

伦敦之旅

5 月 18 日

从瑞典于默奥机场升空时，晨曦正照亮着整个小城。森林、草地、河流、屋舍，一切皆似精致晶莹的盆景。但最引人注目的地面景物，却是我工作的北方医院了，沐浴在晨光中的洁白楼群，像阿拉伯宫殿一样美丽耀眼。

中午经瑞典首都斯德哥尔摩的 Alanda（阿兰达）机场转机，先飞到丹麦，再转飞伦敦。哥本哈根机场不愧为北欧的中心机场，宏大的候机大厅，地面由一色的胡桃木镶成，气派非凡。

步出机场大厅，站在正午炫目的阳光下，远眺景色，空朗辽阔，见一黑色巨轮正缓缓挨着机场围堤外海面而行。堤外海平面似乎高于机场地面，因船鼻在堤坝线之上历历可见。远处壮观惊人的海湾大桥，海市蜃楼一般地如梦似幻，点点翩飞的白色海鸥群更使这蓝天下的奇景虚幻化了。

再次乘飞往伦敦的客机离开地面，回望丹麦海岸，不禁为它的绝美所倾倒。只见大大小小无数的岛屿平滑如镜，由五彩斑斓的几何状图案拼织而成，原来那些色块是岛上精心修整的田原、草场，这些大小岛屿散落在蔚蓝色的海水中，好似哪位仙女不慎撒落的一片片天工织锦。再看那柔曼婀娜的海岸线，由陆地向海洋深处依次排列。与海岸线平行的许多条等位曲线，使环绕海岸的海水形成了由浅渐深的色带——浅绿、翡翠绿、橄榄绿、墨绿，像极了绿松石的水纹。

朝着下方那一泓梦幻般的蓝色之上漂浮的点点白帆挥一挥手，告别了这个童话色彩浓郁的王国，向海峡对岸另一个写满了伟大的传奇王国飞去。

伦敦城！

当这个不朽之城在长久的期待后终于出现在视野中时，第一个冲击感官的是它的庞然博大。密如蚁巢的屋舍楼群有似恒河沙数延绵不绝，道路密织如网。俯观大城，赫赫壮观之感顿生。

伦敦，这个人类史上第一个出现的现代文明城市，虽然其风华绝代的盛世壮景早已不复存在，纵历百年之衰、世纪之劫，但终不失为文明史上最璀璨的明珠之一。纵观古今，横览宇内，以一城之襟为人类现代文明贡献出如此之多的思想巨擘、伟人豪杰者，伦敦之外，罕有其匹。

缓曲的泰晤士河河面，淡淡闪烁如古银器的泛光。河岸边那个默立千年、暗金色、镂刻精巧的稀世古董建筑，便是西敏寺。于我，它就是伫立了无数个风雨晨昏后，终于守来一个千年之约的魂交故友。

飞机似乎也感应到了我此刻所思，在飞越伦敦城的古老心脏上空时，缓移如一片浮云。

全球三大航空港之一的希斯罗机场，仅两个数字相邻的机场通道之间需乘地铁来回。而在海关等待过境的人流之汹涌，实为生平少见。黄白赤黑各色人种，来自这个星球的每一隅，光看服装打扮，就是一个世界民俗风情大展。

过了海关走进候客大厅，接机者人山人海，举牌如林，根本无法一一观辨，只好听天由命，沿两侧如堵的人潮向前走，也是天怜亲情，竟然在刚要走过之际，一眼回瞥，发现了人隙之中一块小纸板上我的名字，也就与我那位素未谋面的小舅相逢了。

舅舅三十多年前离开马来西亚来英伦求学，工作后定居在这个地方，是一个老伦敦人了，现已从路透社财务处退休。20世纪70年代，我还是一个初中生时，和舅舅有过书信往来。当时寄来的照片中，舅舅是一位目光如炬、嘴角有一丝嘲世意味的青年，这形象确也是他世界观的写照。在那张照片的背面，舅舅以愤世的笔触写出他对资本主义社会之荒诞的嘲讽，那个嘲讽对象即照片中他身后的一幢白色摩天大楼——落成多年的广府华厦。只因楼主不愿以赔钱价租售，遂任其空置多年，成为私有制下才可能一见的怪象。当时我以此为题材写的作文，还被编入了一本中学生作文集，很是令我飘飘然了几天。

其实，人类很多所谓理想主义者，促使他们去追求的下意识动机，不是理性化的求知与向善之愿，而是渴望目睹壮观史诗，或者亲自创造史诗之境，至于这种追求所需的生命代价，无论是他们自己的还是大众的，与这种理想欲望相比，都不值一提。在他们心中，一个没有改天造地、叱咤苍生的抱负之人，实在是一具行尸走肉，生不如死。将此意境推向极致，尼禄的焚烧罗马城，希特勒的千年帝国梦，其实与此类理想主义史诗情结何异？

在人类被自命超人的英雄豪杰一次又一次制作成血流成河的史诗后，其中思想已经启蒙了的部分人类，终于完成了一个制度的构建。这个制度的一个重要本质特征，用一句话来讲，就是我不要你对我的生命有任何理由的引领之责，我自己负责我自己好了。在这个制度构架中，众生平等，少有机会出现个别人对大众的驱使用命，遂使世无英雄，而令史诗迷们扼腕长叹。

然而观英雄剧又为人类嗜好之一。故现代人多转而向竞技场、银幕舞台去满足自己了，这一定会被那些史诗迷般的理想主义者们嘲笑为小儿科，可民主国家的社会生活实在太平淡无奇了。既然在他们驻足的此岸没有了英雄崇拜的现实可能，真诚善良的西方左派们的目光当然就投向另一个世界的彼岸了。看那万众一心、开天辟地的现代史诗民族！看那经天纬地、扭转乾坤的伟人英雄！可怜在那专制极权下人民的呻吟都要被噤声。即使此岸的观剧者偶然听到一两声呻吟，也会以瑕不掩瑜的宽容，不减对天才导演的热爱与感激。

似乎有点离题，其实也不然。我此行英伦，愿望之一就是，着重看看，从那位传奇国王狮心理查率十字军东征以降，到君主立宪的一代明君维多利亚时代，英国达到人类文明巅峰这数百年间，不列颠民族走过的历史脚印。因为，现代民主政治诞生的摇篮，正是这岛国英伦。这一段岁月，也正是人类孕育现代文明种子的妊娠时期。

　　和舅舅坐地铁到伦敦东区，再转乘红色双层巴士，沿途所见，一切建筑、街道、公共设施，都给人以岁月斑驳、沧桑满面之感，伦敦人想必也是以整旧如旧的想法对城市年复一年地反复维护，这使得伦敦人不能像很多其他大都市人那样可以充分享受现代城市的便利。伦敦纵然有时被人讥为"尘满面，鬓如霜"，却断然不会到每处墙角刮净岁月的青苔，铺上洁白光亮的新瓷砖的。那是他们最为鄙视的暴发户行径。

　　双层巴士随交通路况时而徐行，时而疾驶。忽然路旁浓荫满目，清香四溢，原来已到舅舅所居的住宅区了。

　　分布紧凑的二层小楼群沿弧形小道排列成街巷，白墙黑檐、栗色瓦面、朴素淡雅，街巷路面皆深色红砖铺就，家家门前都有园景花卉，小巧玲珑却个个构思别致，品位不凡，英国式花园果然名不虚传。

　　舅舅独居的二层小楼带一个后花园，从客厅的落地玻璃门看去，园中百草繁茂，但花卉无多。室内陈设，可用"精雅"二字当之，又极具情调。小到一物一器的异国风情摆件；大到家具构图，色块拼配，无不布置精当，想不到一生单身的舅舅如此优游入微。

　　出门乘公共汽车赴一中餐馆进晚餐，在车站见天空出现双彩虹。

　　此家中餐馆物美价廉，红衣侍者中，有不少中国少年，应为留学打工一族。其年少者似高中生，黑人青年侍者亦会简单中文应酬，有趣！

　　餐毕出门，街对面黄昏中一幢维多利亚时代样式的百年红砖建筑引起了我的注意，整体风格朴素，然轮廓线条依稀为宫殿式古典一派，门厅上方山墙饰有少许人物浮雕，窗周亦有简洁涡状纹饰。或许这样的楼房在伦敦太多之故，舅舅淡言此原为区级行政楼，并无甚引人注目之处。

乘轻轨去看夜色中的汇丰银行摩天大楼，如近观整齐切下的一块璀璨星河。

晚归，舅舅打开电脑，我一向陌生的、母亲海外家系的生活画面，使我融入了一种迟来的亲情之中。大舅、姨妈们，过着东南亚华人中产阶级生活。他们的子女，也就是我的表兄弟姐妹，像先祖从中国飘零到遥远海外岛国一样，星散到了世界各地，从澳洲到西欧、北美；但不像他们的上辈在血脉中还隐烁着中华故国的远影，我的这些同龄表亲们已经是典型的世界公民了。命运之神就这样为生发自一根藤蔓的不同种子，书写出迥异其趣的生命读本。

5 月 19 日

清晨，窗外，垂垂浓荫中传来的鸟啭叫醒了睡梦中的我，这是一个绝好的晴日。

乘轻轨，至伦敦城中心标志点纪念坪。

纪念坪是一个数百平方米大小的圆形平台，稍高于周围车水马龙的路面。平台由大理石铺就，中心有一个铜雕，如戟直指天空，地面由众多铜雕组成一个圆周。铜雕按历史年代排列出伦敦建城以来的大事记，我所拍下者，有 3 世纪前后伦敦城墙之立；10 世纪西敏寺开建；11 世纪末伦敦塔开建；14 世纪中叶的黑死病肆虐，一年之中近半不列颠人死于此疫；稍晚于瘟疫的泰勒农民大起义；1649 年英王查理一世被砍头，浮雕中，跪伏引颈的国王身首异处，地上的头颅还戴着王冠，而同一画面中遍地的窜鼠，又寓意稍后十余年的伦敦大瘟疫；1759 年大英博物馆开馆；1773 年证券交易所成立；1807 年第一盏煤气街灯点燃……那些曾经忽如巨浪袭空、倏似弦歌荡漾的历史生活场景，就这样凝固成永恒不变的浮雕，与你无言相对。

不远处，更古老的历史正等待着与你迎面相撞。一座雄伟的古罗马城墙废墟静浴在阳光下，灰黑斑驳，衰草覆顶，如一颗苍苍头颅，在睡梦中回到它雄姿勃发的年代。那是一切光荣属于罗马的时代。远离亚平宁半岛的不列颠群岛，自近两千年前起，被罗马帝国征服和统治了四个世纪之久，使英格兰文明迅速与地中海发达文明接近。这一段罗马统治下的和平时期终随大帝国的衰退宣告结束。留下的只有漫漫历史长夜中，渐次荒凉的罗马废墟。一个古诗人写道：

　　　　昔日的城垣令人惊奇，

　　　　如今，命运将它捣碎，

　　　　只剩下一堆断瓦残砖，

　　　　巨人般的神力烟消云散；

　　　　房顶塌落，

高塔倾颓，

废墟上冰冻粼粼。

随着岁月流逝，

御敌的屏障只有残迹犹存。

这一伤咏古罗马废墟的诗歌片段，被认为是英国所有上古诗歌中最令人感动的一段。

在断墙下的罗马大帝奥古斯都铜雕像前留影。

再远处，一片广阔的云色古城堡，占据了南方视野几乎整条风景线，城堡上空旌旗猎猎，天威凛凛，隐然肃杀之气遥遥逼人，那就是名动天下的古英格兰王权象征：伦敦塔。

离开城市纪念平台，抄近路走进圣詹姆斯公园，准备观光午时开始的皇家卫队在白金汉宫的换岗仪式。

公园内草坪宽阔，草芽幽绿细嫩如绒，古树参天，三两并立，撑出大片浓荫。湖边小径侧、花圃中各种花卉正以惊人的美艳次第盛开着，这种惊人之美来自英国园丁匠心独运的搭配，一如最好的油彩到了用色大师提香的笔下所产生的效果。伦敦人在匆匆而过的观光客面前，或坐或卧于长椅、草坪，一派闲适之态，仿佛物以类聚，就连这里的鸟类也都是意定神闲、从容不迫的派头。人与鸟不同之处，仅在择地有别，人无法学鸟儿们，或浮于水面，或憩于枝丫、路牌等。

俯桥栏观一天鹅之家，二大五小，在点点波光中悠游来去，俨然水禽中的王室世家。

几只鹈鹕一脸庄严地想着心事，偶尔抬起有着橘黄色巨喙的大脑袋打量一下观众，对面前这一群毫无理由的朝圣者显示出颇不以为然的神情。

近11时，来到白金汉宫前，广场上人山人海，连王宫前维多利亚女王纪念碑四周的雕像上都坐满了人，都是等候观赏仪仗式的观光客，骑着红色高头马的漂亮女警不得不一遍又一遍地吹哨，恳请甚至正言厉色，才勉强让观众退到马路边界石后。舅舅告诉我，王宫上空升起王旗，表示女王正在宫中。恐怕女王早已烦透了这几十年来在皇宫门口看杂耍似的吵吵闹闹的人群，恨不能下个命令让卫队早早换岗完事，以求耳根清净。

在万众引颈期待之下，吹吹打打的军乐声终于由远而近，红衣黑长筒帽的皇家近卫军方阵以鼓手为先导，雄壮行进。宫门大开，卫士换岗，开始在栅栏内的宫庭院操练。惜观者如堵，只听得号令声、跺脚声，仅见马头与骑兵半截，余皆盲人观戏，凑个热闹而已。这皇家卫队所戴黑色高筒帽原为法皇老近卫军所戴，故事是这样的：近两个世纪前，威灵顿勋爵在滑铁卢一战中，击败包括拿破仑最骁勇的老近卫军在内的法国军队，毕其功于一役，为纪念战胜民族宿敌之殊勋，英国皇家近卫军从此开始戴上黑色高筒军帽。

以为戏仅于此，谁知鼓乐又起，另一缕衣步兵方阵又近，皆着现代军礼服，阵尾还有两个背负步话机兵士，这大概算是此仪仗中百年少有的改变吧。可能基于对日渐庞大的通讯兵种的尊重，我想。那么导弹兵呢？因为阵列中只能携带单兵装备，故若加导弹兵，猜想只能让其背一个反坦克导弹发射筒了，那时别让人误以为是带吹火筒子的炊事兵就好了。戏观戏言而已。

因舅舅约了他的两位朋友去唐人街为我开宴洗尘，故未等换岗仪式结束，我们就匆匆离开白金汉宫广场，到地铁站厅会合朋友。

朋友一为花甲女士，一为二十出头大男孩。花甲女士为舅舅在马来西亚的中学、大学同学，姓黄，现在伦敦大学工作；大男孩刚从舅舅家乡古晋来东伦敦大学念 MBA（工商管理硕士）。四人来到唐人街，街面狭窄、人流如潮、店铺林立、楼皆红色，街口一牌楼，横匾金字——伦敦华埠，下方一横幅布标——伦敦佛兴寺浴佛法会，更添热闹景象。

进入一个中餐厅，生意火爆，席间交谈，舅舅与老友对当今伦敦社会世风大叹，黄女士更言竟有东欧人贩在伦敦街头贩卖少女。看来移民、偷渡已成英国社会日益头痛之症诚非虚言。大男孩较拘谨，询问之下，言其为金庸迷。宋人言：凡有井水处，即有柳永词；今人言：凡有华人处，即有金庸书。其实犹不止于此，我在瑞典认识的一位不懂汉语的越南小伙，竟也是一位金庸迷。看来，金大侠为中华文化传播做出的贡献着实不小。

出门，大男孩告辞，我们三人步行过桥至泰晤士河南岸，沿河观光而行。

人间四月杏花天，在云淡风轻的伦敦泰晤士河畔，望着熙来攘往的市民、引车卖浆者流，一种似曾相识感顿生：眼前风景，恰好一幅西洋版的清明上河图。

过壳牌石油总部大楼，楼前广场，街头卖艺者各施绝活。印象较深的两人，其一全身涂蓝，动作呈连续定格状，极似机器人。另一位为中亚女舞蹈者，面庞秀气，身躯苗条，着宝石蓝缠头及披风，一袭红衣曳地。舞时如柳随风而起，柔若无骨、美目流盼、仪态万方；静时如一尊观音像，纹丝不动，真个让观者口叹心服。一小男孩遵母嘱近其身前捐币，战栗而前，狂奔而返，令人莞尔。

河畔一摩天轮高耸入云，缓缓转动的大转轮将一个个蓝色胶囊状的观景舱带上高空，使其内游客能鸟瞰全城。这就是"伦敦眼"了，可惜排队等候者太多，遂过之。

过一河畔大楼，此幢华美气派的宫殿式大厦，位居城市中心地区。正奇怪其为何让商贩割而据之，餐饮酒楼、店铺宾馆、会议展览无所不有。舅舅介绍道：此楼原为伦敦市政府大楼，只因前任市长为撒切尔政府的坚定反对党，对撒氏保守党政策极为不满，遂在此楼上挂一巨幅，上书今日英国失业率几何、又增几何，云云，以刺激河对岸威斯敏斯特议会大厦内的撒氏政府诸大佬的眼球，且日日如此。撒切尔夫人盛怒之下，将反对党赶出该楼，让其另行觅址办公，此楼出租给三教九流，遂成今日乌合气象。原来其中还有如此一段有趣公案。

大楼一角墙面悬挂达利画展巨幅海报，没想到同一幢楼中还有另一场惊世骇俗的展览——人体尸展。揽客者在街上向我们分发展览广告小册子，封面上赫然一站立剥皮死尸，瞠目而视，伸出手指，正紧紧抓着自己那被完整剥下的人皮。

黄女士言，此展览中的尸体标本，听说是主办者在中、俄两国雇解剖学专家精心制作而成，费时一年。展览极尽渲染惊怖效果，使人观之毛发倒竖、魂飞魄散，不少观者恶心欲呕，故主流社会反对之声不绝。以我之观，姑且不论主办人在人性与道德的底线旁冒险掘金的商业动机是否无耻，只看其能成功地将产生于大脑中的荒诞刺激的念头向社会大众展示，这本身就反映了主办者所在社会的一种整体宽容精神，以及覆被与保护每位个体的神圣法律。这样的一个社会，因为可以包容无数离经叛道的生命个体，而蕴含了更大更多的自由发展空间与方向，尽管其中有很多丑陋怪诞的个体会令你不齿于其存在。

因此，仿一句著名的哲言来表达对此展览的态度，应该是：我可能极度反感你所办的尸展，但我将竭诚维护你办尸展的权利。这句话折射了现代民主社会的一种本质。

三人随熙攘的人流步上西敏寺大桥，只见两侧人行道上摊贩林立，游人随看随行，我与舅舅走过大桥，才发觉黄女士没有跟上，可能还在某个摊位前流连吧。舅舅宽和地微笑着说：女孩子嘛，都是这样的，我们等一等好了。听到年届花甲的舅舅如此称呼他的同龄女性，我内心有一种东西被感动了一下，岁月可以将一头青丝偷走换成华发，却抹不了曾经相伴而行的青春心影。一起长大又一起漂洋过海求学的女孩，到了当祖母的年龄，还是被老友看作当年的小女孩，真是天若有情天亦老。

良久，黄女士方赶来，言一练摊者为其在伦敦大学的中国东北女学生，故不免嘘寒问暖一番。可见伦敦米贵，居大不易。

桥西岸，孤耸向天的是大笨钟，钟塔如一件微黄的象牙古代雕品一般镂刻精细、剔透玲珑，整体观之却又庄严威仪，堪为一个曾经声威远播的帝国的象征。

沿泰晤士河西岸向下游而行，来到维多利亚堤岸花园。

花园为一狭长绿色地带，背枕浓荫掩映的幢幢广厦，面临泰晤士河水，风景恬静宜人。园中散落数尊铜像，我快步趋近一尊坐像，哦，是苏格兰诗人彭斯。

诗人闭目沉思，手中的鹅毛笔凝止空中，诗笺滑落到脚旁亦浑然未觉。而我却在凝视中，隐约听到那从两百多年前苏格兰高地漂来、随美妙风笛而起的动人情诗：

> 啊，我的爱人像朵红红的玫瑰，
> 它在六月里初开；
> 我的爱人像一支乐曲，
> 美妙地演奏起来。
>
> 你是那么美，漂亮的姑娘，
> 我爱你那么深切；
> 我要爱你下去，亲爱的，
> 一直到四海枯竭。
>
> 一直到四海枯竭，亲爱的，
> 到太阳把岩石烧裂，
> 我要爱你下去，亲爱的，
> 只要生命不绝。

再见吧——我唯一的爱人，

我和你小别片刻，

我要回来的，亲爱的，

即使是万里相隔。

　　这片刻却已化为永恒，只有那红红的玫瑰，依然年年花开如故。别了，彭斯，你苏格兰的骄傲。

　　一阵欢悦的乐曲声从公园南端传来，原来露天剧场里罗马尼亚人的社团正在演出具有浓郁民族风情的舞蹈，舞者时而欢快，时而肃穆，时而恬雅，又时而奔放，仿佛让你看到了波光粼粼的多瑙河，巍峨雄伟的喀尔巴阡山，还有那月色涌动的黑海。

　　觅花园临河侧一茶轩，小憩，品茶。

　　不忍打扰两位长者那淡如午后茶的从容述谈，遂出屋伫立廊下，透过河边的婆娑树影，遥观河上淡淡日影下一座白色的桥。

　　太过于平常的一座桥，在伦敦泰晤士河上众多的桥中，它毫不显眼。然而，四十五岁以上的中国人几乎都知道的一个爱情故事，就是在这个桥上开始和结束的，你猜到了吗？它就是《魂断蓝桥》电影中的滑铁卢桥。

　　电影中费雯·丽那一双凄婉的眼睛，在我看来，应列于最能唤起人性凄美之痛的事物。事虽虚构，然人世间，多少相似的真实惨况曾发生于悲情爱侣间，费雯·丽以其绝代风华，成为殉爱者的天使象征。其实，在每一个痴情男儿的眼里，他们的爱人都如费雯·丽一样美丽动人。

返途，于一街心花园遇卓别林铜像，一身熟悉的小丑装，却表情凝重茫然，支撑瘦小身体的那根文明杖弯曲如弓，大师一生为世人带来无数欢笑，然其不朽的灵魂，竟尔沉重如是！

掌灯时分，与舅舅同回宅区。家家窗前透出一团晕黄温暖的灯光，户户门首，花影依稀，暗香浮动。舅舅偶尔与相遇的老邻居愉快地打着招呼，尘世间的温馨就这样在五月的伦敦之夜荡漾开来。

天上不只掉馅饼，还掉过王冠

一

平生亲眼见到的国王只一位，在我读博士后的瑞典的一个大学里。那天，瑞典国王和王后来参加学校毕业典礼，我们一小群人在校礼堂门口伸长脖子等啊等啊，总算等来了这两口子。怎么回事？说好的豪华皇家车队呢？虽然没指望能看到一大溜金碧辉煌的南瓜马车，可也没料到是这样：眼前停了三辆可怜的黑色小轿车，第一辆车里下来了瑞典国王古斯塔夫；第二辆车里身穿长裙的王后西尔维亚一条腿刚探出车，就被我的一位王姓中国好友拿着相机堵在车里了，工后只好老老实实摆个优雅的姿势让他连连拍照；第三辆车里钻出来仅有的两个警卫，也不见跑过去给王后娘娘护驾，傻乎乎地站在自己的车旁，和一脸呆萌的国王一样干等着。

君主立宪制的瑞典，没有了封建社会的暴虐专制君权之实，却还拥有封建社会王家的珠翠头面，可以时不时为世人奉上庄重高雅的古典仪式美，这其实是体现国家殿堂级尊贵的一点必要的奢华。试想，莫言、屠呦呦等吾辈中华民族的骄傲，如果不是从瑞典古斯塔夫国王手中接过那一尊诺贝尔奖，而是从某个西方政客手中拿到这个奖，那该多没劲儿。我突然想起在华盛顿一家自然博物馆见到过的一株木化石，易朽的木质已经被时光悄悄置换成了坚硬的含铜矿物质，却保留了树木上所有美丽的年轮与纹理。这君主立宪制下的瑞典王国，不就像那一方美妙的木化石吗？促成人类社会发生这一腐朽变神奇过程的，应该就是 constitutionalism（立宪，宪政）。

学生公寓里的周末茶聚，和两位瑞典大学生舍友聊天，聊到他们国家王室的八卦时，我提起现在的瑞典王朝世系，是一位法国元帅在两个世纪前跑来他们这儿建立的。当今的瑞典国王古斯塔夫，还是那位叫贝尔纳多特的法国人和他的同胞老婆的后代呢。没想到，那位叫比永的瑞典大男孩竟吃惊地瞪大眼睛，问另一位叫乔恩的舍友，真是这样的吗？乔恩看来对本国历史学得要比朋友上心一点，他对我们俩咧嘴笑笑，说确实是这么回事。可那脸上的笑却比哭还难看，明显这是心气颇高的瑞典人不太愿意多提的一件历史糗事。作为国家与民族永存象征的君王，竟然是一对外国人的子嗣，这让人情何以堪？

现在我们就来聊一聊，建立了瑞典贝尔纳多特王朝的法国人贝尔纳多特先生和他太太黛丝蕾吧。当今瑞典国王古斯塔夫那点儿绯闻八卦——传闻早年在俱乐部与裸女合照——比起他的法国先祖贝尔纳多特的八卦，弱爆了。想象有这么一个人，他娶的是大皇帝的初恋情人，因为战功晋升元帅，被另一个王国请去当预备国王，后来出奇谋打败了自己祖国武功盖世的大皇帝，当上了两个民族之邦的国王。

二

话说当年欧洲，法国大革命如天崩地裂、山呼海啸而来。原来，上帝那年在打开装着法国的礼品盒时，出错了。如果他老人家从上面打开盒子，你就可以看到法兰西社会这个金字塔，精致到几乎完美。塔尖那两个头戴王冠的小人儿，自然是法王路易十六和他的王后安托瓦内特，他们的脚下方踩着一群黑袍天主教士，再下方，是假发扑粉的一大群贵族，这一层和之上的所有人似乎都很兴高采烈。金字塔再往下，黑压压的全体法国老百姓，表情就千奇百怪了。那天，耶和华老先生一时手贱，他从盒子的底部打开了它。于是，由于世界打开方式出现的一个致命错误，这个名叫法兰西的精美金字塔，轰然坠地，粉身碎骨了。不光是国王、王后以及一大堆教士、贵族的人头滚滚落地，还连带着整个君主制下的欧洲也被砸得一片狼藉。法国大革命揭开了人类历史上一个长久的秘密：人类是有多么痛恨欺压他们的专制王权。

王侯将相宁有种，乱世英雄起纷纷。面对欧洲各君主国联合后汹汹而来的战争干涉，从法兰西君主国金字塔倒塌后的飞尘中站立起来的法国各路豪杰，领命保卫新生的法兰西共和国，他们多是原来法国社会等级重压之下的无名之辈。无财产、无贵族头衔的年轻军人让-巴蒂斯特·贝尔纳多特，在法国大革命中开始崭露头角，他的军事才华让其得以飞速晋升。1797年，他率部增援拿破仑统率的法军，此时拿破仑正在意大利境内与奥地利军队作战。他们在小城曼图阿相见，那是这两个男人第一次晤面。从此，他们之间演绎了持续多年的复杂人际关系，有政见之别、"裙带之交"、君臣之分、家国之变。

先说政见之别。

年轻时代的贝尔纳多特，是一位著名的共和派人士，传闻在他的手臂上纹有刺青"暴君亡"。1798年，贝尔纳多特出任法国陆军部长，展现出极大的军政才能。在此期间，他与拿破仑的波拿巴党保持了距离。拿破仑在1799年11月发动雾月政变时，贝尔纳多特当时还兼任巴黎卫戍司令，性格耿直的贝尔纳多特是拿破仑发动政变的重大阻碍，拿破仑依靠一个叫"黛丝蕾"的女人的帮助，使贝尔纳多特在政变中保持了中立。雾月政变的成功，使拿破仑成为独裁者并掌握了法国军政大权，最终恢复帝制，走上了法兰西皇帝宝座。

贝尔纳多特有点共和主义倾向，对拿破仑后来的称帝行为颇有微词。他听到拿破仑要谋划称帝的消息后，说了一句话：谁还会去捡起那顶已滚落到阴沟里的王冠？事实也证明不只他一个人对拿破仑称帝反感。后来作为拿破仑皇帝麾下的将领，一向足智多谋的贝尔纳多特，对拿破仑战争中的反法联盟作战却一直相当不积极，这让拿破仑颇为恼火，但因为那位叫黛丝蕾的女人的缘故，仍然让贝尔纳多特官拜元帅，身居高位。

有人要问了，这位黛丝蕾是谁？一个女人，竟然在历史的关键节点，生生让冲顶的拿破仑渡过险关，最终创造了以他命名的一段辉煌帝国历史。这，就要说到贝尔纳多特与拿破仑之间因为这位传奇女子而连接的"裙带之交"了。

黛丝蕾，就是这两个男人故事中的女主角。

本来，在黛丝蕾十一岁时，就应该在她的家乡马赛遇见在法国军队中当兵的贝尔纳多特了。那年二十六岁的上等兵贝尔纳多特已从军多年，因为剑术高超而当上了军官们的击剑教官，但因为不是贵族出生，此生无望晋升为军官。那是1789年法国大革命爆发之前的几个月，贝尔纳多特所在团移防驻扎到马赛，他被分配到当地一个叫弗朗苏瓦的绸缎商家中住宿，但弗朗苏瓦先生拒绝了贝尔纳多特的入住，原因很简单，他希望接待的是真正的军官，而不是一位当教官的士兵。弗朗苏瓦的小女儿就是黛丝蕾。

然后的故事，可能不少人都从一部叫《拿破仑情史》的传记书和同名电影中知道了。那是大革命爆发后的第五年——1794年，黛丝蕾的父亲弗朗苏瓦去世后，她那继承父业的哥哥，因为是法国宫廷的丝绸承办商，被马赛的革命委员会政府认定是保王党人而被拘捕了。才十六岁的少女黛丝蕾，壮着胆子去新政府请求释放哥哥，之后革命委员会的秘书约瑟夫——一位年轻人好心帮助了她，也因此认识了黛丝蕾一家人。黛丝蕾撮合约瑟夫与她的姐姐朱莉结了婚，她自己也成了约瑟夫的弟弟——一位非常年轻的共和国将军的初恋情人，这位将军的名字拿破仑·波拿巴以后将响彻世界。黛丝蕾后来与尚未发迹的拿破仑订了婚。看来，波拿巴王朝的第一顶后冠，已经在向这位绸缎商的女儿遥遥招手了。

1794年热月政变，拿破仑被囚，又因拒绝到意大利军团服役，丢了准将军衔。黛丝蕾偷偷用九十八个金法郎的私房钱，帮助失势了的情人拿破仑赶到政治中心巴黎寻找机会。拿破仑那时在巴黎曾经落魄到卖书、绘军用地图，好似那卖马的秦琼、卖刀的杨志。但幸运之神又一次向这个科西嘉穷小子微笑了，他在受命镇压保王党战役中，显示了杀伐决断的超凡功力。在巴黎的大街上用四十门大炮，将保王党轰得血肉横飞，拯救了共和国。拿破仑也一战翻身，从此踏上成为乱世枭雄之路。

痴情少女黛丝蕾却万万没想到，她在送情人拿破仑赴巴黎之际，却应了那句中国古诗：侯门一入深似海，从此萧郎是路人。

在花都巴黎，拿破仑遇见了比他大六岁的风流寡妇约瑟芬，为了借这位神通广大的交际花进入巴黎上流社会，拿破仑撕毁跟黛丝蕾的婚约，在1796年与约瑟芬结了婚。

可怜的少女黛丝蕾，哭得梨花带雨，人见人怜。但她还是慢慢让自己接受了命运的安排，因为姐姐朱莉与拿破仑之兄约瑟夫的婚姻，她成了拿破仑家族圈子的一员，而且居然和拿破仑夫人约瑟芬的关系还不错。在1804年拿破仑加冕皇帝、约瑟芬加冕皇后的典礼上，黛丝蕾负责牵着约瑟芬的裙裾，对约瑟芬心怀不满的拿破仑姐妹们同样也负责牵裙裾，这些因经常给拿破仑捣乱而出名的促狭鬼们，试图令皇后失去平衡，在加冕大典上摔个跟斗出丑。紧紧扶住皇后约瑟芬没让她跌倒的，正是被拿破仑毁过婚约的前情人黛丝蕾。

对黛丝蕾心怀愧疚的拿破仑，暗示他麾下那些算得上钻石王老五的将军们，挨个来向黛丝蕾送花献殷勤，其中一位叫"迪福"的将军求婚成功了。但这位可怜的将军看来无福消受一位未来的王后。1797 年底，在与黛丝蕾即将举行婚礼的前夕，迪福死于罗马暴动。

然后，黛丝蕾的真命天子——贝尔纳多特将军出现了，她接受了高大帅气的贝尔纳多特的求婚，二人于 1798 年结婚。这才能解释 1799 年拿破仑在发动雾月政变的那一天，带兵冲进元老院向议员们大声咆哮时，巴黎卫戍司令贝尔纳多特却和太太黛丝蕾悄悄住到巴黎郊外，在政变中保持了中立的原因。是黛丝蕾担当了丈夫和前情人拿破仑之间沟通的桥梁，以后她将一直担任这个其实不好当的角色。

说到拿破仑与贝尔纳多特的君臣之分，应该从 1804 年拿破仑登上帝位后的次年，晋封贝尔纳多特等人为帝国元帅的授衔仪式，确定二人君臣名分之时开始。但这位在法国大革命中显示过出众能力的将领，却因为对拿破仑发动的一系列对外战争不甚积极，所以在多数战役中表现平平。比如，在耶拿－奥尔斯塔特双会战中，他统率的第一军行动十分迟缓，距离两个战场都近在咫尺却无所作为，这致使达武元帅的第三军陷于苦战。但因为他是黛丝蕾的老公，拿破仑下不了手，所以没有受到军事法庭的处罚。

有人说，贝尔纳多特之所以不愿为拿破仑王朝拼死效力，不仅是两人政见不合，可能还因为贝尔纳多特内心的雄性竞争情结。他娶的是拿破仑的前未婚妻，而在雾月政变之前，贝尔纳多特的地位和威望与拿破仑相比，也是不遑多让，可就是眼见他起高楼，眼见他宴宾客，所以难免心中暗暗希望，能够最后眼见他楼塌了。如此，贝尔纳多特就可以在妻子黛丝蕾眼中，不会永远比她的前情人——"矮子巨人"拿破仑低上一头了。

而拿破仑却因为黛丝蕾的缘故，对贝尔纳多特青眼有加，多方关照。拿破仑曾有意让贝尔纳多特赴西班牙，先当总督，后当西班牙国王，后来他改变主意让自己的哥哥约瑟夫去当了。算起来，这已是继法国皇后的金冠之后，与黛丝蕾失之交臂的第二顶王后金冠了，这顶西班牙后冠由她姐姐朱莉戴上了。

三

命里有时终须有，命里无时莫强求。黛丝蕾还是等来了她的后冠。

贝尔纳多特一向治军严明，颇得声誉。在吕贝克战役中，他严令禁止法军对攻陷的德意志名城吕贝克的劫掠。吕贝克市议会决议献给贝尔纳多特六匹骏马，作为对他的感谢。贝尔纳多特在此战役中抓获了一些瑞典战俘，相当善待他们，后来还帮助他们返回祖国瑞典，这让瑞典人记住了贝尔纳多特这个名字。

1810 年，贝尔纳多特意外获知，他被选为瑞典国王的王位继承人。当贝尔纳多特从第一个来报信的瑞典人口中听到这个消息时，各位可以想象，他的嘴巴张得有多大。听说过天上掉馅饼，还没听说过天上掉王冠的。这是怎么回事呢？

这要从瑞典的王位继承危机说起。

因为年老的国王卡尔十三世没有后代可继承王位，于是瑞典人四处为国王寻找继承人。国会在 1810 年拥立了一位丹麦王子奥古斯特为瑞典王太子，但就在当年，奥古斯特王子中风而薨。这下瑞典人又傻眼了。

年轻的瑞典廷臣、国会议员莫尔奈男爵，没有和其他人商量，擅自跑去巴黎找到贝尔纳多特，直接请求贝尔纳多特去继承瑞典王位。大吃一惊的贝尔纳多特，将莫尔奈的提议转告了拿破仑，拿破仑也觉得整件事情实在是太荒谬了。但拿破仑转念一想，如果贝尔纳多特当了瑞典国王，那就等于在北欧多了一个法国的卫星国，所以拿破仑没有反对这件事。贝尔纳多特于是告知莫尔奈，如果他正式当选，他不会拒绝这一荣誉。

然而，瑞典政府却震惊于莫尔奈这一没有得到授权的大胆行动。当他返回瑞典时，立刻将他逮捕了。不过这随后变成了一幕喜剧：瑞典一帮国会议员们继续抱头转圈，冥思苦想，去哪里再找一个合适的人来当王储，最后他们也认同了莫尔奈男爵的选择——法国元帅贝尔纳多特，其实是最理想的人选。

为什么说贝尔纳多特来当王位继承人最合适呢？因为，瑞典人考虑到未来可能与宿敌俄国发生军事冲突，因此倾向于由一位军人出任未来的国王；还有，这位人选最好能够得到不可一世的枭雄、法兰西皇帝拿破仑的首肯；当然，这个人选最好还要有优秀的执政才能和良好的声誉。这简直就是拿个画框朝贝尔纳多特的脖子上套，还有比他更符合这些标准的人吗？贝尔纳多特在占领的汉诺威当总督时，已经展现了极为出色的军政管理才能；而且，在吕贝克战役中，贝尔纳多特对瑞典战俘的友善，为他在瑞典赢得了声誉。

1810 年 8 月 21 日，瑞典国会通过决议，选举贝尔纳多特为王储和摄政，以大元帅衔统率瑞典军队。他被老国王收为养子，改名"卡尔·约翰"。这位从法国请来的新王储，很快成了全瑞典最受欢迎并且最有权势的人。1818 年，老国王去世，作为王储的贝尔纳多特正式加冕为瑞典和挪威国王，史称"卡尔十四世"。那时挪威是被迫臣服于瑞典的一个民族。

黛丝蕾终于等来了这一顶永远属于她的后冠，她原来错失掉的那两顶后冠——法兰西与西班牙后冠，都随着后来拿破仑王朝的垮台，被戴冠的人丢失在了历史的滚滚长河中。

四

在贝尔纳多特当瑞典王储这件事上，拿破仑是抱支持态度的，因为拿破仑自负地认为贝尔纳多特首先是一个法国人，会唯他马首是瞻。很快，这位瑞典新王储就证明了他根本就不是拿破仑的傀儡。贝尔纳多特为了占领挪威，不管法俄两国正互掐得兴起，不断与俄罗斯沙皇亚历山大一世眉来眼去，这让拿破仑看得心头火起。

1812 年，拿破仑在历史性的挥兵进军莫斯科之前，派一支军队占领了瑞典的波美拉尼亚，意在确保自己的后方安全，捎带着警告原来的老部下、当时的瑞典摄政王贝尔纳多特。拿破仑还特意挑了贝氏的生日那天出兵瑞典，这一轻侮之举激怒了瑞典朝野。早就想撕破脸的贝尔纳多特，立刻参加了反法同盟。

这位原来在拿破仑麾下的前法国元帅，一加入反法同盟，就交上了一份沉甸甸的投名状。他与拿破仑的另一叛将莫罗将军一道提出了一个决定战争胜负的建议：同盟的联军避开拿破仑亲率的军队，只攻击拿破仑的元帅们，最后让这位武功盖世的战争天才变成一只孤独的狮王。

于是，1813年秋天，拿破仑战争中最激烈的一场战役——莱比锡会战，在现今的德国莱比锡附近开打。一方是拿破仑的近二十万人，另一方是俄罗斯、普鲁士、奥地利、瑞典及其他反法诸国三十万联军，因有许多民族的军队参战，莱比锡战役又被称为莱比锡各民族大会战，瑞典王储贝尔纳多特正是北路总指挥。

莱比锡会战规模太大，这一来，军事天才拿破仑致命的缺陷就表露出来了。法军的元帅中不乏骁勇善战之辈，但其中不少将领却有一个共同特点：缺乏应变之才，对拿破仑过于唯唯诺诺，皇帝下达的战场命令，法军将帅们一定依照手书一丝不苟地完成。也难怪，谁让拿破仑一向都用兵如神呢！

而反法联军就像长了眼睛，集中兵力专门攻击法军元帅指挥的部队，一旦拿破仑御驾亲征赶来救火，联军就迅速撤离。无法和对手交兵的拿破仑，简直要抓狂了，他大发雷霆，却无计可施，只好破口大骂那些没有军人荣誉感、对他望风而逃的对手。拿破仑当然想不到，这是他原来的老部下想出来对付他的一条妙计。

更要命的是，他所在的一路不打了，另两路的法军却被狠狠痛揍。缺乏应变的法军元帅们，只能把求助信不停地往拿破仑那里送。疲于奔命的法国皇帝，无法分身同时指挥三条战线，只能书写手令遥控远处的部队。但有高人在背后指点的联军，派遣如幽灵般四处出没的骑兵，在辽阔的战场上专门截杀往来的法军信使。远处的法国元帅几乎得不到拿破仑的命令，终于支撑不住，莱比锡战役以法军失败告终。这导致了次年拿破仑的下台，及第一次流放。

我曾在一个秋天，走过莱比锡战役的古战场，落叶在风中不停地飘坠，给大地铺上了一层黄金地毯，如同一场大自然的安魂仪式。就在这块土地下，埋藏了两百多年前那场战役中几万个战死者的骸骨。不远处是欧洲最大的纪念雕塑——莱比锡民族大会战纪念碑，碑身刻有巨大的条顿武士手持剑盾雕像。这是第一次世界大战爆发前，德皇威廉二世为纪念莱比锡会战百年下令建造的。它成了德意志的民族主义以及后来的纳粹主义最庞大的精神道场。第二次世界大战时，希特勒在莱比锡大会战纪念碑前举行过隆重的誓师大会。然后是大半个地球在战火中颤抖，七千万条生命被吞噬。莱比锡各民族大会战，就像是百多年后，人类社会相继发生的两场世界大战的预演。

五

贝尔纳多特，或者改了名之后的卡尔·约翰，与他的夫人黛丝蕾后来怎样了？

拿破仑第一次被流放到地中海的厄尔巴岛后，发动了百日政变，在滑铁卢一役一败涂地，只有数百名卫队成员相随。此时，联军已兵临城下，声言拿破仑如不投降，就要攻入巴黎。一想到俄军中有烧杀成性的哥萨克骑兵，巴黎人就不寒而栗。

以下是黛丝蕾传记中的情节，也许其中有稗官野史一般的演绎，但又有多少比虚构故事更精彩的真实历史呢？因此让我们就姑妄言之，姑妄听之吧。

为避免巴黎人民遭受异族军队破城后的蹂躏，新成立的法国临时政府中几位首脑出面，要求黛丝蕾去劝拿破仑投降。黛丝蕾接受了这一使命，并最终说服了拿破仑。然后，他们回忆起两人在马赛初恋时，立在黛丝蕾家的篱笆墙边，一起欣赏花卉的情景。拿破仑说："就像过去在你家花园里与你赛跑一样，你又获胜了。"拿破仑一再声明他对黛丝蕾的爱是真诚的。当黛丝蕾说她看到拿破仑与约瑟芬订婚时，怎样想跳进塞纳河自杀。拿破仑叹息道："真是不能置信。贝尔纳多特得到了你，你将成为瑞典王后，而我则把滑铁卢宝剑交给你。谁能说这不是冥冥中预先注定的？"黛丝蕾却说："不，这不过是巧合而已。"拿破仑将滑铁卢宝剑交给了黛丝蕾，表示向联军投降。

五年后，拿破仑死在遥远的第二个流放地——大西洋圣赫勒拿岛上，拿破仑的母亲将这一消息写信告诉了黛丝蕾。信中提到，拿破仑在岛上写的回忆录中有一句话是："黛丝蕾·克来雷是拿破仑的第一个爱人。"拿破仑的母亲还在信中说："夫人，这可以证明，我儿子一直对他的初恋不能忘怀。他们预备把这回忆录付印出版，如果这对您有所不便，我们可以删去这句话。以您现在的显贵地位，或许您认为应该删去。"当晚，黛丝蕾便回复了拿破仑母亲，信中说："请保留拿破仑回忆录的原文，不必删去一字，我很高兴我是他的初恋。"

黛丝蕾无法适应瑞典的严冬，她十分讨厌下雪，所以在随贝尔纳多特赴瑞典做王储妃仅一年，就离开瑞典返回巴黎，对外宣称是因健康问题。她跟丈夫和儿子分别了十二年，隐姓埋名地居住在巴黎，以避免瑞典和法国交恶后造成尴尬局面。直到1829年，她才离开法国去瑞典，正式加冕为瑞典王后。今日的瑞典王室，即是贝尔纳多特与黛丝蕾的后代子孙。

贝尔纳多特，即卡尔十四世，被认为是瑞典历史上最有作为的国王之一。当他被任命为瑞典王储时，这个国家正濒临危机，与丹麦、俄国和法国为敌。贝尔纳多特的到来拯救了瑞典，他让瑞典在拿破仑战争中得到了最大利益，并且让这个国家从此远离了一切战争。瑞典历史学家安德松评价说："卡尔十四世是瑞典现行的和平中立政策的奠基人。在卡尔十四世登基统治之后，一向好战的瑞典从此远离战火硝烟，至今再也没有卷入任何战争。"在瑞典首都斯德哥尔摩，我邂逅了卡尔十四世，也就是贝尔纳多特的高大骑马铜像。看来，瑞典人已经默认这个法国人创立并延续至今的贝尔纳多特王朝了。

由贝尔纳多特与黛丝蕾这两个法国平民意外开创的这个瑞典王朝血脉，其实也算是如同阶层固化粉碎机一样凶猛的法国大革命，给瑞典王国留下的一个历史礼物。

法国人会因为贝尔纳多特背叛了拿破仑、最终导致法国战败而痛恨他吗？当时会。俄国沙皇亚历山大一世曾建议，在拿破仑倒台后由贝尔纳多特继任法国国王，然而这个提议并不现实，因为当时大多数法国人都把贝尔纳多特视作叛徒。法国人民最后接受了他们自己推翻的波旁王朝的复辟。贝尔纳多特的前同袍马尔博将军曾说，贝尔纳多特因为领导法军取得的荣誉才登上王座，却对祖国恩将仇报；拿破仑也谴责贝尔纳多特，说他若是协助法国对抗俄国，也许世界的命运就将掌握在法兰西的手中。1818年贝尔纳多特正式加冕为瑞典国王时，拿破仑正在阴森凄凉的圣赫勒拿岛上写他的回忆录，这位被废黜的皇帝的心中，应该怀有对前部下贝尔纳多特的怨恨。拿破仑说过一句名言："我以为负恩是人类最大的缺点。"而以他之见，曾经受恩又背叛了他的贝尔纳多特元帅，应该是他这句名言最好的注解。

多年前，我曾带着儿子和朋友的孩子，访问过停放拿破仑灵柩的巴黎荣军院。那天恰巧碰上拍电影，是1840年迎接拿破仑灵柩从圣赫勒拿岛回巴黎的历史场景再现。身穿不同军礼服的仪仗队，护送着一具棺木缓缓行进着。法国人一直不掩饰对这位传奇君主的敬重与怀念。在这真实一幕发生的那一年，贝尔纳多特，即瑞典国王卡尔十四世从斯德哥尔摩动身来到巴黎，向拿破仑遗体告别，并发表了自己的感言。那时刻，那位白发苍苍的前帝国元帅拿破仑，心中一定百感交集。

在凡尔赛宫拿破仑厅门拱上，绘着拿破仑和他的二十六位元帅画像。我在中间找啊找，终于在门拱的左侧，找到了贝尔纳多特元帅的画像。

看着拿破仑和他的元帅们，想到这群人曾经将老欧洲砸得王冠乱飞，又自己纷纷戴上王冠，这岂不是一场白忙了的历史荒唐？

但转而一想却又不是这样，他们砸碎的那些东西，比如专制王权、阶层固化、贵族特权，从此就在人类社会中永远声名狼藉了。而他们作为热血青年投身法国大革命时舍命追求的那些东西，比如自由、平等、博爱，比如天赋人权、君主立宪、主权在民，即使在后来拿破仑恢复帝制，甚至波旁王朝复辟、贝尔纳多特登位君王，也阻止不了那些崇高美好的理念从此被镌刻进人类神圣的历史殿堂。

拿破仑虽事功惊人，做人的品格却如凡夫。比他大三十七岁的华盛顿，已经为那个时代立起一座政治领袖的人格丰碑。拿破仑更像是一只来自科西嘉岛的领头蜂王，带着法兰西蜂群在恰好花开的时节，疯狂飞过思想启蒙之花遍野的欧洲。一部拿破仑法典，就是法国大革命借了这个蜂群，给人类酿造的一罐上好蜂蜜。

一个黄昏，我正在瑞典大学学生公寓楼的公共客餐厅里做着自己的晚餐。同住一个单元楼的瑞典女生爱琳，坐在沙发上看电视，突然发出了咯咯的傻笑声。我好奇地看过去，见到电视上的画面是当今瑞典国王古斯塔夫，就是我在大学里看见过的那位国王，正在一个典礼上一本正经地致辞。我就问爱琳有什么可笑的，她连说没什么没什么，只不过是她们的老国王有点诵读困难，今天又读错了字。

其实，对于瑞典国王有诵读困难这个民间传言，瑞典王后西尔维亚也公开承认过。她说："国王年幼时，没有人注意到这个问题，因而没能得到及时必要的帮助。"王后还透露，他们的孩子们也多少存在着阅读困难的状况。

尽管如此，一脸和蔼的古斯塔夫国王，仍然受到瑞典全体国民的敬重和热爱。在民意测验中，他是全国最受欢迎的人。历史上，瑞典王室家族尽出些赫赫有名的猛人，古斯塔夫国王那位被请来的法国先祖贝尔纳多特，不就够剽悍的吗？当今这位政治手腕稀松平常的古斯塔夫国王，虽然权力丧失殆尽，但却照样可以受人爱戴、怡然自乐。我想，这位贝尔纳多特的第七世孙，实在是托君主立宪的福了。

一个神秘失踪的瑞典英雄

一

读德国戏剧大师布莱希特的剧作《伽利略传》时，惊见以下两句对白：

> 安德雷亚（伽利略的学生）："没有英雄的国家真不幸！"
> 伽利略："不，需要英雄的国家真不幸！"

读到这两句对白时，我的头轰地一响，那是脑子里一座叫历史价值观的城堡，被伽利略这句闪电一般的话给劈了，轰塌了一大块。是啊，有英雄崇拜情结的我，原来怎么就没想过：如果一个地方不发生战乱，人民生活安逸，还会蹦出英雄来拯救众生吗？如果一个地方老是发生战乱，是不是跟这里的人中间总有人想当英雄圣贤有关？庄子言：圣人不死，大盗不止。其实与布莱希特借伽利略之口说出的这句话，有"异曲同工"之妙。

我在瑞典北方一所大学读博士后时，闲暇里常与瑞典以及其他国家的人坐下来喝着咖啡胡侃。聊天中，似乎欧美亚非各国，都有各自的近代英雄人物可以拿出来吹一吹，唯独东道主瑞典人谈到这时，只好微笑恭听，没法插嘴。原因很简单，这个颇受上天垂顾的国家，已经有两个世纪没打过仗、闹过乱子了，要瑞典人找个近代史上的本民族英雄出来，难度大概与逼着他们在自己的地儿上去活捉一只大熊猫差不多吧。

也许我对瑞典世无英雄这件事，调侃得明显了一点儿，瑞典同事拉尔夫，一位和善的老技术员，大概就记在脑袋里了。我们关系不错，到斯德哥尔摩开会时，他提出带我去他们的首都逛逛街。我跟着拉尔夫和他太太英格，在斯德哥尔摩的大街小巷走啊走，直到来到一条大街上。拉尔夫停下，笑眯眯看着我说，你知道这条大街吗？我瞄了瞄那条街，车水马龙的，没有什么特别之处。拉尔夫指着我们头上的街牌说：这条街名叫拉乌尔·瓦伦贝格大街，是为了纪念二战中一个了不起的瑞典人，不光我们，全世界都当他是个英雄。就是这么一位人物，最后却在历史上失踪了，至今仍是瑞典人心中一个沉重的谜。

从拉尔夫口中听到的这个名字引出的一个故事，让我震撼不已，终生难忘。

二

布达佩斯，1944 年 7 月。

二战的战火，正在整个欧洲冲天燃烧着。匈牙利首都布达佩斯的大街上，出现了一位神秘的背包客。

这是一位年轻的瑞典人，三十出头，叫拉乌尔·瓦伦贝格。他身材颀长，行走敏捷，饱满的前额上头发稀疏到几乎谢顶，一双眼睛在浓眉下深邃有神，却透露着一种高贵的忧郁。出身于瑞典名门望族的瓦伦贝格，为什么在欧战正激的1944年夏天，离开安全的中立国瑞典，只身来到一个杀机四伏的法西斯国家匈牙利的首都布达佩斯呢？

原来希特勒的纳粹德国在柏林万湖会议上制订的、灭绝全欧洲犹太人的"最终解决方案"，已经实施两年半了。纳粹的铁蹄所到之处，大批犹太人被搜捕，被有计划地押送到欧洲各地的集中营，然后被屠杀掉。纳粹死亡营里正以每天平均一万五千人的速度进行种族屠杀，国际社会如果再不出手抢救犹太人，那么即使最后反法西斯同盟打赢了二战，全欧洲的犹太人也将会被希特勒灭绝殆尽。但是，因为战事正酣，以美国为首的阵营仍然没有采取任何实质性的行动来抢救欧洲犹太人。直到1944年初，一件事情让局势开始发生了改变。

坐在白宫里的美国总统罗斯福收到一份报告，他一看题目：《本政府默许屠杀犹太人》，一股震撼感扑面而来。罗斯福开始静静地读着，直到读完。这份报告毫不客气地对美国政府漠视希特勒灭绝犹太民族的态度进行了抨击，报告在结尾写道："从屠刀下拯救犹太人是一个伟大的信托。它不能由那些冷漠无情、也许怀有敌意的人插手。这个任务困难重重，但只要有一颗完成任务的炽热的心，并坚持不懈地努力，那么哪里珍惜时间，哪里就能取得胜利。"

美国的政策至此发生了戏剧性的变化。一个礼拜之后，罗斯福成立了"战时难民救济会"。时间虽晚了，但美国终于站出来要设法救助幸存不多的欧洲犹太人了。罗斯福总统与英国政府一起，强烈警告和威吓纳粹及它的仆从国帮凶，让他们停止屠杀犹太人。然而，这样远隔万里的威吓，对于死硬的德国纳粹是起不到任何作用的。于是难民救济会筹谋了一个行动计划——直接从匈牙利内部抢救犹太人。

为什么是匈牙利？

因为匈牙利作为法西斯仆从国的成员，虽然参加了德国对苏联的东线作战，但 1944 年 3 月之前，它还是设法维护了自己国家的主权，尽力抵制把犹太人驱逐出境交给纳粹的要求。不过，屈于希特勒政府步步紧逼的压力，匈牙利的霍尔蒂政府不得不同意，逐步将首都布达佩斯以外地方省的数万犹太人放逐，任由纳粹军警将他们送往奥斯威辛等死亡集中营。而在布达佩斯的犹太人，仍然是欧洲最大、相对最完整的犹太人群。

1944 年 3 月，希特勒察觉到匈牙利有背叛德国、投向同盟国阵营的企图，就策划了一场政变，逼迫匈牙利摄政王霍尔蒂接受德国的进一步控制。政变后几小时，一个魔鬼人物——阿道夫·艾希曼中校来到了匈牙利。

艾希曼——这个深受盖世太保领袖希姆莱赏识的纳粹军官，在德国清除欧洲犹太人的"最终解决方案"中起了重要作用。1942年初，艾希曼出席过柏林万湖会议，就是在这个会议上，纳粹德

151

国正式制定了人类历史上空前绝后的一次种族大屠杀计划。艾希曼被任命负责实施这个最终方案，将欧洲犹太人移送集中营的运输与屠杀作业，大部分都是由艾希曼担任主要负责人。他不仅对犹太人从未表露过一丝感情，还对捕杀他们如痴着迷，立志要创造一个史无前例的杀人纪录。艾希曼肩负着最后解决欧洲犹太人的历史使命来到匈牙利后，迅速从斯洛伐克、希腊、南斯拉夫、法国、意大利等国调来大批助手。他们要抢在苏联红军到达前，将匈牙利犹太人全部消灭。于是，一列又一列火车开始从匈牙利驶往邻国波兰的奥斯威辛，每节车厢像沙丁鱼罐头那样塞满了犹太人，那里是他们无辜生命的终点。

情况万分危急。

美国和匈牙利是交战敌国，难民救济会不可能派一个美国人到布达佩斯去。怎么办？这时，恰好瑞典政府要增加驻匈牙利的外交代表。于是救济会就决定在瑞典找个能肩负抢救匈牙利犹太人使命的瑞典人。此人将以瑞典外交官的身份前往布达佩斯，美国将给予资金和暗中支持。最后选定了瑞典人拉乌尔·瓦伦贝格，他在美国密执安大学读了学位，是一个精通英、德、法、匈牙利语的年轻商人。拉乌尔·瓦伦贝格出生于瑞典一个杰出外交官、银行家及海军军官的家庭，正从事中立国瑞典和匈牙利等东欧国家之间的进出口贸易，二战期间还曾多次在德国商务旅行，对第三帝国的纳粹官僚与行政作风很熟悉。

选择瓦伦贝格还有一个原因，他身上有着犹太人的血统，因为他的外祖母有四分之一的犹太人血统。而今欧洲犹太人遭遇了空前的灭顶之灾，瓦伦贝格的内心极度痛苦。

瓦伦贝格，现在已经是瑞典驻匈牙利公使馆二等秘书，他身背一个旧背包，挤上一列拥挤不堪的火车，孤身来到了布达佩斯。那个背包里放着一份在匈政府中身居要职秘密反纳粹者的名单、一份可能给他提供资金的匈牙利犹太人要人名单、一本可能与法西斯分子有联系的在布达佩斯的瑞典人名册，还有一支手枪。

一到达布达佩斯，胆识过人的瓦伦贝格首先在一家夜总会约见他的头号对手，即德国党卫军中校艾希曼，以便摸清对方的底。然后他以瑞典领事馆的名义，迅速在布达佩斯租下三十几幢楼房，建造了"瑞典之家"。在建筑入口处贴上瑞典图书馆、瑞典研究所等标牌，并在建筑正前方悬挂醒目的瑞典国旗，对外宣布这是瑞典领地，为大量犹太人提供了避难所。

瓦伦贝格与其他瑞典外交官一起签发了大量的保护通行证，用来证明携带者是瑞典国民，从而免遭驱逐。虽然这个证书看起来是来自官方的，其实并不合国际法，但瓦伦贝格设法说服了德国人和匈牙利当局接受。为了大量签发通行证，他在使馆内建立了专门的签发部门，雇请了很多犹太人职员。最后由于签发部门的不断扩大，他干脆将其搬出使馆，到邻近一栋大楼内办公。

瓦伦贝格使出浑身解数，软硬兼施，用战后将要审判战争罪犯来威胁匈牙利官员与他合作。实际职位低微的他，却假装自己有保证豁免的权力，给人一种假象：战争一结束，他就是战胜国驻匈牙利的首席代表。由于匈牙利当局限制保护通行证的签发数额，瓦伦贝格就随意给每张通行证编号，使得警察很难发现多发出来的通行证。

签发瑞典通行证的工作还在紧张进行中，因为德国人和他们的匈牙利法西斯党羽，还有突然屠杀犹太人的可能。瓦伦贝格一直在考虑怎样弥补他签发通行证的不足，牵挂着那些得不到通行证的人。

一天，瓦伦贝格得到一个情报：有一个地下游击队，其领导人是一个波兰籍犹太人，曾经指挥过犹太人进行抵抗运动，被俘后关在布达佩斯，后来越狱逃跑。他现在领导着数百人的游击队，还伪造中立国的通行证。因为瑞典外交证件较其他国家的更受尊重，所以他主要是为贫穷的犹太人免费伪造瑞典通行证。瓦伦贝格认为，这种伪通行证可以打破他签发通行证受到的限制与弥补通行证数量的不足。因此他秘密约见了这个游击队领导人，当面向他承诺他伪造的通行证合法，并希望他印发时要特别小心谨慎。

到了9月中旬，瓦伦贝格觉得布达佩斯的犹太人很快都会有保护通行证。无论是真的或假的，人们被放逐到死亡营的威胁已经过去了，他的使命就要完成了。

但是10月，局势突然急转直下。

随着德国战败前景的不断明朗化，匈牙利摄政王霍尔蒂加紧了与苏联的秘密谈判，匈牙利政府密谋在10月中旬宣布对苏停战。获悉此事的希特勒大为震怒，命令他手下最强悍的特种部队指挥官——斯科尔兹内上校，率领一支突击队袭击布达佩斯王宫，生擒了摄政王霍尔蒂。随后，一个极端反犹的匈牙利法西斯分子萨拉希，被纳粹德国送上了内阁首脑之位。匈牙利犹太人的末日倒计时，开始滴答作响了。

　　萨拉希一宣布胜利，他的匈牙利法西斯追随者团体箭十字团就发动了一场大规模的屠杀犹太人的恐怖运动，其残忍程度甚至连驻布达佩斯的某些德国军官也向匈牙利政府提出了抗议。但党卫军艾希曼中校得意地说，他就是要让犹太人死得痛快。匈牙利箭十字团在萨拉希统治的头十二小时内，就杀掉了数百位犹太人。

　　瓦伦贝格手下的所有犹太人职员都躲藏起来了，他的小车被没收，犹太人司机被抓，办公室被占领。瓦伦贝格也被箭十字团的行动速度和凶残程度惊呆了。他不得不骑上一辆借来的女式自行车，穿越布达佩斯街头的一群群当地法西斯暴徒，在大街小巷寻找他的职员，给他们补发保护通行证和瑞典使馆工作证。为了收回小车和办公室，他联络各中立国外交官，抗议萨拉希政府的暴行。他们提出如果萨拉希不立即停止暴行，他们就与匈断交。匈牙利新政府禁止犹太人走出室外，瓦伦贝格和他的工作人员就把通行证送到他们手里。瓦伦贝格将一堆空白通行证和一台打字机放到车子的后座，以便当场打印，随时发给生命受到威胁的犹太人。

　　第二天，匈牙利新总理萨拉希宣布，所有国际通行证无效，并向党卫军艾希曼中校明确表示，同意放逐布达佩斯的犹太人，把他们最终交给纳粹德国党卫军，让所有匈牙利犹太人接受在死亡集中营里被灭绝的命运。

　　在艾希曼中校指挥党卫军驱赶犹太人的时候，瓦伦贝格还在千方百计地说服匈牙利政府，希望他们继续承认保护通行证和瑞典房屋的治外法权。但萨拉希的法西斯箭十字团态度十分强硬，眼看瓦伦贝格的使命就要失败了，就在这千钧一发之际，瓦伦贝格意外地得到一个强大的盟友，这个人就是匈牙利外交部部长的新婚太太——伊丽莎白·克麦尼男爵夫人。

男爵夫人非常美丽和有教养，克麦尼男爵对新婚妻子处处小心，以取得她的欢心。结婚后不久，男爵夫人就发现丈夫是一个法西斯信徒。但她不能离婚，因为她是一个虔诚的基督教徒，而且她已经怀孕了。在匈牙利犹太人将遭灭顶之灾的关键时刻，她主动找到瓦伦贝格，提出愿意帮助瓦伦贝格拯救匈牙利犹太人，因为她首先要效忠的是人性。瓦伦贝格要男爵夫人劝她的丈夫尊重保护通行证，尽力让匈牙利政府对犹太人温和一点。

萨拉希极力想使自己的新政府被瑞典、瑞士等中立国承认，克麦尼男爵乘机在内阁会议上提出：如果本国政府想得到瑞典王国的承认，就必须承认瓦伦贝格的瑞典通行证。10月20日，男爵夫人偕丈夫来到电台，要她丈夫命令播音员播她事先准备的公告——恢复受保护的犹太人特权。

党卫军艾希曼中校，恨透了瓦伦贝格对他灭绝匈牙利犹太人计划的阻拦。他会晤了瓦伦贝格，首先是威胁、恫吓，说瓦伦贝格是反德间谍，要逮捕瓦伦贝格。威胁无用之后，11月下旬的某一天，一辆重型卡车瞄准瓦伦贝格乘坐的车高速冲了过去，但瓦伦贝格已得到艾希曼要暗杀自己的情报，已改乘另一辆车，躲过了德国党卫军的暗杀。

面对党卫军和箭十字团的残暴行径，瓦伦贝格并不躲藏，他时而以外交官的身份出现，时而以行政官员的面目出现。当无所选择时，他就以一个地下游击队员的身份秘密出现。他车里放着几种汽车牌照，有外交牌照，也有特别信使牌照，遇到德国人就用外交牌照。他不时突然出现在路上、车站、放逐站和刑场，从党卫军和箭十字团枪下抢救出犹太人。这个原来教养良好、温文尔雅的瑞典年轻人，在布达佩斯像疯了一样，他焦虑、谩骂、威吓、趾高气扬、低声下气、贿赂、许诺、欺骗，为了他担负的神圣使命，瓦伦贝格几乎无所不为。

一位为瓦伦贝格工作过的司机讲述，瓦伦贝格曾拦截一辆载满犹太人、开往波兰奥斯威辛的火车："他爬上火车车顶，往尚未封闭的门里递保护通行证。德国人让他下来，他不理。然后箭十字团的人就开枪了，喊他走开。他还是不理，继续镇静地把通行证发到那些向他伸来的手中。我相信箭十字团成员故意朝他头顶上方开枪，否则不可能连一枪都击不中。我想他们这样做，是因为他们被他的勇气打动了。瓦伦贝格发完最后一张通行证，让所有拿到通行证的人下火车，走到车队那里，这些车都涂上了瑞典国旗的颜色。我不记得具体数字了，但他从那列火车上救了几十个人，德国人和箭十字团成员看傻眼了，他们让他扬长而去。"

一次，瓦伦贝格清晨赶到车站，打算故伎重演。他强行爬上塞满犹太人的火车，意欲往门缝里递瑞典保护通行证。一排子弹从头顶上呼啸而过，他不得不退了下来。几分钟后，瓦伦贝格带来一群买通了的匈牙利宪兵，对箭十字团暴徒厉声喊道："我要把持有瑞典通行证的犹太人带回去。"箭十字团首领只好同意，但坚持这些人必须是上了瓦伦贝格登记册的。瓦伦贝格打开瑞典犹太人姓名册，对还在等着上车的人群大声说道，凡是念到名字的都站出来，并信口念出一串瑞典人通用的姓氏。事实上，他的名册上根本没有这些名字。但是匈牙利箭十字团的人不认识瑞典文。犹太人中，聪明大胆的一个个地应声走出来，胆小的犹豫着不敢走出来。瓦伦贝格又大声喊："凡是遗失瑞典通行证的，举手！"他和他的助手穿过人群，暗暗地触碰一些青年的手，这下子有不少人举手了。就这样，瓦伦贝格从这三千多犹太人中又救出了约三百人。

11月月底，艾希曼中校说服匈牙利政府，将一批犹太人"借给"德国修筑工事，这次由他手下的德国党卫军负责押送。瓦伦贝格闻讯后马上冲到车站，却被一个年轻党卫军军官拔出手枪顶住了胸部。瓦伦贝格使尽力气用德语厉声骂道："横蛮逞凶！怎么敢威吓瑞典王国的外交代表？"这个年轻军官被瓦伦贝格流利的德语和架势镇住了，不知所措，悻悻收回手枪。瓦伦贝格乘势大声喊道："太不讲理了！怎么可以放逐受瑞典王国保护的犹太人？马上释放他们，否则要向你的上司提出正式外交抗议！"军官犹豫了，看守们也惊呆了，于是装车停了下来。

但是，瓦伦贝格发现车站上万犹太人中，只有五十几人带有合法的瑞典通行证。他非常失望，于是就高声喊道："一定有上千的人被没收了通行证。你们中谁有匈牙利文的证件，能证明你们曾持有瑞典有效通行证？"不少人对这个暗示心领神会，开始从口袋里掏出各种纸片。其实那只不过是些邮政收据、牛痘接种证书、定量供应卡、纳税登记表、提货单……幸运的是，德国党卫军不认识匈牙利文。于是，瓦伦贝格装着很熟悉匈牙利文的样子，一张张地仔细审查，就这样他又救出了三百多人。这批被艾希曼"借走"的犹太人劳工，最后大部分死在了集中营里。战后在这些集中营附近，发现大批匈牙利犹太人的坟墓。

瓦伦贝格开始每天晚上在不同的房子里睡觉，以防被匈牙利箭十字团成员或艾希曼的德国党卫军暗杀。苏联占领布达佩斯的前两天，瓦伦贝格还在与党卫军艾希曼中校以及德军驻匈牙利最高级将领谈判，并贿赂箭十字团头子传递字条给德军，劝说他们放弃炸毁犹太区、杀死那里七万多犹太人的计划。他还警告占领匈牙利的德军，如果他们组织布达佩斯剩下的犹太人进行死亡行军，战争一结束，他就会起诉他们的战争罪行。

苏联人的炮火已逼近布达佩斯。但冥顽不化的艾希曼，还是坚持"继续清除德国的敌人直到最后"，他说："以后当我走上绞刑台时，我至少知道，我已经完成了我的使命。"艾希曼给留在布达佩斯的党卫军下达的最后命令是：决不许一个犹太人活着走出犹太人区。

二战结束后，这个人类的魔鬼经过漫长的逃亡旅行，最终躲藏到了南美洲的阿根廷。以色列情报部门摩萨德在长期追踪后，查出了艾希曼的下落，然后派出一个精悍的特工小组，于1960年在阿根廷首都——布宜诺斯艾利斯的市郊将其秘密绑架，空运至以色列。在耶路撒冷接受了一场举世瞩目的审判后，阿道夫·艾希曼被处以极刑。他终于走上了绞架，成了犹太人女哲学家阿伦特笔下人类平庸之恶的标本。

而那位履行了使命的稀世英雄瑞典人瓦伦贝格呢？

许多年后，他当时的同事伯·安哲回忆，1944 年年末，他催促瓦伦贝格赶快离开匈牙利，因为他的处境越来越危险。"对我来说别无选择，"瓦伦贝格回答，"既然我接受了这个任务，在不知道自己是否已尽力挽救尽可能多的犹太人生命之前，我绝不能返回斯德哥尔摩。"

1944 年 12 月月底，苏联军队包围了布达佩斯。城中的德军指挥官拒绝投降，由此展开了一场血腥的攻城战。1945 年 1 月中旬，战斗进入白热化，红军攻入布达佩斯，苏联人以瓦伦贝格涉嫌从事间谍活动为由，将他拘捕后带走。从此，瓦伦贝格就失踪了。

关于瓦伦贝格最后的结局，始终众说纷纭。苏联政府先是否认，后来又承认了对他的逮捕，但始终没有透露他最后的行踪。在苦苦追寻后，他心碎了的母亲溘然长逝，临终前，一再嘱托他的弟弟和妹妹继续寻找哥哥的下落。1991 年苏联解体，瓦伦贝格的弟弟和妹妹从俄罗斯官员那儿得到消息，有关瓦伦贝格的档案已完全被销毁，但他们依然没有罢休，直至生命的最后一刻还在寻找哥哥的下落。接力棒又传给了瓦伦贝格的外甥女——前联合国秘书长安南的妻子，2014 年她直接给俄罗斯总统普京写了信，要求普京帮助查询，以结束瓦伦贝格的失踪给全家带来的、长达七十年的噩梦。

三

在瑞典同事拉尔夫给我讲这个故事之后多年，我终于来到了故事发生的城市布达佩斯。

夜幕正在一片安宁中降临这个城市，我站在多瑙河边高陡的河岸上，看着河面渐渐黯淡的波光和对面河岸那些灯火初燃的高低楼宇。我脚下的河边地面上是一地散乱的鞋子，确切地说，是很多不同鞋子的金属雕塑，有成人女鞋、男鞋，还有童鞋。

我在这里等候一群犹太人亡魂，他们是这些鞋子原来的主人，我期待看见这些亡魂从多瑙河幽暗的河面上升起，向我现身显灵。在那些鞋子雕塑中，我看到有一双高帮鞋，上面系着一根黄丝带，那是生者对死者无声的召唤。

在二战结束前最后一个严寒的圣诞节，上万犹太人先后被驱赶到河边，法西斯箭十字团民兵勒令他们脱下鞋子，三个人一组，绑在一起。在推下多瑙河之前，先开枪射击中间的人，让其他两人随尸体坠河淹死，随即被多瑙河的波涛卷走，只剩下鞋子留在岸上。这就是多瑙河畔步道上鞋子雕塑的由来。

很少有人知道，那个无月之夜，正在进行大屠杀的河边对岸，一片黑暗中，有一小群人也在紧张地忙碌着。在他们中间，可以依稀分辨出一个颀长消瘦的身影，他就是这个故事的主人公——瓦伦贝格。

很多年后，这一小群在多瑙河对岸营救犹太人的勇敢者中的一位，当年还是小姑娘的阿达琪女士，讲述了当时的情景。在大屠杀纪念馆网站，我看到了老年阿达琪现身视频，她一字一句地在讲述：

"布达佩斯由两部分组成，中间是所谓的蓝色多瑙河，但对我来说，以前才能称之为蓝色多瑙河，现在它成了红色多瑙河。匈牙利箭十字团把人们带到那里，三个人捆在一起，射杀中间的一个，以使三个人能全部跌进河里。如果他们看见河里有任何动静，他们会再次射击以赶尽杀绝。但很多人还是不知通过什么方式逃了出来。这是一个非常寒冷的冬天，多瑙河结着很厚的冰，没有月亮与星星，有的只是寒冷与黑暗。瓦伦贝格在第三晚回家了，向我们问道：'你们有多少人会游泳？'以前他仅询问男士和红十字会的人员。我立刻举手插嘴道：'我在学校的游泳成绩最好。'他发布命令：'我们出发。'我穿得像一只泰迪熊，还戴着帽子和手套。当我们来到河的另一边时，箭十字团没有听到我们到来的声音，因为他们正忙于捆绑和射杀。我们站在左边，车里配有医生和护士，并有人站在岸边拉我们上去。我们四个人，三名男士和我，跳进河里行动起来，由于有冰柱，我们把绳子系在冰柱上面，开始救人，但仅仅救出五十人，就因浑身过于冰冷坚持不下去了。如果没有瓦伦贝格，我们一个人都救不了。"

我耳边回响着阿达琪女士的声音，眼睛凝视着多瑙河的粼粼波光。历史大河的旋涡也如此悄无声息地卷走了那个瑞典人，就像这平静的多瑙河，似乎一切都从未发生过。

后来我发现，我错了。因为就在离此不远的多瑙河下游，一个叫伊斯特万的河畔公园里，我和朋友们寻找到了瓦伦贝格在布达佩斯的纪念雕像。

这是一个方立柱形纪念碑，碑顶是一个裸体力士挥棒猛击一条大蛇，碑身一侧，是一个浮雕头像，上方的文字是：拉乌尔·瓦伦贝格。浮雕中，他那饱含忧郁的眼睛，还在凝视着多瑙河的方向。这个圣徒一般的瑞典人，还在为自己没能拯救出更多的犹太人而自责吗？

瓦伦贝格，在短短六个月的时间里，以无与伦比的勇气和智慧，从残暴的法西斯手中拯救了成千上万的匈牙利犹太人。他如同一颗剧烈燃烧的流星，划破了人类最黑暗时刻的天空，之后却神秘消失了。瓦伦贝格，你知道，人们在这个世界以你之名竖立了多少纪念雕像，命名了多少街道、学校，授予了多少最高奖章吗？有多少国家宣布你为荣誉公民吗？你到底在哪里？

四

2016年，莫斯科，苏联解体之后第二十五年。

退休的芭蕾舞演员谢罗娃正在指点雇来的工人拆一间车库的内墙。她是苏联克格勃曾经的首脑谢洛夫唯一的孙辈，从死去多年的祖父那里继承了莫斯科西北部的一栋别墅，现在雇了工人在翻新车库。突然，拆墙的喧嚣声停止了，人们发现了内墙中几个隐藏的手提箱。

"他们以为装的是钱或者金子，结果只有纸。"谢罗娃说。

确切地说，那是一些文件和日记。这几个手提箱很可能是谢洛夫在1971年前后藏到墙里的。当时，苏共中央委员会听到风声，这位已退休的失意的克格勃前首脑有一个写作计划，于是就让人跟踪谢洛夫。这可能让他紧张，故而将日记与一些文件藏了起来。谢洛夫于1990年去世，他的死因扑朔迷离，一本俄国人和英国人合著的书——《克格勃全史》中写道，谢洛夫在一次豪饮之后在阿尔巴特街的一个院落里开枪自杀。

谢洛夫日记里有六七页的篇幅专门讲述了一个囚犯，他的名字叫瓦伦贝格。

日记中直接提到瓦伦贝格的是，1947年在莫斯科的一座监狱里他被处决。消息来源于克格勃前任首脑阿巴库莫夫，这位前首脑在斯大林大清洗运动末期也被处死。阿巴库莫夫在接受审问期间，透露了那个"清除"命令，也就是杀死瓦伦贝格的命令，来自斯大林和莫洛托夫。专门研究斯大林时代的俄国历史学家彼得罗夫表示，"杀"这个字眼，从来不曾出现在苏联的任何官方文件中。

有关瓦伦贝格的文件，很早就从苏联所有的档案中消失了。谢洛夫在日记中写道，斯大林死后，苏联领导人赫鲁晓夫请他调查瓦伦贝格一案，以便对一直向苏联追问此事的瑞典政府做出回应。谢洛夫回忆道，他最终却未能还原瓦伦贝格之死的全貌，也没有发现瓦伦贝格生前是间谍的任何证据。

冷战时期的莫斯科，不愿确认斯大林冷血下令杀害一名无辜的外国外交官，也不肯承认克里姆林宫一直在撒谎。这些谎言包括：1945 年苏联控制的匈牙利电台宣布瓦伦贝格已被谋杀，暗示瓦伦贝格是由匈牙利箭十字团或德国盖世太保杀害的；1957 年苏联政府公布的一份文件，上面说瓦伦贝格于 1947 年因为心脏病发作，猝死在囚室。

历史女神其实从未离开过现场，也从未背过身去。即使在人类最黑暗的密室里，她也在用一双慧眼无声地注视着一切。

至此，瓦伦贝格的失踪，这个二战遗留给世界的难解之谜，终于被一本藏在莫斯科别墅墙壁中的日记揭晓了。这个人类中罕见的英雄，在将要走出与之搏斗的黑暗之际，却又被另一个降临的黑暗吞噬了。

我后来见到了全世界所有纪念瓦伦贝格的雕像，有些是亲睹，更多是照片，它们大都是一脸肃穆，或者目光忧伤。但在我心中，瓦伦贝格永远是身躯消瘦傲岸、胸膛被一支手枪顶着、怒目咆哮的形象。现在已经没有人能够杀死他了，只要这个星球上的人类还在，他将永远被回忆与致敬。

宾夕法尼亚大学博物馆

多瑙河畔的鞋子雕塑

来自毛特豪森集中营的石碑

瓦伦贝格雕像

白金汉宫前的皇家卫队换岗仪式

玛雅村庄的天主教堂

圣巴托洛缪教堂

一个提问引出的二战往事

　　我坐在于默奥博物馆的一间大厅里，和一群来访者一起听那位颇为年轻的副馆长做专题讲座：瑞典北方的铁路交通史。

　　这个题目听起来不那么有趣，是吗？反正在参观完这个瑞典小城博物馆后，感觉有点饿。刚好碰上了这里开讲座，就为了讲座提供的那些点心茶饮吧，举办者对你的落座恭听还感激不尽呢。再说，大厅四周那些灯光柔和的玻璃展柜里，各种标本布置成自然环境中的动物世界，很养眼。比如，一只狐狸正望着树桩顶作为捕猎诱饵的水鸥，双眼发出贪婪的光；一只肥胖的河狸已经将一株白桦啃得岌岌可危了；等一下，树杈上站立的那只猫头鹰，羽毛怎么在轻轻抖动？原来是附近的一个通风口在作怪。还有，驯鹿与麋鹿、雪貂与松鼠、山雉与雪鸡，它们都在草地、雪坡和林木间嬉戏着。

　　直到讲座的讲解者播放一张张带有黑白照片的幻灯片时，我的注意力才被吸引过去，其实我这个人还是蛮喜欢有历史故事的视觉场景的。在介绍20世纪40年代的瑞典北方铁路系统时，在一张一闪而过的幻灯片上，我突然看到了一群戴着纳粹钢盔穿着军服的德国兵正在爬火车。讲解者没有做任何讲解与停顿，一张接一张地放映下去。我赶紧举手提问："等一等，请回放到前面的一张，对，就是这张！为什么我看到一群纳粹德国军人坐上了瑞典的火车？你们瑞典不是二战的中立国吗？这里面有什么故事？"我的提问让那位副馆长看上去稍感意外，但他随后还是很爽快地回答了我的问题：

"是的，我们瑞典在二战中确实是中立国，但我国有个不光彩的历史事实，在二战期间，瑞典实际上与纳粹德国走得很近，因为瑞典以为德国会赢得战争，于是偏向了德意日轴心国阵营。您看到的这张历史照片，就是1940年德国入侵占领我们的邻国挪威期间，我国同意德国借用瑞典北方的铁路系统运兵到挪威的情景，因为当时挪威的铁路系统远不如瑞典的发达。这是我国历史上一件很耻辱的事——瑞典帮助了侵略军占领自己的邻国。"

听了这位副馆长的坦诚作答，我吃惊不小，当时我并不知道中立国瑞典在二战中还有这一段历史。听了这次讲座后，在阅读和旅行时，我开始留意这方面的历史信息。

其实，在二战中瑞典与纳粹德国的关系之密切，可谓触目惊心。

二战爆发前，瑞典已经宣布中立了，它的上一场战争还是在遥远的拿破仑时代。瑞典非常珍惜自己的中立国立场，一直恪守着非常简单的国策：绝对不参与战争，即使要为此付出代价。

二战爆发了，当英国和法国军队被打得一路丢盔弃甲，从敦刻尔克港口狼狈撤离欧洲大陆后，被纳粹德国的强大震惊到的瑞典人，发现自己的国家已经处于孤立的危险处境了。但来到瑞典的其他国家的人发现，瑞典国内竟然维持着一种怪诞的平静，瑞典人一向闲散的生活节奏并没有改变。唯一的变化是街上的私人小汽车因为缺乏燃料而不见踪影了，人们开始骑自行车和三轮车。由于德国控制了波罗的海，英国封锁了北海，瑞典国内物资紧缺，只能实施配给制。同时，政府将税收加倍，用以更新本国军队的武器装备。他们清楚，只有让潜在的侵略者明白入侵的高昂代价，入侵才不可能发生。

事实也的确如此，早在1940年德国准备入侵挪威的时候，就有纳粹海军将领提出，与其冒险登陆挪威海岸线，不如先攻击瑞典，然后从陆地上向北推进。但希特勒不愿招惹这个北欧头号军事强国，拒绝了入侵瑞典的建议。于是德国向瑞典下达了指令："只有倾向于德国的中立，才是保证不被侵犯的唯一道路。"德国同意有条件地尊重瑞典的中立地位，条件之一就是瑞典不能削减对德国的铁矿石出口。

随着纳粹德国军队一路高歌，所向披靡，瑞典人心中的平衡渐渐被打破，外交策略也开始向纳粹德国倾斜。1940年7月，瑞典向德国妥协，同意德国经由瑞典向被占领的挪威运送军事物资，并同意德国军队在瑞典境内通过。这就是我在于默奥博物馆里听讲座时，看到一群全副武装的德军爬上瑞典火车那张老照片的由来。

瑞典北方丰富的铁矿，成了德国重要的战争资源之一。二战期间，铁矿石运输船源源不断地从波罗的海边的港口城市律勒欧出发，开向德国的汉堡港，然后炼成钢铁去喂养第三帝国这个庞大的战争怪兽。我在读丘吉尔的《二战回忆录》时，知道这位大英帝国首相连做梦都想在波罗的海航道上布下水雷，这样就可以切断与德国军工性命攸关的瑞典铁矿石供应线了。可丘吉尔也只能做一做美梦，因为已经称雄欧洲的希特勒几乎将波罗的海变成了第三帝国的内海，他岂容丘吉尔溜进来布水雷？

我曾经与几位中国朋友一起驱车从瑞典北方小城于默奥出发，跨越斯堪的纳维亚山脉到挪威北方旅行。在靠近海岸线的一座山冈上，我们意外"遭遇"了一个二战德军的炮兵阵地遗址，这个遗址被保存良好。遭受过德国全面入侵的挪威人，保存这个德军阵地的用意很清楚——勿忘历史。炮兵阵地皆由水泥铸成，多个环形炮位、掩体、炮弹库，甚至坑道内的步枪挂钩，历经半个多世纪的风雨都几近完好无损。在一座大型探照灯的操纵手座椅上，克虏伯公司的德文标注清晰可见，一门加农炮的橡胶轮胎上印着"1940年出品"，这正是纳粹德国入侵挪威的那一年。山冈下隧道工事纵横，被好奇心驱使，我和朋友们走了进去。里面漆黑一片，幸好我随身带有蜡烛，几人摸索而行，才探得出口。

在战争期间，瑞典共运送两百多万德军士兵和十万节车皮的物资到大西洋海岸前线。其中就有布置到这个挪威北方炮兵阵地的部队与武器装备。

但随着德国入侵苏联变得举步维艰，瑞典被迫为虎作伥的屈辱也即将结束。1943年2月，纳粹德国军队在打了半年多的斯大林格勒战役中惨败。4月，瑞典国民大会就提议停止德国借道去挪威的铁路运输。但瑞典政府还在犹豫，因为他们还不能确定战争的走向。直到德国在当年夏季的库尔斯克大会战中再度失利后，瑞典终于决定，不再替德国运输物资和士兵了。

在斯堪的纳维亚半岛上，两个比邻而居的国家——挪威和瑞典，在二战中有着不同的表现。面对德国的大举入侵，挪威人进行了光荣的抵抗。国家沦陷后，挪威王室与政府流亡海外，继续抗战直至祖国光复。而瑞典在二战中表现出了熟练的外交斡旋能力，尽管与纳粹德国有过不体面的合作，但也不失勇气与生存智慧。面对第三帝国这个人类历史上空前可怕的巨兽，小国瑞典竭尽所能去追求的，仅仅是免于自己的国家被战火蹂躏。尽管它勉力做到了，面对邻国挪威仍显得有失道义与尊严。但是，谁又能对瑞典人做出义正词严的指责呢？

以上所讲的历史谋略戏，只是国家层面的宏观所见。至于作为个体的瑞典人，如何投身到二战历史中，就言人人殊了。同住一栋公寓的瑞典大学生柯拉告诉我他的两位远房家族长辈在二战中的故事：其中一位参加了纳粹德国海军，在印度洋上伪装成商船的补给船上给德国潜艇偷偷送燃料补给，经历过九死一生；另一位在苏联加入了红军，二战末参加了远东对日作战，到中国的东北打过日本关东军，还当上了苏联将军。

据瑞典报纸揭露，至少有两百六十多个瑞典人参加过纳粹军队，包括加入凶悍善战、恶贯满盈的党卫军维京师，这也是瑞典在二战中的污点。但是，请你也不要忘记，当大势已去的希特勒命令彻底炸毁即将被解放的巴黎时，那位成功劝说德军总司令肖尔铁茨、拒绝希特勒这一冷血命令的人，是一位叫诺德林的瑞典外交官；在整个二战历史中，站立在人类良知与勇气巅峰的那个圣徒，就是拯救了成千上万匈牙利犹太人的瑞典人拉乌尔·瓦伦贝格。

瑞典圣露西亚节观摩记

爱玛是我太太文秋在瑞典认识的一个朋友，是个安静、端庄的瑞典女孩。爱玛有个读大学的男朋友叫彼得，个子不高，瘦瘦的，却是个中国功夫迷。这个瑞典大男孩被李小龙、成龙、李连杰这些功夫巨星的武打片弄得五迷三道，想学汉语，以后访问中国。正好我儿子望舒在学习瑞典语，于是我们家和这对瑞典小情侣说好，我们周末互相拜访，由我或望舒教彼得汉语，爱玛教望舒瑞典语。

听起来是很不错的一个主意，可第一次上课就几乎搞砸了。原因是，每当彼得一发音，他口中那些再普通不过的汉语单词，就变成了相声大师抖出的最高级包袱，让我们一家三口笑得死去活来，那真是要命！我们知道很失态，很不礼貌，只好在缓过气后赶紧连连道歉，但就是没办法。我听过很多外国人讲的稀奇古怪的中文，但像彼得讲得那么绝妙动人的，还是头一回。

这里想说明一下，我并不是一个举止轻浮的人，况且还有我太太和孩子在场，他们也完全无法忍住狂笑，可见彼得的滑稽中文的确有一种"不可抗力"。我想，如果在中国，彼得则很有喜剧明星发展的潜质。

有点悲催的是，那些惹得我们哈哈狂笑的汉语发音，我竟然差不多全无印象了，大概当时笑得太厉害了，以至于负责产生记忆的大脑海马体抖动得没法好好接收神经递质，记忆就这样几乎完全丢失了。我唯一还能记得的，是让我笑得不那么颤抖的两个词——鹅，鹅们。那是彼得在咬牙切齿地念"我，我们"，仁慈的上帝！

被我们笑得一头雾水的彼得，并没有气馁。在我提醒他不要用那么大力气发音之后，他渐渐变得正常了许多。一段时间后，彼得的汉语和望舒的瑞典语都有了一些进步。太太文秋还带着儿子望舒去爱玛与彼得住的公寓拜访，说爱玛把房间布置得很漂亮。

转眼年底近了，爱玛和彼得说要邀请我们参加当地一年一度的圣露西亚节庆典，在市中心河边的大教堂里。因为那是个祈祷光明的节日，庆典将从日出的一刹那开始，所以人们都要在黎明前静候在教堂里，等待游行的少女队列秉烛而入。今年的圣露西亚节刚好是星期六，瑞典的北方夜长昼短，所以周末睡个懒觉再起床，天光才蒙蒙亮呢。

圣露西亚的传说，可以追溯到公元4世纪初意大利一位基督教殉道者露西亚。据说，露西亚是古罗马戴克里先皇帝迫害基督教信仰时的基督徒。她向神奉献她的童贞，并把嫁妆分送给穷人。她的未婚夫向西西里岛的锡拉库萨总督告发她为基督徒后，总督命令她向罗马皇帝祭拜，她拒绝了，于是总督判决将她送进妓院任人蹂躏。基督教文献记载说，当士兵来准备把她带走时，奇迹发生了：即使他们把她绑在一头牛身上，也无法移动她；放一捆木柴在她身上点燃，却不会烧着她。最后，他们用叉子挖出她的眼睛，用剑砍死了她。在另一个版本的传说中，当露西亚的遗体准备下葬时，人们发现她的眼睛奇迹般地恢复了。后来露西亚成为盲者的主保圣人，被称为圣露西亚。也许人们认为眼睛寓意光明吧，瑞典人在全年白昼最短、黑夜最长的这一天，纪念圣露西亚，并把这一天称为"迎光节"。因为从这一天起，瑞典漫长的冬夜将日日减短，白昼将日日增长。

那个早上，天气晴朗，走出家门，站在庭院里洁白的雪地上，看见东方天际现出的一抹红晕，想起《荷马史诗》中的名句：

　　年轻的黎明女神，垂着玫瑰红的手指，又现天际。

彼得和爱玛开车来了，他们带我们一家三口去教堂。一路上，皑皑白雪闪耀着熹微的晨光。我们五个人走进教堂时，发现里面已经坐满了人。我们在二楼回廊里增加的椅子上落了座，我发现从那里往下看视野很好，我看到楼下的人群中坐着我们系秘书乌拉女士。当我正准备继续搜寻，看是否还有熟悉的面孔时，突然仿佛一阵看不见的涟漪从人群中掠过。然后，出现了绝对的寂静，那是我有生以来，在人群中从未经历过的安静。如果闭上眼睛，你会无法相信自己正置身在一个上千人的空间。

在一片寂静中，隐隐传来了天籁般的歌声，然后歌声越来越响。一位扮成圣露西亚的白衣少女出现在教堂门口，她头顶着蜡烛环绕的王冠，一队侍女人人手持着蜡烛跟随在她身后缓缓走进来。接着进来的是和侍女一样穿着白色长袍的星光男孩们，他们手持镶有星星的木棒，头戴高高的锥形纸帽。这支白袍少年男女队伍，一边在坐满人群的教堂过道鱼贯而行，一边唱着露西亚节之歌：

黑夜伴随着沉重的脚步走来
在农庄和村舍的四周
围绕着地球的太阳已被抛弃
只剩下阴影的笼罩
而我们那一片昏暗的家中
她头顶光明的蜡烛站立在那里
这就是圣露西亚，圣露西亚

哑然无声的黑夜正在过去
现在有人听到了翅膀的声音
在每一个寂静的房间里
好像是来自天使翅膀振动的飒飒的声音
看吧，她正站立在我们的大门入口处
身穿白色长袍，头戴金色蜡烛花冠
这就是圣露西亚，圣露西亚

黑暗不久将会离开
从地球的山谷河流中

然后她说

一个奇妙精彩的世界正展现在我们的眼前

白日将会获得新生

从蔷薇色的天空中冉冉升起

这就是圣露西亚,圣露西亚

　　纯净的歌声在教堂高耸和幽深的巨大空间里回荡,在屏息静止如一群雕像的人们脸上拂过,像一股汩汩清泉。

　　在这股清泉挟带和柔缓冲击下,我的全部身心好像开始融化,一部分开始下沉,另一部分开始上升和漂浮,似乎就要奔向一个温暖与光明的所在。对于我而言,这是个从未体验过的时刻。

　　我眼前这些瞧上去"人畜无害"的瑞典人,他们的祖先在皈依基督教之前,与丹麦、挪威人同为让整个欧洲闻风丧胆的维京海盗。他们驾着两头高高翘起的龙船,横渡海洋后举起战斧和剑矛冲上岸,突袭他们的欧洲邻居,大肆洗掠,然后在大的抗抵部队赶来攻击之前,迅速撤退。后来,他们甚至占领并定居在欧洲的重要地区。身为异教徒的他们,挥斧杀死教士,掠夺基督教会的财产,毫不犹豫。维京海盗的残暴让欧洲人极为恐惧,欧洲人视他们为来自地狱的魔鬼。

　　瑞典人原来信仰多神教,包括众多的男女诸神,形成了一个北欧版的希腊神话体系。瑞典人皈依基督教的过程漫长而艰辛,从9世纪法国传教士到达瑞典开始传教,到11世纪基督教在瑞典开始生根,到最后大约12世纪瑞典人全体皈依基督教,一共花了几个世纪才完成。这不仅对瑞典人的精神生活产生了深远影响，而且有助于瑞典国家本身在接下来的岁月中的发展。意大利西西里岛殉难圣女露西亚的传说，也随基督教一同传入瑞典，成为瑞典人非常看重的一个节日。

在我眼里，瑞典是一个很单纯的民族，从当维京海盗砍人到皈依基督教，再到经历欧洲三十年战争、瑞俄争锋、拿破仑战争，他们由好勇尚武变成了一个追求永久和平的民族国家，已经有整整两百年，这片土地上没有燃起一星点的战火硝烟，这在我们这个星球上，绝对是一个奇迹。所以，如果你去瑞典看一看，你将会对人类重新产生信心。这就是那个早晨，我和家人一起观看圣露西亚节庆典时的感受。

彼得后来拿了瑞典政府给的一个奖学金，到上海体育大学当交流生学武术去了，这算是圆了他的中国功夫梦。爱玛仍然教我儿子望舒瑞典语。一天，爱玛告诉文秋，彼得来信了，信中讲到一件趣事：他和另一位也是刚去上海的瑞典男孩去一家餐馆吃饭，对着完全看不懂的中文菜单不知点啥好，就指着邻桌一位吃得津津有味的食客面前几乎要一扫而光的那盘菜肴，对服务员说就点那个吧。谁知端上来一看，几乎吓晕了。彼得说，知道是什么吗？是蜥蜴！他只好让服务员整盘端走了。我们一家人又被逗得哈哈大笑，我告诉爱玛，别信那小子，那是鳝鱼，很美味的，谁听说过吃蜥蜴的。彼得这家伙，来中国不学相声，真是可惜了。

多年以后，每当我和文秋回忆起那个去教堂参加圣露西亚节庆典的早晨时，耳边都会响起赞颂露西亚的天籁之音：

夜幕降临

笼罩庭院和屋宅

在没有阳光照耀的地方

四处阴沉暗淡

她走进了我们黑暗的家园

带来了点燃的蜡烛

圣露西亚，圣露西亚

············

北欧桑拿浴记

三个人走在刚刚下过的柔软积雪上，脚下咯吱咯吱地响着。

我、韩裔小伙子郑和德国姑娘薇普卡，我们三个人今天要去洗桑拿浴。起因是这样的，经常来我们公寓找瑞典姑娘爱琳的薇普卡，打听到她住的学生公寓里有间桑拿浴室，只要是住在那一片叫物理胡同的公寓区里的人，都可以免费享用。

我喜欢把我住的学生公寓区 Fysikgrand 叫物理胡同，这样比较容易记住那些瑞典语地名。这样我认识的瑞典于默奥大学的朋友们，就都住在各个胡同里了，比如数学胡同、化学胡同、生物胡同。有一条胡同比较悲催，本来它叫奖学金胡同，我嫌拗口，就改成了读音相近的笨蛋胡同，这让住在那里的几个朋友感到很郁闷。

本来薇普卡也和爱琳约好了同去的，但爱琳临时有事，于是就我们三个人来到了薇普卡住的学生公寓的桑拿浴室。薇普卡已经提前订好了使用时间，所以不会再有人在这个时间里来打扰，这还是我有生以来第一次洗北欧的桑拿浴呢。

我们将外套和袋包挂在室内过道间，然后走进去，就赫然看见一间淋浴房，一排喷淋头高悬。我正纳闷这究竟是男用还是女用的淋浴房呢，突然发现，薇普卡姑娘三下五除二，将自己脱了个精光，开始在喷淋头下冲洗了起来。我和郑相顾失色，赶紧背身以避，连说对不起，又问男淋浴房在哪儿。薇普卡边淋浴边对我们说，北欧的淋浴房常常是混浴，不分男女的，请我们别介意。可我和郑还是感觉相当狼狈。看来，来瑞典不久的加拿大籍韩裔小伙子郑，也是头一回洗北欧桑拿浴。我们这两个亚洲人算是被文化休克了一回。我们磨蹭着，直到薇普卡洗完澡，走进桑拿房，才脱衣淋浴，再穿上短裤进到桑拿房。

房间不大，上下四周都衬上了厚原木板，长椅也是原木条的，一座壁炉是电供能的，摆放了一堆烧得暗红的木炭，电炉周围贴了一些啤酒标签，看来是调皮的瑞典大学生们干的。薇普卡赤裸着上身，下面却多了一条毛巾，可能她担心自己不围点什么东西，我和郑会窘迫。像变戏法似的，薇普卡拿出了几听啤酒，这是她父母从家乡罗斯托克寄来的。在温暖和微醺的气氛中，我们开始渐渐感到轻松和愉快。于是，一个来自亚洲、一个来自北美和一个来自欧洲的三个异性朋友，在瑞典冰天雪地包围的一间桑拿房里，赤身裸体端着德国啤酒，海阔天空地聊了起来。

薇普卡夏天刚从德国罗斯托克大学医学院毕业，学的是精神病学专业。她联系到瑞典于默奥大学医院来实习四个月，刚来时暂未安排到住处，就在几个朋友的公寓借宿，包括我们公寓的瑞典女生爱琳。薇普卡长着一张漂亮可爱的娃娃脸，总是面带红晕，说起话来又快又脆。讲起各自经历的趣事，薇普卡绘声绘色地讲了她在家乡罗斯托克精神病科当见习医生的经历。

一天，她正在超市买东西，突然背后被人猛拍了一掌：她回头一看，吓得差点没晕过去，原来是她在医院接待过的一个躁郁症病人。不知道为什么，那个大块头见到她后表现得异常兴高采烈，好像还想和她来一个大大的拥抱。薇普卡吓得东西也顾不上买，赶紧落荒而逃。我调侃道，你的老师知道后要批评你了，哪有被病人吓跑的医生啊，同情心哪儿去了。

还有一次，精神病科门诊来了一个阿尔巴尼亚人。那人一坐下，就开始问看病价格，问清楚了费用之后，拼命想杀成半价。"五百马克，怎么样？"薇普卡模仿着那个人的古怪神情，惹得我和郑哈哈大笑，都忘了眉飞色舞讲着故事的姑娘几乎完全光着身子的这个事实。她继续讲，几乎要被那个阿尔巴尼亚人逼疯了的医生，只好叫来了四个医院保安，半吓半劝地将那个人弄出医院，塞进一辆出租车，给钱让司机赶紧开走了事。在德国，对病人下逐客令可是要丢行医执照的，看来那个医生也是被逼急了。

对历史比较感兴趣的我，随后问起二战对德国城市古迹的破坏情况。薇普卡说，就她所知，一般每座城市的毁坏程度，都在百分之四十以上。著名的科隆大教堂之所以幸存下来，仅仅是因为英美盟军飞行员把它当作地面标志，去引导轰炸。而柏林大教堂、威廉皇帝纪念教堂就没那么幸运了，其中威廉皇帝纪念教堂被炸成了一座断头教堂，现在还保持炸毁后的样子竖在那里。我记住了薇普卡的话，后来去科隆和柏林时，专门访问了劫后余生的科隆大教堂和那座不幸遇难的断头教堂。在遗址旁边的新教堂里，我见到了那幅著名的二战时期炭笔画——《斯大林格勒的圣母》，这幅画的故事被我写进了另外的书里。

德国有一座没有挨过一颗炸弹的城市——海德堡，很值得去看看，薇普卡说。二战之初德国占上风时，奉命轰炸英国的德国空军将领中，因为有不少人从前在牛津、剑桥学习过，所以他们没有去轰炸这两座世界闻名的古老大学城。风水轮流转，到了英美盟军轰炸机开始日夜换着班问候德国城市时，他们也没有去轰炸德国著名的海德堡大学古城，以示投桃报李之意。海德堡极有古典浪漫的气息，想想吧，你静静坐在河畔，远眺对岸夕阳满峰的古城堡，会是什么感觉？薇普卡笑着说。

我第二年春天拜访了英国牛津，夏天又携全家去了德国海德堡。当我在牛津大学校园看到那些沧桑的几百年老红砖房子、在海德堡的古城堡上俯瞰那座中世纪城市之际，又想起了那两个古老的大学城在二次大战中得以幸存的因缘故事，真是善恶一念间。

记得那天，我还问了薇普卡，她的德国前辈对带领他们发动了两次世界大战的国家领袖是如何评价的。这还真是个赤诚相对的问题，反正大家都脱成这样了，啥都可以问了。德国姑娘告诉我，她的曾外公一直痛恨德国的末代皇帝威廉二世，因为他是将德国领进一战的祸首，却在战争惨败之际一逃了之；而薇普卡的外公，却对二战的罪魁祸首希特勒深恨不已，因为他也在纳粹德国将亡之际自杀了事，将几千万被他忽悠当了战争炮灰的德国人民扔给了未知的命运。很多德国人都和薇普卡的长辈有一样的想法，她说德国人特别强调责任感，即使你杀了人，也应该勇敢地在法庭上陈述你杀人的理由，这样至少你对自己的行为有一个担当。如果你选择逃跑或自杀，那你只能被看成一个可耻的懦夫。

薇普卡的话，让我想起在二战回忆录中读过的两个故事。一个发生在二战尾声，一位在美军司令部做翻译的德国女孩，她是位反纳粹人士。然而，当她突然听到广播里传来希特勒自杀的消息时，竟然失声痛哭，这惊呆了她那些正在欢呼的美国同事们。她后来在回忆录中的解释与薇普卡外公的想法非常相似，她痛恨那个独夫，更同情在战争中一直追随他、在最后时刻却被他抛弃的全体德国同胞，在那么多人为他送命之后，他竟然就那么一死了之。

另一个故事来自希特勒的女秘书。当她在柏林地堡希特勒的办公室里，准备记录希特勒绝命前的遗嘱时，她以为这个领导德国人民造出人类史上最大尸山血海的人，会在他生命的最后时刻，讲出他这么做的真实动机。于是她抑制住激动，开始倾听走来走去的希特勒口授遗嘱并用打字机打出。但记录完这份遗嘱后，她完全失望了，因为希特勒最后的宣言，仍然是疯狂和空洞的言辞、浅薄的说教，那是德国人民曾经相信、此时已经不信了的那一套。我从女秘书的回忆文字中，看出那个时代德国人民的"天真无知"，女秘书真的可以期待希特勒在最后一刻，向她道出什么神谕吗？这个"伟大"领袖，只不过是一个忽悠了全体德国人的奥地利流浪汉而已。

尽管我想对薇普卡说，别忘了德国人民应该为两次世界大战担负的责任，没有他们的全力支持，威廉二世和希特勒就是两个笑话，但我愣是没说。于是我告诉她，所有德国的年轻人都应该为那位在华沙下跪忏悔的勃兰特总理而自豪，他代表了战后新德国的良知。薇普卡本来就红晕满面，听了此话之后，脸庞都开始发光了。

不知不觉地，我感觉对面的裸体姑娘，就像从鲁本斯的画中走出来的一样，那丰满肉体和健美的北欧女性形象，有着母性的柔软。也许美国人乔治·桑塔耶纳说的那句话有点儿道理：我们审美敏感的全部感情方面，就是来源于我们的性机能的轻度兴奋。如果不想冒充道学家，我最好得认同桑塔耶纳的这句话。

那天我们还聊了些其他开心的话题，薇普卡讲到她小学时，当了法德两国交换学生，被送到凡尔赛宫附近的一家法国人家里，混吃混喝整一个月；薇普卡还拿她在汉堡学数学的哥哥调侃了一通，说学纯数学的家伙难免都会变得有点古怪。我讲的故事当然也很受欢迎。三个人喝光了薇普卡带来的啤酒。

那天我们三个人愉快地分手后，我回到公寓，晚上在公共客厅遇到了回家的瑞典女生爱琳。我告诉她，我和郑在桑拿房经历了短暂的文化休克。爱琳咯咯笑着说，北欧人在洗桑拿浴时，异性之间展露身体是很寻常的事，都是相互信任的朋友，有什么可担心的呢。不过，在不同的文化里，有时候这可能变成一件很严重的事。爱琳告诉我，一次她和两个瑞典女生约一个关系很不错的伊朗女生去洗桑拿浴，那次有男生参加，那位伊朗姑娘坚决不去。爱琳和另外两个女孩有点恶作剧心理，拽起那个伊朗姑娘就走，结果几乎变成了一场厮打，伊朗姑娘发疯似的抵抗，最后爱琳她们发觉不对，连连向伊朗女生道歉，才算了事。

很多年过去了，那个被炭火的微光照亮如白雪的青春胴体，还有那个生动有趣的声音，让我在回忆之际，想起法国艺术家布勒东在百年前写下的诗句：

> 旧函烧尽，
> 噢，言辞在灰烬中发光，
> 宛如在世间长存。

三个越南人和他们国家的一段历史岁月

一

在瑞典于默奥大学，我住的学生公寓里，有一位叫洁的越南女生，她身材娇小，眼睛很大、黑白分明，一头清汤挂面的披肩黑发。你和她讲话时，她会安静地睁大双眼盯着你听，还未开口说话，嘴角先漾开一个好看的微笑。性情温和的洁，有个叫辉的越南男友，也在大学读书，不过已经是牙医研究生了。

每个周末，辉都会来我们的公寓看望洁，这位中等个儿、颇壮实的越南小伙很喜欢和我、郑一起聊天。一天晚饭后，我们又在公寓的客厅里唠上了。

瑞典的北方，11 月就已是隆冬了。在冰天雪地包围中的一栋红砖房内，几个亚洲邻居泡好一壶越南清茶，开始了围炉夜话。听着东方面孔的年轻朋友们用英语在轻声交谈，恍惚间我产生了一种时空上的抽离感——故国遥远，今夕何夕，人间何世？

好在越南小伙辉喜欢谈与中国有关的事，这多少纾解了我突然袭上心头的那份乡愁。辉告诉我们，他小时候在越南习武，学的是中国南拳，所以对那位半是传奇故事、半是真实历史人物的黄飞鸿非常崇拜，他还是个金庸武侠小说迷。辉打算 2003 年年底从牙医系毕业后，勤俭行医一年，攒够钱后实现自己长期以来的梦想：坐火车横跨欧亚大陆，经莫斯科一路向东，沿着一代天骄成吉思汗铁骑西征的路线逆向而行，直到蒙古，再翻越昆仑山进入西藏，然后是云南，到四川访峨眉山，然后去嵩山少林寺、湖北武当山，最后就是他心目中的朝圣之地——黄飞鸿的家乡佛山。

辉讲到他的梦想时，不禁眉飞色舞。一旁的商科研究生郑，比较有经济学头脑，说这一趟下来应该花费不菲，问辉考虑过预算没有。辉回答打算用半年时间游遍中国的山川名胜，八万瑞典克朗，当时约合人民币六万多元，足够了，这笔钱靠毕业后第一年的见习牙医工作所得应该没有问题。

郑突然向辉问起，他是如何来到瑞典的。后者一听，脸上如灿烂阳光的笑容蓦地消失了，然后大家一阵沉默。我马上猜到了，辉一定是当年越南难民潮中的一位。

辉语气低沉地告诉我和郑，他的父亲是前南越政府的一名官员，在北越统一越南后，他们一家人的日子开始变得十分艰难。他和姐姐都明白，他们的家庭背景会让自己在祖国不会有任何前途。于是，在父亲的支持下，少年的辉和姐姐一起与千万同胞一样，坐上木船，开始了九死一生的茫茫求生之路。这就是 20 世纪 80 年代前后，震惊整个世界的越南难民潮。

从 1975 年南越政府崩溃开始，在持续了二十年的越南难民潮中，前后共有两百多万的越南人乘船逃离越南。这些越南难民被国际传媒统称为"船民"，他们先在越南变卖家产，换取黄金作付给蛇头的船费和贿赂官员的买路钱，然后被安排上船，在茫茫大海上漂泊，是死是活，听天由命。二十年来，无数越南"船民"历经狂风骇浪、海盗洗劫和强暴、饥渴病弱，活下来的幸运者被邻国渔船救起，送到马来西亚、印度尼西亚、中国香港等当地收容所，然后长时间等候愿意接受他们移居的西方国家的审批，有些人甚至要在难民营等上几年的时间。这些人还算是幸运儿，在海上、难民营内惨死的"船民"实在多到不胜其数。美国某权威机构估算，流落到东南亚的难民人数，与沉溺在海洋里的难民人数相差无几。

辉和姐姐乘坐的那条船，很幸运地漂到了邻国马来西亚。他没有讲船上的生死旅程，我和郑也没有再追问，从辉恐惧的眼神里，看得出那是一个极度可怕的经历。

可怕到什么程度？只能从命运相似的其他越南难民的遭遇中，窥见一点端倪了。下面的文字是一位中国香港女作家采访越南难民船幸存者的文字：

有一条超载装了三百多人的难民木船，四天遭到了四伙泰国海盗的洗劫。第一拨海盗们跳上船来，枪指众人，要难民们把身上值钱的东西，包括首饰、黄金、美金等，通通上缴。搜挖过后，这伙海盗跳上自己的船离开。到了黄昏，第二伙海盗的渔船左右夹攻而至。这伙海盗将男人赶到其中一艘海盗船，将女人赶到另一艘海盗船，然后开始劫财劫色，数十个越南妇女惨遭轮奸。这些渔民兼职的泰国海盗们会相互通报，于是难民船再次成为第三伙海盗的猎物，被一艘速行的渔船追上，还破坏了船机。当第四伙海盗登船时，难民们已经被前三伙海盗抢得几乎衣不遮体了。这群海盗由于劫无可劫，恶念顿生，将难民的大部分行李顺手丢到海里。

我曾经读到过一则当年的新闻报道，当海盗无法从难民手指上撸下过紧的金戒指时，会直接用刀剁下他们的手指。

曾经有五十个难民乘坐一条小木船离开越南，六天后，船在靠菲律宾东南部的某个地方触礁。四十九人先后死去，等到当地渔民发现这一悲惨的船难时，只有一个叫陈惠花的女童还活着。

辉和姐姐那一船难民，登陆马来西亚后，被送进了难民营，当时才十二岁的辉，被一关就是近两年。那是什么样的日子呀！辉感慨道："当我站在难民营的铁栅栏里面，羡慕地看着外面的大人、小孩自由来去时，我突然感觉自己就是一个囚犯，难民营里那六百多个日日夜夜让我知道了，自由——多么珍贵的一个词。"

在越南难民潮巨大压力下的东盟各国，纷纷向国际社会紧急求援，多国开始协调收容"船民"，发达国家以及中国承诺，分担接收东南亚各国和中国香港多个收容所的难民、经陆地流入中国的大批难民。这样，幸存下来的越南船民移居第三国的事才有了着落。辉和姐姐被分配到了北欧国家芬兰，政府将他们送到一个芬兰家庭寄养。辉在完成高中教育后，又来到瑞典，开始了漫长的大学求学生涯，直至今天。

听着这位当年的越南小"船民"的讲述，我耳边开始响起呼啸的声音，有枪声、坦克轰鸣声、人群的哭叫声、海浪重重拍击船舷声。突然，天地一片沉寂，除了大海那粗浊如野兽的呼吸声。然后我听到"扑通"的落水声，那是难民船上一位年轻妈妈在众人劝说下将紧抱怀中早已死去的婴儿投入大海的声音。那个小小的身体从这个世界上消失时，几乎无声无息。

很多年过去了，我仍然清晰地记得在北欧的一个冬日黄昏里，与那位越南裔牙医学生的交谈。喜欢旅行的辉，一定已经走过世界上很多地方，应该也包括他喜爱的中国。我想问他的是：辉，当时间从你的眼前汩汩流过时，它是否已经冲刷走了埋在你心底的那一份悲伤？

二

我后来离开瑞典，来到美国新英格兰地区的佛蒙特大学工作。在我上班的微生物系楼里，几乎每天我都会遇到一位做清洁的越南裔老工友，人很瘦小，满面皱纹，总是一脸谦卑的笑容，对人点头打招呼，他几乎不会讲英语。有时看到他佝偻着走远的背影，我就想，这个老人一定有着不同寻常的人生故事。

一天，已经下班了，我正独自坐在与实验室相连的办公室里阅读，那位老工友进来打扫，与我打了个招呼。我突然发现，他袖子卷起的左胳膊上，有几条绽起的粗大条状瘢痕。于是我问他，可不可以告诉我怎样受的伤。越南老工友又撸起袖子，向我展示他同样伤痕累累的右胳膊。然后，这个人用极为有限的英文词汇，配合大量的身体语言，向我讲出了他惊心动魄的人生经历。

从20世纪50年代，一直打到70年代中期的越南战争，是东西方阵营在全球范围内的冷战中的热战。美国在60年代大规模军事介入越战后，迫于国内日益高涨的反战运动、惨重的人员与物力损失以及同苏联长期对抗的战略需要，在1973年将军队撤出了越南。两年后，北越军队最终占领了南越首都西贡，南越政权垮台，越南统一。

老工友主要是用肢体语言，向我讲述了他参加的一场战斗。他突然一改老态龙钟，两眼炯炯发光，双臂用力比画，口里不停地模仿各种兵器的轰鸣声。我大约知道了，这位当年的南越军官，曾经指挥千人之众的部队，在某个地方与北越军队鏖战。

办公室碰巧有一本世界地图册，我打开地图，找到越南部分，让老工友指出他打这一仗的地点。老工友立刻指向了越南中部的一个地名——昆嵩。

1972年春，北越几乎动用了全部军事力量，包括一百余辆坦克，向南越发动了大规模进攻，史称"复活节攻势"。越南中部的中央高地省会城市昆嵩，成了双方激烈攻防的一个战略要地。北越人知道，如果他们能占领昆嵩和中央高地，就能把南越一分为二。

昆嵩市被北越包围，城市外围的阵地相继失守，大量难民涌入市区，北越开始炮击昆嵩市区，然后驱使步兵及坦克从南面攻入昆嵩城。昆嵩的战斗十分激烈，北越拥有地面火力上的优势，迫使南越的直升机无法着陆增援，而改用空投弹药和补给品，以供应昆嵩守军。终于，在南越军队的无线电呼叫下，美国空军派出了 B-52 轰炸机群，一批接一批呼啸而来的巨型轰炸机对进攻的北越部队实施了极其猛烈的轰炸，造成其伤亡惨重。盘踞部分市区的北越部队逐渐不支，开始撤退，但战斗仍持续了多日。

我又比画着问他："后来你们失败了，是怎样逃出越南的？"

老工友指着地图上的越南胡志明市，嘴里念着前南越首都原来的名字——西贡。又向空中画着圈，反复念着一个变了调的英文词。我总算听明白了，他在说直升机。他又在使劲摇手之后，摊开两手，然后两臂向后反剪，表明没能坐上飞机，最后被越共抓住了。

他讲的是 1975 年春西贡陷落前的一个标志性历史事件，美国人进行的、历史上最大规模的直升机撤运行动，代号叫"常风行动"，这代表着美国彻底终止对越南战争的介入。通过该行动离开越南的人员，共计七千人左右，其中除了一千多名美国人外，大多数是南越人士。当最后一架直升机凌晨从美国在西贡的大使馆顶楼起飞时，很多没能够逃离的南越人在人头簇拥的地面上，仰面看着那架飞机消失在天空。绝望的人群中，就有这名南越陆军军官和他的妻儿。

除了搭乘美国直升机逃亡之外，还有大量南越空军的直升机，在南越宣布投降前后几个小时内，飞往停在西贡外海上的美国海军航母舰队上空要求降落。

多年后，我参观越南胡志明市战争遗迹博物馆时，站在馆前空地上一架巨大的支奴干重型直升机前，我才想象得出，那个南越军官驾驶支奴干携全家出逃的故事，该有多么的惊心动魄！那天，一艘重量仅三千吨的美国驱逐舰"柯克"号的上空，盘旋着逃难者挤成沙丁鱼罐头的众多直升机，他们因为油量所限和超载，无法继续飞外海找美军航母，想降落到这艘小军舰上，于是舰长无奈允许降落。然后，每降落一架，人们就把空飞机推到海里，为下一架腾地方。

突然，一架支奴干重型直升机飞临上空，试图降落。巨大的支奴干直升机是绝不可能在小驱逐舰上降落的，舰员示意让他飞去外海找航母，但燃料已经不够了。突然舰员看到令人震惊的一幕：这架旋翼直径超过十八米的大家伙竟然开始靠近宽度才十四米的驱逐舰，距离不足三米了，很多人都感觉直升机马上就要跟驱逐舰相撞，同归于尽了。突然直升机舱门打开，人们一个接一个跳了下来，包括大人和小孩。最惊险的是，舰员发现一位女子从舱门抛下了一包白色的东西，舰员赶紧接住，一看，原来是一个才十个月大的女婴。最后机上只剩下驾驶员自己了，这架重型直升机突然坠入军舰附近的海面，那一瞬间，两个巨大的双螺旋翼撞击海面，碎片四处横飞，声音就像榴弹爆炸。舰上的人都在暗暗为那名飞行员祈祷，几十秒后，飞行员浮出水面，奋力向驱逐舰游来，救生艇迅速冲过去把这个勇敢的人捞了上来。这位南越军官全家仅有的财产——几根金条，在他跳海的过程中丢失了，但死里逃生的这一家人，在甲板上紧紧抱在一起，喜极而泣。

在"常风行动"期间飞上美海军舰艇的南越飞机中，最出名的那一架，是由南越空军少校黎邦驾驶的O-1翼观测机。他从空军基地里抢了这架飞机开出来，载上妻子和五个儿女后，飞往"中途岛"号航母上空。他对着航母甲板做了两次降落，但都没有成功。在他又拉起飞机后，黎邦把包着烟灰缸的导航图空投到甲板上，导航图的空白处写着："你们可以把那些直升机往甲板旁边挪吗？这样我就能用你们的跑道降落了。我还可以再飞一个小时，你们有足够的时间挪开直升机。请救救我、我的妻子和五个孩子。"看到求救纸条后，"中途岛"号舰长立刻令甲板上的地勤人员清空跑道，把没地方挪的直升机推下海，然后，黎少校驾机惊险降落在航母上。

我曾经在加州的圣地亚哥海岸，登上过已经退役了的"中途岛"号航母。站在这艘参加过越战的航空母舰甲板上，三十多年前那兵荒马乱的一幕，从逝去的历史深渊中呼啸而出。那些嘶喊、血污、钢铁、轰鸣、火焰，生者无暇擦去泪痕，死者睁眼凝视苍天。一个国家在战争中生命如暴雪，纷纷坠入翻腾的活火山口。作为一片雪花，你无处可逃，除了祈祷风更猛烈，让自己被吹离火山的血盆大口。对于吾土吾民，这样的历史场景，是不是似曾相识？

老工友一家人后来和上百万同胞一样，逃离祖国，但却妻离子散。太太独自去了法国，现居住在巴黎。他带着两个儿子辗转来到美国，现在佛蒙特大学里做清洁工维生。

我离开佛蒙特已经超过十年了，那位越南老工友还好吗？我默默祝愿他和他的家人，还有那些经过怒海逃生的越南船民们，现在都能过上一份安宁无忧的生活。

三

认识越南人陈伯，是通过在佛蒙特大学工作的一对年轻中国夫妇。我和太太刚来美国时，他们告诉我们，有一位越南老华侨，是大学里做后勤的工友，对中国人非常友善。这对中国夫妇曾经在他家租房，和陈伯一家共同住过一年多，搬出去后，还像亲戚一样经常问候来往。这小两口说起这位越南老华侨，干脆直接就叫他陈爸。

后来，我和太太也得到了陈伯的善意相助，他在得知我们考驾照前要人陪同练习之后，主动提出陪我们上路驾驶。在陈伯的帮助下，我和太太在新英格兰的冬天来临前，顺利拿到了驾照。

陈伯个子矮小，脸皱巴巴的，活脱脱一个洗脚上田的南方老农形象，他拿一对眯缝眼看着你时，眼中透出如婴儿一般的神情，那是对人完全信任的眼神。别人因为他的帮助而说出感激的话，他听了立刻笑得合不拢嘴，毫不掩饰对这种感谢的享受。

有一年过春节，陈伯请大家去他家聚餐，我们这才第一次见到他的住宅，了解他的家庭。那是个漆成浅蓝色的两层独立房，带一个不大的草地院落，典型的普通人美国梦的那种。进到里面，东西多得有点挤，可能是老两口和大女儿一家四口加上未婚的小女儿，一大家人的缘故吧。一楼客厅还摆了佛堂，供桌上红灯闪闪，塑料绢花环绕，有点像中国农村的奶奶庙风格，很实诚很朴素的那种民间信仰。

出乎意料的是，陈伯的太太比陈伯小至少十几岁，感觉还不到五十，精气神很足的模样。她几乎不会讲中文，却热情友善。陈太为我们做了越南特色的河粉、虾饼、炸春卷等食物，味道都很不错。但给我留下最深印象的，却是靠桌子边的一盏佐料碟，里面盛着一种琥珀色的汁液，陈伯告诉我们春卷要蘸这汁液吃，我试了一口，感到一股强烈的味觉刺激，如同一群活物，抢着登陆舌尖后纷纷直奔脑门，一时间，脑中被激荡出一句宋词：金风玉露一相逢，便胜却人间无数。于是急忙问这晶莹如琥珀的汁液为何物，陈伯说这叫鱼露，是用小鱼小虾为原料，经过发酵和熬炼后得到的一种调味品。我们被告知今天吃的是越南最好的一种鱼露，他们回越南探亲时带回来的。怪不得，原来那如电流发射般的味觉快感，是一群海洋小活物在人类口舌之间，绽放它们生命最后的精彩。

陈伯肥白可爱的外孙，不时跑到外公怀里撒个娇，幸福得陈伯笑到没眼缝。他讲了四岁外孙的一件趣事。一次他带外孙去串门，小家伙眼尖，看见主人要给外公的茶杯里加糖，立马急赤白脸地大叫："你不能给他糖喝！他有糖尿病，喝了糖水会死的，他死了，就没人陪我玩了！"听得众人大笑。

陈伯的两个女儿，都不是他亲生的。20世纪80年代初，中年单身汉陈伯，在战后民生多艰的越南，娶了一位带着两个幼女已经被生活逼得几乎走投无路的年轻寡妇，她就是今天的陈太。

这个中年男人毅然撑起了这个艰难困苦的三个弱小女性的家。陈伯他们当然拿不出黄金当作一家四口出国逃难的买路钱，于是陈伯就带着她们，像岩石缝的野草一样，在困苦中相守，一起熬过艰难的日子。陈伯回忆，为了谋生，拿起家中唯一值钱的家当——一架照相机，去海边给游人照相，然后在沙滩上、自己搭起的简陋暗房里冲洗出黑白相片。没有灯光电源，聪明的陈伯就用照射进暗房的自然光，手控调节后对相片进行曝光。

陈伯讲了一件让我印象深刻的事。一天他正在海滩忙摄影小生意，老婆孩子也在附近帮忙，突然刮起了大风，将他们用木板搭起的小暗房吹得摇摇欲坠。陈伯赶紧喊来一家人，俩大俩小，一起死死护住小房子，不让它被吹走，就这样硬是保全下来这个全家赖以活命的物件。这一幕太有镜头感了：空旷的海滩上，两个大人带着两个小女孩，在狂风中用他们的身体拼命按着一间小小的木板亭子，还大声嚷嚷、咯咯地笑着。

那么，陈伯一家，没有资产，连当个逃生的船民也够不上资格，他们是怎样来到美国的呢？这就是另一个故事了。

一天黄昏，陈伯带着小女儿走在街上，在街角一个垃圾堆旁，发现一个蓬头垢面的流浪小女孩正在里面扒拉着想找点东西填肚子。陈伯看到这女孩比自己牵着手的小女儿大不了多少，心中一阵难过，就将手里的一块米糕递给了她。谁知这小女孩之后就跟着他们走，一直走到家门口，静静地站住，看着陈伯一家人，就是不离开。陈伯和陈太犯难了，收留她吧，自己一家四口都是艰难活命，哪里还能够再养一个人；交给政府吧，又怕与那些人打交道惹上更大的麻烦；狠心不管吧，又实在不忍。两口子商量来商量去，最后这对夫妇咬咬牙，收下了这个连自己父母是谁都不知道的流浪儿，不管怎样，那也是一条命啊。

小姑娘是个美越混血儿，记忆中就没有父亲的影子，在懵懵懂懂的年纪，某天不知何故见不到母亲了，于是成了大街上的流浪儿。她是越战期间，美国人在越南留下的几万混血儿中的一个。虽然越战结束的最后几周，美国政府发起"婴儿空运抢救行动"，这次行动美国、法国、加拿大及澳洲的一些国家参与，最终有三千多名婴儿和儿童从南越撤离，并被世界各地的家庭所收养；但仍有数万名美国人与越南女人生下的孩子被抛弃，成了不知道父亲是谁的战争遗孤。

这些孩子有一个共同的越南语名字——贝度，"生命之尘"的意思。

1987 年美国国会通过了一项法案，《美亚混血儿回老家法》，允许战争期间在越南出生的美亚混血儿，连同收养他们的越南家庭，自动获得美国国籍。许多美亚混血儿因此得以与他们的越南养父母一起移民美国。陈伯一家，就是因为收养了那位越战孤儿，而意外来到美国的。

后来在陈伯家，我见过他那个养女一次，做美甲店员的她，与同样是美越混血儿的丈夫一起来看望陈伯夫妇。当时我们只相互致意，没有交谈。她是白人与亚洲人的混血，面容称得上端正俊俏。从那位年轻女性常常下意识地回避陌生人的闪烁眼神里，我确实看到了什么，那就是贝度，即"生命之尘"———一种卑微和飘忽无常之感。

我离开佛蒙特前，听到关于陈伯的最后一件事，是他给陈太买钻戒的故事。在他们结婚周年纪念日前夕，陈伯带着太太去当地一家好市多连锁超市。在珠宝柜台前，他要求女店员拿出最贵的一只钻戒，女店员有些疑惑地看着这位衣着简朴、其貌不扬的亚裔老人，犹豫着拿出了那款两万多美元的钻戒。陈伯让陈太戴上，感觉正合适，然后就买了。整个过程大约仅仅一分钟，惊得那位女店员张嘴呆了半晌。

我那位在陈伯家住过的朋友，在讲这件事时，还为陈伯惋惜，说，那么省吃俭用的两口子，怎么买起钻戒就像土豪一样拿钱撒气呢？而且就在超市里买，至少也应该找个正经的地方，挑一只性价比高的吧？我听了笑笑，心想，他们哪里是在挑商品，那一定是陈伯在践行多年前许诺给陈太的一个誓言，也许这个立誓，就发生在当年家乡的海边，那片挺立着一间木板小暗房的沙滩上。

宾大寻马记

一

身中九箭
你的痛苦
凝固进一个王朝
降生前的阵阵产痛

灯光
温柔的抚摩
也不能减轻这千年剧痛
从你咬牙紧闭的双唇，可以看出

你和你那位君王的身影
曾经一起，倒映在一条叫洺水的河流上
那个黄昏的天空，为流矢遮映
河流

深红

战役结束
一个空前的王朝
大唐，从此诞生
你，却倒下了，一缕魂魄，也遁入青石

君王命人
用刀，一层层小心剔去，那围绕着你的青石
现出你
痛苦的魂魄，令你
化为不朽

　　我站在美国宾夕法尼亚大学（以下简称宾大）博物馆一间摆
满来自中国的稀世文物的大厅里，眼睛却始终紧盯着两尊巨大的
石刻骏马浮雕中的一尊，脑海中突然浮现出了上面的诗句。

　　这匹战马叫"拳毛䯄"，是唐太宗李世民墓前的六尊战马浮雕
之一。在创立大唐王朝的征战中，李世民先后骑过六匹立下殊勋
的战马。其中，"拳毛䯄"是为他战亡的最后一匹战马，这匹战马
与它的雕像，在历史尘埃上踩下的每一个足印，都清晰可辨。

　　战马"拳毛䯄"的故事，开始于唐武德五年，也就是公元622
年的春天。中华文明最伟大的一个朝代，大唐王朝垂成之际，阻
挡它的最后一个劲敌——刘黑闼，在接连击败多位开唐名将之后，

终于统率大军与秦王李世民，在河北一个叫洺水的小城附近，隔河对峙了。

双方相持两月有余，李世民揣度刘黑闼粮草已尽，必来决战，于是命令守河部吏在洺水河的上游筑起堤堰，以截断河水。3月26日，刘黑闼果然率二万步骑兵南渡洺水，逼近唐营列阵。唐军先遣轻骑出战，继而，秦王李世民跨上他那匹周身旋毛卷曲如拳的战马，亲率主力精锐骑兵出阵。名马拳毛䯄，此刻与它的主人一起，在大历史舞台的一束耀眼光柱之中闪亮登场了。

亲冒矢石的李世民，驱策着战马"拳毛䯄"，高举长剑率领上万骑兵抵死冲锋，终于击破刘黑闼马军，然后乘胜以骑兵践踏对方步兵。刘黑闼率军拼死抵抗，飞矢漫空，遮天蔽日。战斗从中午持续到黄昏，背水一战的刘黑闼军主力，终于抵挡不住唐军的凶猛攻击，开始后撤渡河。这时，唐军守吏决堰，洺水河卷起丈余高的浪头疾速冲下，刘黑闼军瞬间大溃，万余人被杀，数千人淹毙，刘黑闼仅率少数随骑遁逃入突厥之境。这场战争结束后，唐王朝统一中国的大业基本完成。

而洺水大捷之后的李世民，却深深痛惜着他那匹战死的爱驹"拳毛䯄"。这匹名马，是武牢关大战之后，大将许洛仁进献给李世民的，武牢关一战，秦王胯下那匹叫"青骓"的坐骑被重创。这匹叫"拳毛䯄"的新进良驹周身旋毛、矫健善走、蹄大快程，此后秦王每临阵指挥，必乘此马。这次洺水之战中，它在冲锋陷阵时身中九箭，前胸颈六箭，背上三箭，最终阵亡在极其惨烈的洺水战场上。

登基多年后，唐太宗李世民在修建自己的墓地昭陵时，为纪念他一生最喜爱的六匹战马，下诏曰："朕所乘戎马，济朕于难者，刊名镌为真形，置之左右。"唐太宗令画家阎立本先画出六骏图形，后由其兄阎立德依形镂刻于华山石上，以浮雕再现出这六匹神骏，列置于昭陵前，遂成名震古今的艺术神品——昭陵六骏。唐太宗亲自为每一匹马写诗题赞，命大书法家欧阳询镂刻于六骏雕像的原石上角。可惜经过千年的风吹雨淋、日曝冰侵，石雕上的那些字迹已经漫漶不可辨了。

太宗在写给"拳毛䯄"的诗中，将它比拟为一匹神马：

> 月精按辔，天驷横行。
>
> 孤矢载戢，氛埃廓清。

后人多有作诗追思"拳毛䯄"之飞扬神采者，如中唐大诗人李贺：

> 唐剑斩隋公，拳毛属太宗。
>
> 莫嫌金甲重，且去捉旋风。

一代诗圣杜甫，也曾将初唐开国主帅李世民的战马"拳毛䯄"，与那位后来让唐王朝起死回生的中唐名将——郭子仪元帅的坐骑"狮子花"并称：

昔日太宗拳毛𬴂，近时郭家狮子花。

…………

此皆骑战一敌万，缟素漠漠开风沙。

我长久地盯着这匹封闭在大玻璃罩中的石雕骏马，它胸前和背上射入的箭矢清晰可辨，但姿态仍然是行走着的样子，但你可以从那紧闭的双唇和低垂的眼睑，看出它正强忍痛苦，走向生命的终点。它的一条前腿和一条后腿，自关节以下已残缺不见，如同在岁月的长途跋涉中隐没于时光。

无独有偶，与"拳毛𬴂"并列于宾大博物馆中的另一匹唐太宗的骏马雕像——"飒露紫"，也是身中致命箭矢。这是另外一个惊心动魄的故事。秦王李世民在与王世充的一次交战中，和随从将士失散，只有将军丘行恭一人紧随其后。二人突然遭遇王世充大队骑兵，李世民的坐骑"飒露紫"被一箭射中前胸。生死危急关头，大将军丘行恭急转马头，向敌兵连射几箭，随即翻身下马，把自己的坐骑让与李世民，自己一手牵着受伤的"飒露紫"，一手持刀和李世民一起"巨跃大呼，斩数人，突阵而出，得入大军"。回到营地，大将丘行恭为"飒露紫"拔出胸前的箭之后，"飒露紫"就倒下了。这幅浮雕，就是再现丘行恭为"飒露紫"拔箭的那一瞬间，战马因剧痛而睁大眼睛、四足用力撑地的最后形象。

我在西安碑林，见过"昭陵六骏"雕像中的另外四骏："白蹄乌""特勒骠""青骓""什伐赤"。其中，"青骓""什伐赤"的身上，都各中五箭，可以看出是在冲锋陷阵时受伤的。

为什么"昭陵六骏"竟有四骏身中数箭？这对于一个统军主帅，应该不寻常。我从历史文献中找到了答案，原来，这是因为秦王一向的战法——贯阵。两军对垒之际，他常常亲率精骑直冲敌方大阵，从阵前冲入，透阵后而出；先乱敌阵脚，后断敌归路。这种在千军万马之中穿阵而过的玩命战法，是秦王李世民在一生征战中，屡屡痛失爱骑的真正原因。而身中九箭的"拳毛䯄"，是六骏中被创最严重的战马。

"昭陵六骏"，这巍巍数百年大唐王朝的六块基石，是我平生所见中国古代动物雕塑中登峰造极的作品。

20世纪20年代，大文豪鲁迅去西安讲学，谈到"昭陵六骏"时，他说："汉人墓前石兽多半是羊、虎、天禄、辟邪，而长安的昭陵上，却刻着带箭的骏马，其手法简直是前无古人。"鲁迅仅仅在西安见过"昭陵六骏"中的四骏，而品相最佳的"拳毛䯄"和"飒露紫"，那时已经流失海外数年，大师鲁迅与这二骏神品始终缘悭一面。

民国大佬于右任，亦有诗惋惜云："石马失群超海去。"

这两匹传奇战马的唐代雕像，又是如何从古老的黄土高原出走，一路流落到北美新大陆的呢？

二

"拳毛䯄""飒露紫"二骏出走的缘起，故事版本不少，在大量查询、多方阅读之后，本文以曾供职于宾大博物馆的周秀琴女士文章为主要参考来源，综合多人的回忆文献集结而出。

20世纪初，一位英国外交官将"昭陵六骏"的缩小拓本从中国带回伦敦，如一石击水，马上在欧洲文化艺术界荡起了一阵涟漪。这位外交官建议英国政府购买"昭陵六骏"未果，却让一位叫保罗·马龙的巴黎艺术经销商动了心。保罗·马龙给在北京的中介人格鲁尚寄去了一大笔钱，想尽快弄到石刻骏马，格鲁尚派人潜入了陕西的昭陵。1913年5月的一天，一伙盗贼正偷偷摸摸地把砸成多块破片的"飒露紫""拳毛䯄"运下山时，被闻风赶来的当地村民拦住。为夺路逃命，情急之下，盗运者将二骏雕像推下山崖。残碎的石骏后被陕西政府官员没收。

那时一代枭雄袁世凯，刚当上民国大总统，还正在做着帝王梦呢！帮老头子在安阳筹建"袁家花园"的二公子袁克文，给袁世凯的亲信、陕西督军陆建章带话说："老头子搞了一处园子，想找几块有意思的石头装点一下。"陆建章一听立刻把"拳毛䯄""飒露紫"二骏贴上封条，送到了袁府，算是献给即将登基、复辟帝制的袁世凯的一份贺礼。

然而二骏并没有变成袁世凯府邸的装饰雕像。清末民初的文史学者罗振玉在《石交录》中记载：袁世凯之子袁克文令文物商人，将"昭陵六骏"中的"飒露紫""拳毛䯄"二骏运往河南安阳的洹上村，文物商因石体太重不方便，将二石雕剖而运之。袁克文"怒估人之剖石也，斥不受"。之后，二骏很快被转手卖给了大古董商卢芹斋。又被驻京美国文物商购得运往美国。对于这个传说，周秀琴博士认为，更加合理的解释可能是，二骏尚未送入袁家花园，袁世凯就在他八十三天皇帝梦破灭后一命呜呼了。于是，二骏被转卖到了商人卢芹斋手中。

二骏流失海外，造成很大影响。迫于舆论压力，中国当局于1920年将另外四骏从昭陵拆卸下来，以防被盗。四骏曾放置在西安藏宝楼，即原陕西省图书馆。

在西方人眼中，卢芹斋是个传播东方文化的使者，而在中国人眼中，他却是一个臭名昭著的文物贩子。通过这个古董商人，中国无数的古代书画、瓷器、青铜、石刻，流入欧美各大博物馆和收藏家手中。据说，当年流失于海外的中国古董，约有一半是经他之手售出的。就是这个卢芹斋，通过袁世凯之子袁克文的中间代理人——北京琉璃厂古玩店老板赵鹤舫，买下二骏浮雕后从中国贩运到了美国。

1918年3月9日，宾夕法尼亚大学博物馆馆长乔治·拜伦·高登，在纽约大都会艺术博物馆库房里，首次见到了"飒露紫"和"拳毛骗"的浮雕。几天后他在给卢芹斋的信中写道："上星期六，您的助手带我参观了大都会库房并见到了两匹石骏。我十分高兴能见到这著名的雕刻，得知它们在美国已有一段时间。我会从博物馆角度提出一个最佳方案，与我的同人商讨购买的可能性。"

卢芹斋答应把二骏租借给宾夕法尼亚大学博物馆，与之匹配的是十五万美元的价格，这在一百年前算是天价了。后来，卢芹斋又想抬高价格，称自己的代理"冒了入狱、甚至是生命危险"。此后高登一方面着手把二骏运到宾大博物馆展览，一方面全力游说校博物馆董事会买下这两件艺术品。高登为购买浮雕实施的筹款计划进展缓慢，直到 1920 年年底，博物馆收到一位名叫艾尔德里奇·约翰逊的慈善家的慷慨捐助。最终，经过反复还价，宾大博物馆以十二万五千美元的价格，从卢芹斋手中买到了二骏。

此刻的我，站在一个近百英尺（1 英尺 =0.304 8 米）高的巨大圆顶展厅——哈里森穹顶大厅里，这是二骏跋涉万里之后，在异国他乡的安身之所。凝视着天光与灯影交织中的两匹战马雕像，在它们之间奇妙地安放着一尊彩釉佛像。这尊流光溢彩的佛像，与两旁素净的原色战马石雕，形成了隐喻性的对比与映照。神的悲悯与人世间的杀伐勋业、死亡与超度，在这里静静地并列着。我的脑海中响起了那首古印度的史诗——《薄珈梵歌》，在这首伟大史诗的意象中，肉身投入旋转的世界之轴中被碾压成尘，又在神灵的光中翩然起舞，宛若长存。

也许，这样安置佛像与战马石雕，其实是百年前那位宾大博物馆馆长的有意为之。高登馆长曾在一封信中对二骏评论道：

"它们是非宗教、纯世俗艺术品，对我馆佛教雕刻收藏能起到完美的平衡作用。因为中国早期雕刻是宗教的天下，六骏因而成为稀世之宝。这些石刻实为独特的不朽之作。"

这些古代骏马与它们的石雕，在任何意义上都是无辜的，它们生前的痛苦，与化为雕像后历经的磨难，其实都是自诩万物之灵的人类所赐。可笑的是，将二骏贩卖到国外的文物贩子卢芹斋，竟宣称自己清白无辜。他在 20 世纪 20 年代的回忆录里写道："1915 年，当时的中华民国总统袁世凯要求地方政府将二骏运到了北京，成为袁世凯的个人收藏。几个月后，他们通过另一个人卖给了我们。此事绝对合法，因为这是由国家最高权威机构卖掉的。"卢芹斋还在写给另一个臭名昭著的文物贩子——美国人兰登·华尔纳的信里，为自己的行为进一步辩护说："如果从总统手中购买一件东西不合法，那么，谁还有权出售？如果当时合法，现在又不合法，又会有多少古董商和收藏家遭遇相同处境？"

卢芹斋一生，可谓毁誉不一，他从浙江湖州乡下的一个穷小子，到民国元老张静江的仆人，再到闻名世界的古董巨商，走过了波谲云诡的一生。卢芹斋像他的老东家张静江一样，在辛亥革命期间曾捐款资助过孙先生的事业。抗日战争时期也曾参加海外救亡募捐活动。但是，卢芹斋在国体动荡、社稷飘摇的袁世凯时代，大发国难财，给祖国文化遗产带来了无法估量的损失，其中最甚者，就是国宝二骏的流失。他在自辩中，竟然用袁世凯是当时的总统来为自己开脱，这无异于在说："袁世凯都窃国了，我窃两块石雕又算什么？"

恕我不会装厚道，在读到卢芹斋的这个自辩时，我忍不住出口呸了一声。

如果轻易就原谅了卢芹斋，将何以告慰为了国家文明遗存不惜牺牲身家性命的那些先贤们的在天之灵？如破家救宝的张伯驹先生，藏宝拒敌的潘达于女士，护宝辗转于烽火抗战之途的故宫博物院诸君子等。

所以，做了，就不要再妄想给自己立什么"贞节牌坊"。我想起一个人，叫弗里克，这位20世纪初的美国大亨，一生恶行累累，包括在宾州琼斯镇山谷的上游造人工湖供富豪们游乐，最终造成全镇两千多名无辜百姓惨死于决堤的大洪水中。弗里克死前留下了一家藏品惊人的私人博物馆和一句名言："去告诉卡内基，我们两人都会下地狱。我会在地狱里和他相见。"在纽约的弗里克博物馆里，我倒也没见到这个恶棍大亨有文过饰非之举。很多美国人仍然坚信，弗里克还在地狱，并且永远没有升上天堂的可能。这个恶人不饰恶，不虚美，也算光棍本色了。

"昭陵六骏"天各一方，的确是国人心中的痛。难道，"飒露紫"和"拳毛䯄"，就永远回不到它们的祖国了？

三

其实，在20世纪七八十年代，二骏曾经有两次重归故国的机会。

1972年，居美的诺贝尔奖得主杨振宁收到一封白宫来信。原来，美国总统尼克松，正在紧张筹备访问中国的历史破冰之旅，访华前夕，尼克松想送给中国一个礼物，曾向美国社会名流发函询问：什么礼物送给中国最合适？杨振宁立即回复说，如果能把美国博物馆中藏有的"昭陵六骏"中的二骏送还给中国，将是最好的礼物。然而这一建议最终未能实现。或许是尼克松行程匆匆，又或许是作为私立常春藤名校的宾大，当时并没有打算给共和党的尼克松总统这个面子。

真正的转机，出现在1986年。

那年夏天，中国考古学家石兴邦赴美国考察，与美国哈佛大学华裔考古学家张光直一起到宾大博物馆观看二骏。时任宾大博物馆馆长的戴逊先生和张光直是好友。在张光直的斡旋之下，戴逊先生得知二骏对中国人的意义，愿意考虑将它们归还中国，但因为两件藏品是当年博物馆重金买来的，所以回归时，希望中方用几件文物作为补偿。西安碑林博物馆立即挑选出两尊唐代石造像，打算与宾大博物馆交换。一尊是一米多高的释迦牟尼佛立像，另一尊是两米多高的菩萨立像。一切迹象都显示，双方的沟通顺畅而愉快，"昭陵六骏"失散七十多年之后的重逢，似乎已经指日可待了。

但一个小小的细节，让这个即将实现的梦想破灭了。

当时美国教育界一个考察团正访问西安。其中的凯赛尔先生正好是戴逊馆长的挚友，他在兴致勃勃地参观西安碑林时，突然被四骏解说牌上的文字震惊了："'昭陵六骏'中的'飒露紫''拳毛䯄'二骏被美帝国主义分子盗去，现藏美国费城宾大博物馆。"凯赛尔和考察团其他美国教授感觉十分狼狈。

非常生气的凯赛尔，立即给好友戴逊写了一封措辞严厉的信："作为一个宾州人和宾大校友，我想让你相信，我和代表团的大多数成员，一想到一所令人尊敬的高等学府，尤其是美国这些意欲为其他国家做出道德上典范的高等学府，展出着用不正当手段得来的展品，就异常难堪，感到很丢人！"他还写道："如果这是真的，我感到羞耻，请你把文物还给中国。如果不是，也请你告诉他们，希望能阻止这样的谴责。"

这封信大大刺激了戴逊和宾大校方，二骏的回归，就此停止了。戴逊后来因病离任宾大博物馆馆长之位，为二骏回归奔走多年的张光直先生，也于 2001 年辞世。

此后，宾大博物馆馆长又历经了数任，而我国民间人士为二骏回归做出的所有努力都无果而终。那两尊原来担负着去美国换回二骏重大使命的唐代石雕佛像，如今还静静地站立在西安碑林博物馆。

那时，我在宾大牙学院研修已有两个月，其间，我数次来到宾大博物馆，就是为了多看看"飒露紫""拳毛騧"。我喜欢站在空寂的穹顶大厅，让这两匹战马，带上我穿过时光，回到它们长嘶怒奔的岁月。一天，我正站在二骏雕像前沉思，突然听到轻轻的脚步声，我回头望去，一位黑人保安正用警惕和探询的目光看着我。我想，一定是我这些天来，访问骏马雕像的次数多到不同寻常了。于是，我主动与这位保安聊起天。在告诉他为什么我对骏马雕像如此着迷后，这位中年黑人保安也表现出兴趣来。然后，在只有我俩的空旷大厅里，我给他讲了很多很多年前，在遥远的东方古国，一个君王和他的六匹战马的故事。

两个中外艺术收藏家的别样人生

一

　　我在美国东部的佛蒙特大学工作时，在一次系里的派对上，德国籍教授迈克尔告诉我：比邻佛蒙特州边境的马萨诸塞州一个小镇上，有一座非常好的艺术类博物馆，里面收藏了很多西方绘画，其中一批印象派画作使该馆成为印象派藏画的重镇。连很多法国人都慕名从欧洲跑来美国这个新英格兰小镇，以求亲眼领略他们同胞的作品。我对迈克尔的话半信半疑，一来他本人还没去过，也只是道听途说；二来我这些年跑了许多艺术博物馆，所有重量级的馆所无一例外都在大城市。不过怀疑归怀疑，我还是在一个晴朗的暮春上午，携太太驱车向南，沿着七号公路经行风景开阔美丽的香泊林湖岸，行驶三个多小时后，来到那个叫威廉姆斯的小镇，找到了斯特林和弗朗辛·克拉克艺术中心。

　　这座免费开放的私人艺术博物馆坐落在浓荫环绕的草坡上，是一组约三层楼高的方形建筑，外表为大块的欧洲灰，气质优雅不凡。因位置偏僻，参观者很少。因此，当我发现自己突然置身在透纳、康斯坦布尔、庚斯博罗、达维德、柯罗、米勒等大师的真迹之间时，很容易就进入灵魂出窍之后的梦游。要想细述我的全部观感恐非易事，也偏离了本文的原意，我在此仅简略写出在印象画派展厅的体味：

> 音乐响起时，我正置身于一间位于顶楼的大展厅，天花板是大玻璃穹顶，所以室内光线很好，洁白的大厅四壁上，环列着印象派巨匠们的作品。音乐来自一支义务演出的小型室内乐团，他们是镇上威廉姆斯学院音乐系师生，小乐队和人数寥寥的听众，使得阔大的原木色地板厅面更显得空空荡荡。乐音在大厅回荡，依稀记得是威瓦尔第的《四季》。我没有同太太一起坐听演奏，而是面壁而游，在莫奈的小桥与教堂、德加的舞娘、雷诺阿的仕女、马奈的贵妇人、高更的塔希提土著少女、毕沙罗的村庄和堤岸、卡萨特的母与女之间静静地徘徊。偶尔，我回头望望大厅中央那正在演和听的一小群人，阳光之瀑自玻璃穹顶轻泻而下，刚好笼罩了他们。抬头望去，几缕白云正从大厅上空那一方蓝天之上飘过。那个时刻，成了我的极品人生体验之一。

斯特林·克拉克（1877—1956）是美国缝纫机巨头胜家公司的继承人之一。他在继承了祖父惊人家产的同时，也遗传了父母艺术收藏和赞助艺术的爱好。克拉克毕业于耶鲁大学，1910年赴巴黎定居，结识了后来成为他妻子的法国女话剧演员弗朗辛。这一对有着同好的夫妇从此开始了长达近半个世纪的艺术收藏生涯，藏品包括文艺复兴时期以降的意大利、荷兰、英国和德国的油画，法国巴比松画派和印象派绘画，以及雕塑、陶瓷、银器、版画、绘画和油画等艺术品。其中一大批印象派大师的作品，特别是雷诺阿的不少上乘之作，成了克拉克收藏品中的镇馆之宝。在克拉克去世的前一年，即1955年，以他们夫妇的名字命名的艺术博物馆在新英格兰风景如画的小镇——威廉姆斯镇，正式对公众开放。

这座艺术博物馆的魅力让我着迷，我在离开佛蒙特州前，竟又两次专程驱车数小时前往，就是为了在那些不朽的名画前多流连片刻，并尽可能多地拍下它们，再一一告别。我当时以为，克拉克这个姓氏连同它带给我的所有美好感受，都将成为过去完成时。

数年后，已经回国的我，病休在家时偶然看到一部电视纪录片《穿越陕甘》，讲述在一百余年前的1908年，一个叫克拉克的美国人，自费组织了一个科学考察队，对中国的陕西省和甘肃省，以及山西省和河南省的部分地区进行了一年多的考察，并于1912年出版了一本叫作《穿越陕甘》的书，其中用大量照片记录了沿途的人文和风光。此书不但有详尽的描述，还有照片和重要地点的绘画，包括长城、丝绸之路、庙宇、修道院和窑洞。通过对地理学、动物学、天文学等学科的考察，记录了历史、经济、建筑和农业等详细内容，是了解百年前中国西部的一部难得史料。

当时的中国正值动荡不已的时期，光绪皇帝和慈禧太后在那一年相继辞世，中国的封建帝制正在走向灭亡。由于在兰州附近克拉克考察队的一名测量队员被当地村民打死，导致整个考察活动提前结束。当地官员调查的结果是，老百姓追赶一头惊牛，那个队员以为要杀他，就竭力逃跑，却不慎跌下悬崖而死。也有传言说，当地大旱，百姓认为是这个外国人的测量行为激怒了老天爷，所以就杀了他。

一百年后的 2008 年，一位中国摄影师根据百年前克拉克考察队所拍的山川河流、名胜古迹、城镇村庄等历史照片，寻找到拍摄地点并在相应机位复拍，用镜头捕捉百年来的变迁，以此向百年前克拉克考察队穿越陕甘的壮举致敬。

我一边看着《穿越陕甘》专题节目，一边立刻在网上订购了这本书的中文版。后来翻阅时，发现这本由克拉克和他的同行者索尔比合写的、较为学究气的科学考察记录中，也不乏很多优美的文字。摘录两小段于下：

在夏季，漂亮的金莺习惯栖息于平原和山麓的树林里，也敢于在人类聚居区附近的庙宇院落中筑巢。金莺悬垂的鸟巢高高地筑在树上，位于柔软枝条的一头，这样就能免于受到小男孩或者猫的攻击。

在高大山岭间遍布砾石的山谷中，可以听到非同寻常的朱鹭飞过河流时发出的哀伤鸣叫……

可惜，百年后，我坐车经行八百里秦川的原野河流时，几乎没有再听到那些鸟儿们的鸣啭了。

回到话头吧，纪录片《穿越陕甘》的结尾，叙述者似乎不经意地提到，克拉克后来在美国建立了一座艺术博物馆，我才惊醒：这个百年前穿越中国陕甘的探险家克拉克，就是我在美国曾经三度拜访的克拉克艺术博物馆的创始人。至此，我算是了解了这位大收藏家在开始他的收藏生涯之前，与中国相关的一段生活轨迹。

二

无独有偶，与纪录片《穿越陕甘》在同一时间段穿插播出的，是纪录片《发现甲骨文》，它让我记住了与克拉克曾经同处一个时代的中国文物收藏和鉴赏家——王懿荣，他是晚清金石学家、甲骨文的首位发现者。

王懿荣（1845—1900），出生于清代山东一个士大夫家庭。他的家族为明清两个朝代的官宦世家，先后出过多个封疆大吏、翰林和进士，其先祖中多有博闻经史、精研学问并有著作传世者。但在他五岁时，因为任山西巡抚的爷爷王兆琛获罪革职，被抄没家产并遣戍新疆，王氏一族于是迅速衰败，从显赫的名门望族一落千丈而沦为贫苦寒门，以至于他爷爷辞世二十年后才得以归葬故里。

这是一个典型的中国文化精英家族的故事，相信读过《红楼梦》的人会有似曾相识感。高鹗在续补的结尾，写贾府后代在寒窗苦读后，科举及第重新显贵发达，由兰桂齐芳而实现家道复兴的梦想。高鹗笔下的《红楼梦》结局，被认为降低了曹雪芹原拟的结局"落一片白茫茫大地真干净"的思想意境。但中国社会的现实与主流价值观从古至今一直没有改变过，那就是：通过个人奋斗挤进体制内，也就是官场，进而实现或者猥琐或者崇高的自我抱负，蝇营狗苟或匡扶社稷。舍此之外，别无他途。当官的虽然时时有可能惨被清零，就像小说《红楼梦》中的贾府，或现实中的王懿荣家族，但如果不当官，那你就一定是个零。

因此，王懿荣家族的复兴之路，在帝制时代，也就只能借助国家官吏选拔制度，走科举一途了。好在诗书世泽的王家人，读起书来个个都不含糊，他的爸爸在家庭变故后不久，就中了道光年间的拔贡，即由地方官府推荐进入国子监（中央官学，国家最高学府）而成为国家干部储备人才，后来赴四川为官。而天资聪颖的王懿荣，也许是读书的兴趣太过广泛，在科举考试之路上竟是屡遭挫折，仅乡试他就参加了八次，经过十七年的努力，才中了举人。想想范进中举后的发疯，也可以理解了。所幸王懿荣次年即得中进士，被授翰林院编修，最后出任国子监祭酒。他的另一个头衔，是南书房行走，即光绪皇帝的秘书兼文学侍从，这个头衔足以证明王懿荣学识渊博、时名之盛。

王懿荣酷爱文物古籍，尤其潜心于金石之学。为搜求文物，他足迹遍及各省，"凡书籍字画、三代以来之铜器印章、泉货残石片瓦，无不珍藏而秘玩之"。他重视收藏，有着极高的文物鉴赏能力，是当时京师非常知名的金石专家，就连北京琉璃厂古玩店的商贾都常常向他请教。他撰写的《汉石存目》《南北朝存石目》等多本著作，确立了其著名金石文字专家的学术地位。

由于王懿荣酷爱古代文物典籍，凡有价值的残石、碑帖、书画、古钱、善本图书等，都想法买来收藏。一生为搜求散佚在民间的古物花尽了他的薪俸，使他这位以清廉闻名于士林的文化显贵不得不过着窘迫的生活，有时为了收购文物不得不典当妻子的嫁妆首饰。可见，王懿荣对文物收藏到了痴迷地步。

真正让国人记住王懿荣的，是他发现甲骨文的传奇故事。限于篇幅，在这里仅做个简述。

1899年夏天，北京。王懿荣患了寒热病，用了许多药还不见好转。光绪皇帝听到后，派王懿荣的师友也是光绪帝师的翁同龢携太医前去探视。太医开出一个药方，上有一味名叫"龙骨"的药。家人从菜市口的鹤年堂药店买回了药，略通医术的王懿荣出于好奇，亲自查看这味叫作"龙骨"的药究竟为何物。原来，龙骨就是捣成碎片的龟甲兽骨。突然，他发现一小块龙骨碎片上刻有似篆非篆的奇异划痕。凭着深厚的金石学功底，王懿荣立刻意识到这些人为的刻痕不同寻常。第二天，他便抱病亲临鹤年堂，告诉药店老板，如果商贩再送龙骨来，请务必代为引见。于是便有了王懿荣向古董商范某等收购甲骨的经过。

范某是一位农民出身的古董商贩，常将河南安阳出土的青铜器收购后，向北京、天津的达官贵人和文人世家兜售。1898年，范某由于没有收到青铜器，便把当地人耕田挖出的龟甲兽骨收购下来，转卖给北京药店作为中药龙骨。

1899年初秋，范某又去北京送龙骨，药店老板遂引荐他到王家。王懿荣见到范某带来的这批镌文甲骨，非常高兴，以一个字二两银子的价格买下，并当场指认上面一些近似钟鼎文的字体给范某看。范某这才恍然大悟，这批看似不值钱的龙骨竟然是真正的宝贝。

后来，其他古董商闻讯也携甲骨来京登门求售。这样，在短短数月里，王懿荣就高价收购了一千多片甲骨。他一边收集，一边开始研究甲骨文字，为此几近废寝忘食。他拿着放大镜逐字研究，一个又一个抽象而怪异的文字符号被破译，字与字连为句，句与句相连构成一个清晰的远古文化意象。王懿荣从《周礼》《史记》中弄清楚了上古先民是如何占卜的，他手中这些甲骨，无疑就是先祖们占卜用的龟板。此后，他又从骨片上找到了几位商代国王的名字，对照《史记》，进而得到了印证。这些刻在骨板上沉寂地下数千年的古怪符号，终于不再沉默，向第一个读懂它们的人道出了远古王朝的秘密。

1899 年北京的一个秋日，王懿荣府上名流聚集。被邀请来的京城学界达人们，静静地等待着这位令人尊敬的国子监祭酒公布一个震惊天下的消息——中国最古老的文字被发现了！一块块精心整理过的龟甲兽骨在人们手上传阅着，这些文化名流一边抚摩着三千多年前的通神之物，一边倾听王懿荣的宣告：甲骨上镌刻的画纹符号是商代中晚期文字，早于周代青铜器上的铭文，因此毫无疑问，它们是中国最古老的文字。

甲骨文的发现对人类文化史的震撼，百年之后还余波未息。

王懿荣没有想到，在窥破了这个惊天秘密之后不久，他的生命就如一片落叶，突然消逝在一阵狂暴的飓风中。那一天是 1900年的夏日，八国联军破城的次日。

三

至此，在我病休一周里，接连观看的两个电视纪录片中，偶然引出的中美两个艺术收藏家的故事，似乎应该结束了。王懿荣与克拉克，前者于1900年八国联军入侵时在北京殉难，后者于1908年游历探险陕甘，他们完全没有可能相遇。我突发奇想：假如王懿荣不死，耶鲁毕业的美国青年克拉克在游历中国时，遇到这位学识渊博的中国学者，会是怎样的一幅情景呢？或许，他后来创立的艺术中心就会有一大批来自中国的人文艺术藏品。不管怎样，这两个人如果相遇，王懿荣一定比克拉克遇到的那些晚清中国官员要生动有趣得多。

我意犹未尽继续搜索，想知道为什么克拉克会突然对中国发生兴趣，在1908年花大钱组织一支科学考察队去穿越中国的陕甘。那时《穿越陕甘》一书还未寄到，我就查找了维基百科上有关克拉克的英文词条，不料一个发现让我万分震惊：1900年，克拉克曾作为美国军人参加过八国联军对义和团的战争。

原来，这两个艺术收藏家在中国近代史上一个极惨烈的时空曾擦肩而过。

在庚子年北京那个浴血的夏天，这两个人曾经近到怎样的距离呢？

由于网上与克拉克有关的中英文资讯里，没有找到他个人在1900年八国联军侵华战争中的经历，只有英文资料简单显示，他曾以少尉身份随美军参加了攻陷天津和北京的战斗。我转而寻找八国联军中的美军参与攻打北京城的经过。

1900 年夏天，在慈禧太后的默许下，京师的义和团运动愈演愈烈。在"扶清灭洋"的口号下，义和团在前门外点火焚烧老德记洋货铺和屈臣氏洋药店，结果烈火乘风势迅速蔓延，烧掉了附近的铺户、民居数千间。一时间京城上空的浓烟遮天蔽日，前门的箭楼也被火星点着，从窗里冒出了滚滚的浓烟，整个建筑都被烧毁。

6 月 20 日，德国公使克林德在前往总理衙门的途中被杀，在京的外国人全都躲入了被清军和义和团重重包围的英国公使馆，急盼天津的八国联军前来解围。

从天津出发时，八国联军约两万人，其中美军两千人。由于德、奥、意等部队尚未到达，加上法军在前往北京的路上消耗人数过半，所以谁先攻进北京城，实际上成了日、俄、英、美四国部队之间的角逐。

按照八国联军事先约定，四国军队准备在 8 月 14 日同时向北京城发起攻击。俄军被指派攻打东直门，日军攻打朝阳门，而美军和英军则分别攻打东便门和广渠门。谁知俄军提前一天夜间对他们认为防守薄弱的东便门发起了猛攻。俄军抢先打响战斗之后，联军协同作战的计划被打乱，其余各国军队仓促上阵。由于被俄军抢了先，美军不得不沿着城墙向南移动了一小段距离，另外寻找攻击地点。美国兵发现在东便门与广渠门之间的一段城墙有裂缝，于是，第九步兵队一些人带着星条旗沿着裂缝攀越而上，爬上城墙，成了最先攻入外城的军队。在占领城墙的顶部后，迅即向北面的东便门推进，而抢先攻打东便门的俄军，进入城门后，却被困在内外门之间的天井内，陷入与守城清军的激烈交火。直到美军从城墙上向北推进，减轻了清军对俄军的压力，才让俄军最终完全攻陷东便门。

那么，王懿荣在城破之日的情形如何呢？

他一介文官被朝廷匆匆任命为京师团练大臣，恰好负责督守后来被克拉克所在美军攻陷的东便门。王懿荣早已明白危厦将倾，独木难支，自己为国捐躯的时候已经到了。8月14日中午，英、美军乘虚攻入皇城。14日晚，日、俄军也攻入北京。洋兵已打破京城，清军和义和团溃散，充斥街巷。王懿荣仍然率团勇转往东直门抗敌，由于败兵塞途，人心惶乱，团勇终于也溃不成军。王懿荣知大势已去，但还是在城破后，坚持组织部分团勇"以巷为战，拒不投降"，直到晚上方才退回城内锡拉胡同家中。

夜半时分，王懿荣在家中庭院徘徊，抬头望天，焚城战火烧红的京城夜空恐怖如血光地狱，炮声轰鸣如阵阵丧钟动地而来。他对家人惨然而言："吾身渥受国恩，又膺备卫之责，今城破，义不可苟生。"次日，即8月15日早晨，王懿荣得知慈禧太后率光绪及王公亲贵已于早些时候成功西逃。上午10时，他平静地对夫人讲："吾可以死矣！"并以楷书体在纸上一丝不乱地写下绝命词：

主忧臣辱，
主辱臣死。

228

于止之其所止，

此为近之。

署名是"京师团练大臣，国子监祭酒，南书房翰林王懿荣"。

绝命书现存中国台北"故宫博物院"。

绝命书写毕，他先吞金与铜钱，却两次自杀未果；接着饮药服毒，仍未绝；于是从容投入庭院的那口早已令人挖深淘净的老井中，终于以身殉国，殁年五十六岁。其夫人率长媳张氏亦相从投井而死。

屋外大街上，一队美军官兵搜索而过，有人匆匆来报，又发现一家清朝官员自杀了。这些美国人相互望望，诧异的眼神中又有几分敬畏。他们没有停步，而是继续在这陌生和充满敌视的异国都城里、迷宫一样的街巷中搜寻着远去。

海外邂逅颜鲁公

讲一讲我在海外两次邂逅《争座位帖》的故事吧！

我第一次读到颜真卿的《争座位帖》，竟然是在一位瑞典同事的领带上。十余年前，在瑞典于默奥大学系里的聚餐会上，拉尔夫老头骄傲地向我炫耀他漂亮的红色丝绸领带，告诉我这是他那新婚的中国儿媳送的礼物，并问我上面印的几行中国文字是什么意思，我凑近后费力分辨出漂亮的行草书中的几个字："挫思明跋扈之师。"在勉强告知拉尔夫此句的字面意思后，我就无可奉告了。因为我除了猜测这句话可能与唐安史之乱有关外，其余一无所知。带着这个疑问，我一回家就打开电脑上网，去寻找那支"思明跋扈之师"。

感谢拉尔夫这条红色领带，它让我读到了一个中国人本应该知道的故事。

唐广德二年，唐代宗设宴款待从外地前来参拜的唐军副元帅郭子仪。按照礼仪，宴会上文武官员的座位顺序，应该按照官职的大小排列。但负责安排座次的右仆射郭英义，为了讨好代宗皇帝宠信的大太监鱼朝恩，竟将尚书大臣们的座位，统统排在鱼朝恩太监的下面，这样做显然不合国家礼法，简直就是对满朝公卿士大夫的侮辱。不久后朝廷在菩提寺召开佛教界会议时，郭英乂竟然又一次把鱼朝恩排于尚书们之前！看到会议宴席上鱼朝恩鼻孔朝天的得意样儿，刑部尚书颜真卿气得怒发冲冠，他对身边的同僚说："鱼朝恩不过是个善于拍马屁的小人，对国家没有什么功劳，座位凭什么排在大臣们的前边？"同僚赶紧劝道："鱼朝恩是皇上面前的大红人，谁惹得起？您还是算了吧！"颜真卿回答说："不行！这有关国家的体面尊严，不是件小事。这个座次，我一定要争！"

回到家，颜真卿在怒气冲冲中奋笔狂书，不一会儿，《争座位帖》诞生了。在这封给郭英乂的信中，颜真卿痛骂了郭英乂身为大臣却无底线地巴结当宠太监的下流行为，指责他无异于做了一个白昼打劫的强盗！

至于《争座位帖》这封信郭英乂收到后为何没有一怒而毁，一度流传于世，有人猜测可能是他看到这帖书法至宝后，由嗔转爱，而至存墨。我却不敢苟同，从郭英乂一生的烂德行来看，他留下这封羞辱自己的信，多半是为了将来有机会向颜真卿报复，只不过老天爷没给他这个机会，不久后他就被人砍了脑袋。

信中提到的大宦官鱼朝恩，下场也没好到哪里。六年后，鱼朝恩骄横跋扈到连皇帝也不放在眼里，终于在一次皇宫宴席后，被唐代宗下令以一根白绫赐死。这个该死的太监在肃宗、代宗两朝长期走红，大大加强了宦官集团的实力，为唐朝中晚期宦官专权的局面乃至大唐王朝最后的崩溃埋下了伏笔。由此，你就不难悟出颜鲁公的一腔忧愤在当时的巨大现实意义了。

　　该帖的真迹宋代犹在，大文豪苏东坡一见惊叹不已，认为此乃颜书中至为奇绝者，因当时颜真卿为盛怒所驱，下笔若狂，直如巨瀑夺崖而出，而绝无刻意布局之痕，却恰在不经意间，发散出书法家的绝世功力，可谓通神之作。难怪自身即为大书法家的苏学士，在评论书法领域中的巅峰级人物时，将第一人的王冠送给了颜鲁公。

　　此帖原迹已佚，刻石存于西安碑林，我几年前曾往彼处瞻仰。颜鲁公的《争座位帖》和王右军的《兰亭序》为行书中古今无数人仰望不息的并世双峰。

　　我无意在此费笔墨去赞叹颜鲁公书法的登峰造极，关于这篇书帖古今名家的评论已经"汗牛充栋"，不是我这文化白丁可以置喙的。我读后的感觉是，颜真卿这穷得写过《乞米帖》的家伙，怎么就如此一副活得不耐烦了的德行？想想他呸呸狂吐唾沫的"两盘大菜"，那都是皇上面前热得发烫的"当红炸子鸡"啊！再看此人的生平，越发令人咋舌不已，当朝之中谁是头号权奸，他就和谁玩儿命！最后终于将老命玩丢在连堂堂郭子仪元帅都躲着走的大奸臣——卢杞的手上。这样看来，终究还是好人输，坏人赢了。但细看这个回合，却发现：那输了的才是大爷，赢了的却扮了回孙子！这是咋回事？且听我道来。

　　这貌丑如鬼的坏蛋卢杞，因颜真卿不肯依附他，找了个借口请德宗皇帝派颜真卿去劝降一支如狼似虎的叛军，其实就是送倔老头儿去死。当卢杞大摇大摆上门宣告皇帝命令时，颜真卿冷冷看着他，一字一句地说："你爹当年为国家死守洛阳，被叛徒安禄山破城后砍下了头，派人送到我守卫的平原城劝我投降，我亲手接过你爹的头，敬他是个忠臣烈士，用舌头一点一点舔干净他脸上的血污。你——你今天居然忍心送我活着上路去死！"卢杞一听扑通跪下，浑身哆嗦着对颜老爷子一通磕头。当然，颜真卿还是遵旨上了路，最后死在叛军李希烈手中。

我没有再回头告诉瑞典同事拉尔夫，关于他领带上文字后面的故事。因为一个西方人很难明白，在古代中国，争座位与一个人的品格之间，为什么会有如此重要的相关性。在受过儒家礼教精神濡染的东亚，倒有可能对颜真卿多几分的理解与尊崇。这一点，我后来在访问东邻日本时得到了印证。

在北海道首府札幌的最后一个下午，会议团的其他人都去购物了。我一个人转来转去地找到一家大书店，进去乱翻了一阵，想看看这自称"脱亚入欧"的邻居，在其现代国民所读的书里，还有没有他们曾经师从千年的中华文化的痕迹。从与中国有关的书籍数量上，还确实看得出近年中日关系的迅速降温，比讲韩国的书都要少。我转而去翻日本教科书，想看看如何，只学了半年日文的我，只能连看插图带猜估个大概。一本高中历史课辅教材，饶有兴趣地将每个时代的日本与世界做出图文对照，列出那时的外国和日本代表性历史人物。我在这本书里只找到三位中国人，其中两位可能还会让我们很多人掩鼻而过：慈禧太后与洪秀全。唯一让中国人自豪、让邻居日本人尊敬的，就是我们民族古今忠臣烈士里的魁首——颜鲁公。在他的画像下面，工工整整地印着如天神凛凛一般的《争座位帖》。

尼加拉瓜的"刺秦"故事

时近午夜，我拉开大学公寓楼门，走进寂无一人的院落。

月光下，大雪覆盖的红砖小楼群多数还灯光明亮。黄昏时雪就停了，厚厚的积雪上闪着幽深的蓝光。空气已经被漫天飞舞了一整个白昼的雪花过滤和冷却过，吸进喉咙里，有咕咚一大口吞下冰镇矿泉水的感受，清冽中有一丝痛楚。夜空中那轮月亮，特大特清晰，似乎离你很近，却不是真的。月面上那个叫第谷坑的大陨石撞击坑，活像挨了哪个校园调皮鬼扔出的一枚生鸡蛋，蛋汁四溅，放射状的白色丝缕条条可辨。

我提着盛满衣物的袋子走过院落，来到邻楼的地下洗衣房，却见到我已预定的洗衣时间，有个人还在用洗衣机。这人向我表示歉意，解释说，他因故比约定的时间晚了一会儿来，所以还没结束，不过很快就可以取出来放进烘干机了。我说等一等没关系，于是两个人就在隆隆作响的洗衣机旁聊了起来。

他叫安德烈斯，是一位来自尼加拉瓜的访问学者，五十几岁，小个，瘦黑，一脸皱纹写就的沧桑感。他是印欧混血，以印第安血统居多。我问他来瑞典做什么研究，安德烈斯说他的研究课题是尼加拉瓜人的自杀问题。他告诉我，尼加拉瓜虽然在二十多年前就已经结束了一个父子相继的独裁者家族的统治，社会有了不小的进步，但仍然贫穷落后。我突然想起来，不久前周末在宿舍茶聚时，德国姑娘薇普卡讲到，她去中美洲当实习医生，听到一个关于尼加拉瓜的恐怖传说——在索摩查家族的黑暗统治时期，残暴惊人的独裁者曾经用直升机将政治犯直接扔进火山口，让反对者从此人间蒸发。于是我就问安德烈斯，是否真有这么一回事。

安德烈斯脸上的微笑突然消失了。"是的，确实如此。"他说，"那是老索摩查的儿子，索摩查家族三任独裁者中的最后一个——安纳斯塔西奥·索摩查·德瓦伊莱干的。20 世纪 70 年代末，在被尼加拉瓜人民赶下台前的最后几个月，小索摩查总统命令他的行刑队用直升机将卡尤迪普监狱的政治犯运到附近的马萨亚火山，从活火山口上空扔下去。"那个叫地狱之口的火山坑，是西班牙人征服美洲之前，当地土著在旱灾年份祈雨时，献祭少男和少女的地方，离安德烈斯在莱昂城的家不到两小时的车程。

注意到我愕然的表情，安德烈斯告诉我，残暴的小索摩查最后也被人刺杀了。

安德烈斯拿出洗好的衣物，放进烘干机里开始转，我将自己的衣服放进洗衣机里。然后，他开始讲起他的祖国，那个中美洲小国尼加拉瓜的故事。

这个看上去比真实年龄要老的男人，他的讲述有时像是回忆中的自言自语，不少细节似乎是历史与传说的交织。这让我想起了加西亚·马尔克斯的《百年孤独》里，马孔多村的那位老奶奶乌尔苏娜讲的故事，那是魔幻与现实调成的鸡尾酒，听者一杯饮下，虽耳目清醒，世界却开始在旋转、变形中洞开，向你袒露出她深藏的秘密。于我，这确实是个魔幻时刻：在北欧一间地下室里，从一个陌生人的讲述中，我看到在那个遥远的中美洲国家，暗红色的火山隆隆低吼着，发出炽热的喘息。一只大鸟飞到火山口的上空盘旋着，从身上掉落下一个黑点，接着是另一个、又一个……依次从你眼前掠过，那是人的身体，有的还在挣扎着，最终全部坠入火山岩浆里。

这个尼加拉瓜学者又讲起他童年时的一个邻居，一个年轻的诗人，独自一人杀死了残暴的独裁者老索摩查，成了尼加拉瓜人民永远怀念的民族英雄。在安德烈斯童年的记忆中，那个看上去腼腆的邻居大男孩，每天提着小提琴盒子来去，直到一天突然消失。

安德烈斯口唇翕动，吐出带西班牙口音的英语，如同念咒，将他儿时那位邻居里戈韦托·洛佩斯·佩雷斯的鬼魂，从近半个世纪前的茫茫暗夜中呼唤了回来，现身在我面前。

这是一个气质忧郁的年轻人，眉头微蹙，眼神哀伤，仿佛在注视远方某个送葬的队伍。在这年轻诗人的意象中，那具缓慢移动的棺材里躺着的死者，是他素不相识的一位美丽姑娘吗？也许，但那是洛佩斯从前可能有的诗境想象。而在那个黄昏，1956 年 9 月 21 日，坐在莱昂城一家咖啡馆露天吧座的他，眼里浮现出的那个意象，却是他自己的葬礼，因为他知道，日落后不久，他将浑身布满弹洞死去。

离家时，二十七岁的诗人洛佩斯留下了一张字条，告诉母亲：

他要去厄尔·赛斯图咖啡馆。此刻，他来到这家咖啡馆，坐下，给自己点了一份家乡美味 *chancho con yuca*，当作自己今生最后的晚餐。那是用腌泡汁泡制的、切碎的松软猪肉配上热拌蔬菜炸香蕉，是莱昂城的一道名菜，也是在这里出生长大的洛佩斯的最爱。在埋头安静地品味之后，他不经意间一抬头，看见了不远处的莱昂天主教堂，教堂在夕阳中发出燃烧一般的白色光芒，像是在向他呼唤着。他的内心感受到了那个呼唤的声音，它来自教堂里长眠的一个人，一个叫鲁文·达里奥的诗人，这位拉丁美洲的诗圣，是年轻诗人洛佩斯心中的神明。他耳边突然回响起了诗圣的那首名篇《命中注定》：

…………

再没有比活着更痛苦的事情，
而清醒的人生更是痛中之痛。

或存在，或虚无，或迷失了方向，
疑虑过往，恐惧未来……
而最令人恐怖的，莫过于人所共知，未来等着我们的
是死亡！可我们还要承受——
承受生命，承受阴暗，还有那些：

我们从未了解却未曾怀疑过的东西，
那些新鲜颤动着来诱惑我们的肉体，

备好了葬礼鲜花静候着我们的坟墓——而且，

我们不知要往何处去，亦不知从何处来……

　　没有人注意到，这个年轻人何时离开了咖啡馆。他静静地穿过莱昂城狭窄的街巷，夜色弥漫的街道两旁挤满了西班牙殖民风格的红瓦小楼群。他来到自己一生命运的终点——那栋叫工人社交俱乐部的楼房，不引人注目地穿过国民警卫队的警戒线，进入这栋建筑的内院天井。整栋楼里灯火通明，衣香鬓影，杯觥交错，权贵人群正在这里为老索摩查举行派对舞会。这个脾气暴躁的独裁者，已经统治尼加拉瓜二十年了，他的家族拥有这个国家五分之一以上的耕地，聚敛了惊人的财富。老索摩查曾经是世界上最富有的六个人之一，尼加拉瓜人民却长期生活在赤贫中。现在，该是这个人结账走开的时间了。

　　在内院天井里，洛佩斯很容易就发现了被众星捧月般簇拥着的老索摩查，一脸春风的他正得意扬扬地接受着所有人卑躬屈膝的赞美。年轻的诗人冷静地走向他，掏出枪，将三颗蘸上了毒药的子弹，近距离射进了这个独夫肥胖的身体，几天后老独裁者在医院一命呜呼。

　　年轻的诗人，立刻就被暴风雪般的子弹射死了。如果你今天去莱昂城，找到这家俱乐部，数一数内院的墙上半个多世纪前那个惊魂一刻留下的弹洞，你就能明白为什么当时的人们会用暴风雪这个词去形容射向洛佩斯的密集子弹。就在这猛烈吹刮向他的金属暴雪中，诗人张开双臂，旋转着翩翩起舞，然后缓慢倒向家乡的土地。

卫兵在年轻"刺客"的身上搜出一封信，那是他写给自己母亲的。在信中，他告诉母亲，他所做的是每一个热爱自己国家的尼加拉瓜人早就应该做的事，他希望自己是那个开启暴政终结过程的人。信的落款是"永远挚爱你的儿子"。

信末，洛佩斯留下了一首小诗：

> 我正受苦
> 感受着祖国的痛
> 在我的血脉中行走着一个英雄
> 在追寻解脱
> 而我，正在寻看那条自由的鱼
> 在暴君沉没的死亡之渊中浮现

洛佩斯的遗言，如同先知一样准确。他说，他希望自己是那个开启暴政终结过程的人，这表明他不认为杀死老索摩查就能轻易终止尼加拉瓜索摩查家族的独裁统治。事实是，老索摩查死后，大儿子继位当上了独裁者，大儿子病死后，老索摩查的另一个儿子又登上了独裁的宝座。就是这个家族的第三位暴君，上演了将活人扔进火山口的暴行。第三位暴君死得比老暴君更难看，1979年，小索摩查被推翻后流亡巴拉圭，凭着惊人的海外资金准备卷土重来。一年以后，一枚火箭弹直接命中了他的梅赛德斯奔驰车，将他和两个随从炸得稀烂，法医根据双脚辨认出他本人。索摩查家族，这个恶行累累的独裁者世家，从此在尼加拉瓜历史上成为永远翻过去的黑暗一页。那枚火箭弹，在厌恶专制的人们看来，如同向那三颗子弹致敬的礼炮。

在尼加拉瓜首都，人们为洛佩斯树立了一座纪念碑。他在半个世纪前的那个日落黄昏，对家乡最后的凝视被一座雕像的眼神永远定格了。这个年轻的诗人、腼腆的邻家男孩，就这么纵身一跃，跳进了历史，加入圣徒的行列。

十多年过去了，我一直没有忘记在瑞典的那个冬夜，尼加拉瓜人安德烈斯给我讲的、他童年的邻居、年轻诗人洛佩斯的故事。这个故事，让我对尼加拉瓜这个贫穷的中美洲小国产生了敬意，原来他们也有"刺秦"的孤胆英雄荆轲。

自由行走权

一

听了儿子讲的一个故事之后，我决定写一写我所知道的、写入瑞典宪法的一种权利——自由行走权。

儿子在国内读中学时有位好友，现在在美国宾州一所大学读博士，暑假里和一位室友结伴去纽约玩。他们租了一条划艇，在哈德逊湾水岸附近荡起了舟，那天阳光灿烂，远处，自由女神像高举火炬矗立着，看起来很小。再远处，就是曼哈顿岛那片摩天楼"森林"的天际线了。两个大男孩顺着水流划了好久，自由徜徉在水天之间的他们，完全被河上的风景迷住了，直到一声怒吼惊醒了他们。

岸上，一个中年白人大声向他们呵斥，让他们逆流划回去，因为小艇进入的是一片私人水域。两个男孩恍然发现，他们只顾欣赏河面风景，却没有注意划船的河道路线与岸边的标示牌。现在麻烦来了，他们已经相当累了，如果逆着水流方向原路划回去，一定会体力不支。另一个办法是两人扛上划艇，从陆地上绕个很大的弯，绕过这个临河的私人庄园走到下游，再划船到预定的河道终点，但那也非常需要体力。在庄园主人的监视下，两人停岸后紧张地小声商量着。最后，他们佯装原路返回，两人扛上划艇，沿河岸向上游方向步行了一段路，在那人看不到的一处岸边，将划艇放入水中，然后尽量在远离庄园河岸的水面上，拼命划船经过那段私人河道。岸上那人看见他们后暴跳如雷，一边沿岸追赶，一边大声怒骂和威胁着。两个可怜的大男孩只能低着头，拼命往前划，他们不确定身后是不是已经有一只黑洞洞的枪口正在向自己瞄准，这时如果耳边突然爆起一声枪响也不奇怪。曾经听到的一个故事让他们此刻汗毛倒竖：一个日本高中生参加交流互访来到美国，因口渴走进一个民宅的院子讨水喝，却因为听不懂屋主人要他站住不许动的命令，被活活射杀了，在自家院落里开枪的屋主人最后被判无罪。所以这两个其实已精疲力竭的年轻人，将划艇划得飞快，仿佛远处的自由女神正飞快从身后追上来，要用她手中的火把点燃两个年轻人的屁股一样。

儿子的高中同学，在哈德逊河上的这次遭遇，就发生在自由女神雕像目光的遥遥注视之下，让人听到后感慨不已。我一直认为："人，自由行走在大地上。"这句话听起来不仅有诗意，更蕴含了自然法的天赋人权。但是当你在海滨、山涧这些大自然恩赐的美景中信步而行的时候，常常会被一道标明私人产业的篱笆墙挡住，这时你的自由主义原则会被财产私有原则狠狠打脸，真是多情却被无情恼啊！

其实，自由主义原则与财产私有原则是当代社会两个基础性原则，每个都自带光环，各有其神圣性。约翰·洛克——那个会开刀的英国哲学家就曾告诉我们：在自然常态中，人人都享有天赋人权。人权包括生命权、自由权、平等权和财产权，并认为财产权是神圣不可侵犯的，是自然权力的核心。但是，三百年前的洛克在提出他的财产理论时，假设自然资源是无限丰富的，只要其他人还有机会取得同样多和好的资源，一个人便有权利拿走一部分自然资源，因此这人可以在拿走他自己会用到的资源的同时也不会侵犯到其他人的资源。洛克的时代，新大陆以其惊人的广袤，正在欧洲人面前缓缓展开着，因此洛克关于自然资源无限的假设，至少在当时看来，还不算是一派胡言。

在洛克死后三百年，问题来了。当今世界，已经变成了一块蛋糕，谁动刀偏一点，都会切走别人的一部分。事实上，全球大部分的财富，已经被人类中的少数所拥有。以美国为例，最富有的二十五个美国亿万富翁的财富，等于美国 56% 的人口财富总和。经济学家柯林斯指出，美国的财富和权力集中程度过于极端，这不仅仅是经济问题，俨然演变成了一场道德危机。试想，如果比尔·盖茨、扎克伯格或者巴菲特，像我儿子同学遇上的那个有钱人一样的德行，那你就用不着去哈德逊河畔划船看风景了，因为都被他买下当自家池塘了。

公众自由行走的权利与私有财产神圣不可侵犯的理念，在美国这个以自由著称的土地上，还真的经常碰撞得火星四溅。

美国罗德岛的纽波特岩石海岸，有一条靠近悬崖的几英里（1英里≈1.609 344 千米）海滨小径，是个风景优美的悬崖步道，从前是印第安人纳拉甘西特部落的狩猎小径。一百五十年来，那里的豪宅业主与公众之间常常为争夺海边步行道的路权而争斗不已，业主们为了让公众远离这个他们花大钱买来的美景之地用了很多手段，包括修建围墙和篱笆、种植灌木荆棘、养狗，甚至养公牛，以吓跑路人。看来，在商业文明席卷天下的当今世界，风月无价已经是一句"一厢情愿"的梦话了。

我曾经与朋友驱车路过风景幽美的太浩湖，这个位于加州与内华达州间的湖泊，高山环绕，松柏森森，曾经养在深闺人未识。太浩湖湖水清冽冰凉，源自湖畔四周的山顶冰雪，冷得已换好泳裤的我试了试水温后愣是没敢下湖去游泳。这里优美的环境曾经吸引了很多有钱人在湖边买地建房，结果导致湖周围土壤流失、水质下降。尽管是依法买地建房，但因为妨碍了公众利益，这些私宅后来被强制拆除。在土地私有权的保护和政府维护公众利益的拉锯战中，太浩湖案最终算是政府和公众赢了一场。

这个世界上，最美的风景是人。但是最丑陋的风景，同样也是人。

如此看来，人类的自由行走权与私产神圣不可侵犯这两个文明社会的天条、一对充满敌意的对手之间的冲突，将会成为人类社会喧嚣交响曲中一个经常出现的刺耳旋律。

二

在我们这个星球上，还真有一个地方，那个刺耳的旋律居然就消失了，这个地方在北欧。

瑞典语中有一个词叫 Allemansrätten，有人翻译为"人人都拥有的自由行走权"，也有人翻译为"自由漫步权"或"自由穿越权"。英文是"Freedom to roam"。在北欧，瑞典、挪威、芬兰和冰岛等国都有这条关于自由行走权的法律规定。一位叫"北欧中国妞"的博友有篇博客，以瑞典的自由行走权为例，介绍了这条写进瑞典宪法的法规，在此引用和扩充一下这位"北欧中国妞"的文字：

自由行走权明确指出：在瑞典，每一个人都有享受自然的权利。人们可以自由地穿行于大自然的山川、湖泊或是林地间，这些区域包括私人领地。人们可以在其间露营，采摘野生蘑菇、浆果和鲜花；在不会引发火灾的前提下，可以生起篝火。人们还可以在江河湖海中游泳、戏水；人们可以在各种水域中使用无动力船只，并且在岛屿或沙洲泊船、上岸。为了保护公众能在岸边自由行走，水边一百米范围内不得再盖新房子。

可以说，被写进宪法的自由行走权，赋予了人们享受大自然的自由。甚至，当人们在私人领地露营的时候，也不必求得领地主人的许可。但前提是不能侵犯他人的隐私，不能污染和破坏自然环境。简而言之，自由行走权最基本准则是：不要打扰，也不要破坏。

我自己就曾经享受过自由行走权，这一瑞典宪法赋予在它的国土之上每个人的权利。

我在瑞典最美好的记忆之一，就是夏天和朋友在河流与湖泊上泛舟、垂钓。瑞典的北方，每个冬天都漫长难熬，好在老天爷会给你一个惊人美好的夏天作为补偿。大自然中的各种生命，将短暂的北欧之夏开成了一个热闹非常的大派对。只说说河岸那些花儿吧，一拨昨日匆匆开过，今天又是另一拨，铃兰、雏菊、杜鹃、羽扇豆花，也就是鲁冰花，还有各种不知名的花儿们，都纷纷抢着向湛蓝的天空尽力绽放，让人看得都有点"触目惊心"，这一场场花事，怎么看着都像玩命似的？这时你会首先联想到节日夜空里绽放的烟花，那种短暂的绚烂。同时浮现在你耳际的，还有日本诗人种田山头火的那首俳句：不明所以，百花绽放。

曾经带着太太和孩子，与另外两家朋友一起泛舟。每家一个皮划艇，先是在一条小河上开始顺流划船。野外的河岸，被浓密的草本植物覆盖得几乎没有缝隙，河面诱人的"身段"似乎蜿蜒无尽，带你漂向某个未知之境。北欧夏日里特有的纯灿阳光，让河面燃起一溜清凉的火焰，灼灼逼目。波光之上，荡漾着一群又一群白色素净的小花，它们是生长于浅浅河床的水生植物，那是一种谦卑的绽放，有生命对天地造物的感恩。

好像划了很久，我们三条划艇终于划出河道，进入一个大湖，湖面风烟俱净，几只野鸭子在远处游弋。湖岸上，稀疏散落着几栋漂亮的别墅。领头的李海波教授有点摸不清方向了，我们就近在湖岸边一个私家船坞的台阶靠了岸，马上来了一位五十岁左右的瑞典人，主动询问我们是否需要帮助。他应该是湖畔别墅的主人，只穿了一条泳裤，在晒太阳或钓鱼什么的。当得知我们没有找到湖岸登陆点后，安慰我们说没关系，还打电话给我们租船的公司，告诉对方收船的地址。我们与这位友善的瑞典人告别后，按他指示的方向，穿过湖边几家私宅院落，去到公路边等李教授的朋友开车来接我们。一路上见到的人家，有的在草坪上烧烤，有的在屋前闲坐小酌，见到我们一群人穿过宅院，这些瑞典人一个个神情自若、波澜不惊。

这就是我听到过和经历的关于自然行走权的故事。当然，拿瑞典和美国在这件事上做简单比较，并不能得出任何严谨的结论。但我还是认为，以瑞典为代表的北欧国家，在诸多方面率先实现了人类文明的梦想。

我以为已经讲完了这个话题，但不久前游览海南三亚某个海岛的经历，让我不得不将自己的国家拉进这个有关自然行走权的故事。因为在那次经历后，我不能假装自己生活在别处，然后顾左右而言他，这会让我感到羞耻，我毕竟是深爱它的卑微众生中的一个。

三

渡船离开三亚的海港码头，在南海的碧波中驶向一个叫西岛的小海岛。

我和太太没有选择去游客们趋之若鹜的那个海岛娱乐场——蜈支洲岛，而是去了西岛，因为我得知西岛上有一个原住民的渔村。四百多年前的一场海上台风将一群福建人吹到这个外形像一只玳瑁的小岛上，于是定居成为西岛最早的土著。他们世代以打鱼为生，一代代生息至今，已经繁衍成一千多户居民、六千多人的村落。我们很想去看一看这群几乎与世隔绝的海岛渔民。

轮渡上的电视正在放西岛的旅游观光片，当我看到介绍西岛渔村是 20 世纪 70 年代一部有名的电影——《海霞》的外景拍摄地时，我喜出望外。想看看满头白发扮相的小品明星蔡明阿姨小时候的模样吗？她就是当年电影中饰演小海霞的童星。

《海霞》改编自黎汝清的小说《海岛女民兵》，之所以选择这个海岛作为电影外景拍摄地，是因为 20 世纪西岛上就有一个女民兵炮班，这个八姐妹炮班竟然还曾在实弹射击比武中连连夺得头名，后来西岛又成立了红色娘子军民兵连。先后有前国家主席刘少奇、多位元帅和大将、柬埔寨国王西哈努克、英国元帅蒙哥马利等中外名人显要，慕名前来这个南海小岛看望她们。

我其实更加感兴趣的是透过国家历史叙事背景，观察这个小岛上土著渔民的日常生活原色。毕竟，无数普通人在自然中追求生存，才是历史画卷的纹理所在与历史人文的美感来源。你听，下面的歌声，来自电影《海霞》中非常优美的那一首主题曲《渔家姑娘在海边》。这首歌被黑鸭子合唱组重新演绎了一遍，我非常喜欢听。歌中的渔家生活场景，其实超越出了那个年代所特有的政治色彩：

> 大海边哎沙滩上哎，风吹榕树沙沙响
>
> 渔家姑娘在海边嘞，织呀织渔网
>
> 织呀嘛织渔网，哎……哎……

渔家姑娘在海边，织呀嘛织渔网

船一靠岛，我们就急迫地走过长长的栈桥，没有多留意海水中成群的小丑鱼。我的心早就飞向那个古老的美丽渔村了。

经栈桥上岛后，就进入了西岛旅游观光景区，我们快步经过那些儿童乐园风格的雕塑区、纪念品商店长廊、游乐和餐饮区，来到景区通往渔村的东门，却被一位年轻的保安拦住了。

我非常诧异，因为所有的西岛旅游广告宣传资讯，都介绍了这个四百年的渔村，为什么上岛后，却禁止游客访问渔村？保安的回答是："这是景区领导的指示。因为渔村的旅游开发还没有完成，所以游客进村可能不安全。"我探头看着景区门外的渔村，阳光下老街道上村民来去，干自己的活，好像在另外一个世界里。我后面想进入渔村的几拨游客，也先后被保安拦住了。

一个风景区旅游开发公司，竟然可以就这样轻易取消游客在风景目的地的自由行走权。我感到非常诧异，谁给了他们这个权力？

太太看见我十分失望的样子，就走回去找到一位景区的女员工，看样子她可能是岛上渔村的原住民，一问果然是。我太太问她能不能找条路带我们进入渔村。这位女员工一脸惊恐，紧张地低声说："不行的，这样做会被公司开除丢掉饭碗，岛上的居民连自己的亲戚朋友都不能带上岛来的。"

我被震惊了，这已经不仅仅是游客的自由行走权被侵害的问题了。回家后，我在网上搜寻了三亚西岛渔村的全部相关消息。这才发现，原来那里的人们早已是哀鸣声一片了——专供西岛居民乘坐的轮渡有严格的乘船时间限制，渡船严令不许搭载外地游客。限制任何岛外人口进入西岛渔村，岛民的朋友或亲戚想入岛做客非常难，这实际上切断了岛上居民与外界的沟通交流，让岛上居民生活更加封闭，也完全限制了岛上经济发展和家庭旅游业开发，西岛居民仍然处于贫困之中。

用西岛渔村为诱饵，哄游客上岛，然后限制游客走出景区，这一动机好理解，是为了让所有游客只能在景区里面消费。但限制渔村居民的出行与互访自由，这背后的动机就费解了。

我的讲述是以人类社会的自由行走权之争开始，却以某个海岛上一群居民更多的天赋人权被剥夺而结束，它们包括英国人洛克定义的四项基本人权中，除了生命权之外的三项——自由权、平等权和财产权。我为此感到深深的悲哀，也为西岛渔村人的未来担忧不已。那个西岛景区的当地女员工，她一双流露出恐惧的眼睛，还在我脑际长久浮现着。她当过海岛女民兵的祖母、母亲，在手握钢枪巡逻于西岛海岸沙滩上的时候能够想到，祖祖辈辈生活了几百年的地方，被人圈起来之后竟然连自由通行的权利都没有了，某一天，自己和后代要从被自己守卫过的海岛家乡中赶走吗？

所以，如果将来有一天，你去三亚西岛观光，入住到一片崭新的豪华海景别墅群中，散步在海风椰树的空旷沙滩上时，请不要忘记，你脚下这个美丽的海岛，曾经以一个古老渔村为它的灵魂，椰树和芭蕉影子下有珊瑚砌成的房子和围墙，沙滩上倒覆的舢板，晾晒着的渔网，集市上活蹦乱跳的海鱼，还有村里晒得黝黑的男人女人、老人孩子，他们是传说中几百年前从福建甘蔗园村漂流而来的一群逃生者的后裔。

那时，背岛离乡的他们，又将流落何方？

爵士乐的麦加朝拜

此生第一次听到爵士乐，是在 20 世纪 70 年代末的一部国产电影《保密局的枪声》中。在民国背景下的一场惊险谍战中，老上海百乐门的楼上包房里，主人公拔枪连连射杀对手特工后，开枪自伤时，突然响起了一段爵士音乐。电影问世的那个年代，正是中国社会刚刚从漫长冬眠中醒来的时刻，此前除了国际歌，我几乎没听过几首来自西方的音乐，还被告知说西方音乐大多数是颓废、下流的靡靡之音。因此，这部电影中仅仅十几秒钟的爵士音乐，竟让懵懂少年的我，听来惊若天籁，至今我还哼唱得出那个戛然而止的最后旋律。多年后得知，它出自名叫《Campanitas de Cristal》的一支爵士乐曲，西班牙语的意思大约是水晶钟声或者水晶响叮当。

后来，又从一本英语杂志上读到，爵士乐最早诞生于 19 世纪美国南北战争之后南方城市新奥尔良的黑人中间。那些黑奴获得了自由后，开始成群涌入这座对他们相对宽容的城市，他们中不少人手中多出了闪闪发光的一个东西，那是一件件铜管乐器。内战结束了，南北双方庞大军队的无数军乐手丢弃了大量的铜管军乐器，它们最后都变成自由的黑人手里的玩物。以前这群一无所有的黑奴，在棉花田里，只能清唱劳动号子来抒发苦难，现在他们用这些铜管乐器，吹出了对前世故乡非洲的遥远记忆、仍在隐隐作痛的种植园黑奴的呻吟、获得自由后的欢愉，还有对未来命运的迷惘。这些人的情感首次化为史上一种全新的音乐，也就是爵士乐的雏啼试声，最后，它却彻底震撼了人类音乐史。

那时，我就对那个诞生了爵士乐的美国城市新奥尔良，生出过一种若有若无的期待。此后很长的时光里，实际上也差不多快忘记了。直到多年以后在美国一所大学工作，来新奥尔良开一个学术会议，同系的博士后克劳德——一位快活的加拿大胖女孩提议，抽空去拜访城中最负盛名的一个爵士乐圣地——经典爵士音乐厅，又名典藏厅。这个提议唤醒了我少年时代的记忆，我欣然同意，遂与加拿大音乐迷克劳德、塞尔维亚姑娘玛雅一起去寻找那个号称古典爵士乐摇篮的典藏厅。

我们在著名的观光城区——法国区的大街小巷里找呀找，最后在圣彼得街道726号找到典藏厅时却傻了眼：这颓朽的二层老破屋，就是大名鼎鼎的爵士乐圣地？街面像极了20世纪六七十年代初我家乡汉口的老街道，墙面肮脏、斑驳，木板门面烟熏火燎的，那黑黢黢的铁条大栅栏门，让我想起老家街面上的一家煤球店。

不过还真没找错，因为这个小破屋的门口已经挤满了来朝圣的爵士乐迷。我们买了下一场的演出票，然后费力地挤过人群来到大门里面的一条走廊，在演出厅开着的门口外面，随众人蹭听正在进行的演出。从人缝里依稀可以看到，一个黑人乐队正在里面演奏着，门外的人群随着节奏如痴如醉地摇晃着。我前面的两位中年白人男女轻轻跟着哼唱，还不时评论着，他俩可能是从欧洲来的游客，讲的应该是德语。爵士乐今天已经属于全人类了，朝圣者从世界各地赶来新奥尔良，就为了瞻仰这只破旧的摇篮和它还在发出的、风格纯正的新奥尔良传统爵士乐。

好不容易等到上一场演出结束，我们用力挤进演出屋，幸运地坐到了前排。因为不清场，还留下了不少上一场不舍得走的听众，所以屋子里很挤。我打量着室内，灯光昏黄幽暗，空间相当狭小，仅数十米见方，可以容纳六十人左右，观众席只是摆放了几排简单的长凳。四面斑驳的墙壁上，高高低低乱挂着不少肖像油画和相片，应该是爵士乐前辈名宿和早年的演出情景。那些画涂抹随意，倒也与这小屋的风格很搭。

乐队进屋，屋内老旧木地板的靠窗地面，就是乐队的演出场子。一共八人，前排是男主唱兼小号手、女歌手、另一小号手、唯一的白人萨克斯管手；后排是鼓手、贝斯手、大提琴手和钢琴手。

那位男歌手，光头黑人帅小伙，长相与"篮球飞人"乔丹有几分神似，显然是乐队的灵魂人物。他目光炯炯四射，浑身都是魅力，一亮相就点燃了室内气氛。他时而吹起铜号，时而放声高歌，时而与娇小的黑人女歌手对歌起舞，时而又与最左边那位胖成球、又黑又亮的小号手插科打诨，互相取笑。即兴表演流畅自如，浑然天成。

黑人歌手的嗓音，如同触手粗糙的砂岩表面，很有质感。特别是在唱悠长的低音时，让你想到清冽的水流在缓缓漫过沙砾沉底的河床。而他那叙事风格的演唱内容，展现了黑人生命观的淳朴之美。听听他倾诉的忧伤，一不小心爱上的姑娘原来是亲表妹，谁让咱黑人都有一大堆数不清的表亲呢；看看他的人生梦想，竟然是去世之日能一身西装革履下葬，皮鞋一定要鳄鱼皮的，这等风光体面的葬礼一定让亲朋好友个个羡慕得也都想死；再瞧瞧他小小的虚荣心，总是不忘在每首歌的最末一句自赞自叹道："我是多么帅的一个家伙啊！"众人被他诙谐的即兴发挥逗得开心大笑，如痴如狂。

每当乐队奏起一曲经典的老歌时，都会引起全屋人轰然合唱，掌声击节。挤得像一听沙丁鱼罐头的典藏厅，乐队那轻重火力齐射般的激情表演，让人岂止于情绪感染，整个人简直都要爆炸了。男主唱还嫌气氛不够，径直走入观众中，牵出一位体态丰盈的西班牙裔美女客人，与她翩翩起舞。

一曲舞毕，男主唱回到乐队，继续带领乐手们暴风雨一般冲击观众的身心。演奏中的号管有时会突然伸到你的鼻尖前，男歌手时而与另一位黑人小号手斗鸡似的瞪眼对吹；时而以手侧耳，示意观众呼应声不够大，要每个人尽力提高分贝。高潮迭起，让你开始浑身滚烫，飘飘然如在云端，不知止于何处。直到此时，我才知道传统爵士乐的厉害，此刻你根本就不是观众。在这个扑扑翻腾的炉子里，每个人都被溶化到一锅叫爵士乐的滚滚沸汤中了。

音乐迷克劳德指着墙上一幅肖像油画告诉我："这就是路易斯·阿姆斯特朗，爵士乐之父。"我望着那位咧嘴微笑的老黑人像，想到飞机降落新奥尔良时，不就是在叫阿姆斯特朗的机场嘛！

美国南方一座大城市，以一位黑人姓名命名机场作为致敬与怀念，可见此人绝非寻常之辈。据说阿姆斯特朗在爵士乐领域的地位，堪比古典音乐的巴赫、摇滚乐的猫王。

"在这里，你将看到所有爵士乐的辉煌。"阿姆斯特朗生前告诉过人们，要想欣赏传统爵士乐，就得来新奥尔良这家叫典藏厅的老破屋。因为以阿姆斯特朗为代表的经典爵士乐最大的特点就是不靠谱，演奏全凭个人即兴发挥，就看爵士乐手的才艺功力。典藏厅一直以来的演出风格，就是对阿姆斯特朗的忠实传承。

提到爵士乐，就绕不过这位路易斯·阿姆斯特朗，不光是因为他在爵士音乐史上的天王巨星地位。在我眼里，阿姆斯特朗的一生恰好是爵士乐历史的一个完美隐喻：起于卑贱，终于辉煌。

生命之初的阿姆斯特朗，究竟卑贱到何种地步？1901年，他还在襁褓中时，当锅炉工的父亲就抛弃了他和母亲，十六岁的母亲随后也跟人跑了。小路易斯跟着外婆讨生活，几乎靠在垃圾堆里扒点厨余食品养活自己，就像一条小流浪狗。贫民窟佩尔迪多街上的孩子几乎都有过这样的经历：被母亲拎着耳朵，拉到窗边，指着在街旁垃圾桶边晃悠的小路易斯，教训说："再不听话，就被扔大街上，跟小路易斯一样。"路易斯五岁时回到了生母身边。其后几年，家里总是走马灯似的，一个继父接着一个继父来去，其中有些以殴打小路易斯为乐。幼年路易斯经常和一群小朋友在街上卖唱讨钱。为了帮助母亲养活妹妹，让母亲不再出卖"皮肉"，路易斯常常从大旅馆的垃圾桶里捞出食品卖。他也给妓院送煤，送一筐煤挣五分钱。妓院里常有乐队助兴。路易斯这个七岁的小苦力，每次送煤到这些地方，几乎都能看到像金·奥利弗这样的大腕级爵士乐手演出。"每次我闭上眼睛，吹响我那心爱的小号，就看到心底里的新奥尔良，那过去的美好。"阿姆斯特朗回顾往事时，音乐成了他早年辛酸岁月的唯一抚慰。

1913年除夕夜，少年路易斯偷拿出他某个继父的一支左轮手枪，在街头朝天放枪迎接新年的到来。他因此被捕，进了黑人流浪男童感化院，却因祸得福，感化院的一个教员发现了路易斯的音乐天赋，开始教他吹小号。离开感化院后，这个风霜少年靠买卖旧货、出售煤炭为生，同时抓紧一切机会在酒吧乐队吹奏小号。后来路易斯从新奥尔良去了芝加哥、纽约，又返回芝加哥，在各个乐队当小号手。

十几年后，当阿姆斯特朗再次出现在纽约时，他已经成了爵士乐界的偶像。这支逆袭人生的小号，最后终于吹进了不朽的世界音乐殿堂。

在写下这篇十年前游览新奥尔良典藏厅的回忆文字时，我正一遍又一遍地放着阿姆斯特朗去世后，他进入格莱美名人堂的那首名曲《多么美妙的世界》：

　　我看见绿的树也有红色的玫瑰

　　我看见他们为你和我开花

　　我自己在想这是个多么美妙的世界

　　我看见蓝的天白的云

昼明夜昏暗

我自己在想，这是个多么美妙的世界

那彩虹的色泽，在空中是多么美丽

也映在过路人的脸上

我见到朋友们在握手相问好不好

他们实是在说着我爱你

我听见婴儿在啼哭，我看着他们在长大

他们学到的东西将远胜于我

我自己在想，这是个多么美妙的世界

是的，我自己在想，这是个多么美妙的世界

那个醇厚温暖的嗓音，仿佛是从一枚被压榨着的黑橄榄中慢慢流淌出来的金色橄榄油，闪耀着整个夏天的酷烈阳光。是的，在沉重的生活挤压之下，一个饱经苦难的灵魂却向人类奉献了绝世美好的声音。

其实，这就是古典爵士乐能打动人的真正原因：产生它的源泉如此苦难，它对人的抚慰却如此温暖。

加勒比海溅起的蓝色思绪·开曼群岛篇

一只大海龟，正从一片空寂的海床上方孤独地游过，在大航海时代开启之后的五百年。

这是我在加勒比海的大开曼群岛浮潜时亲眼看到的一幕。那天，我将头埋在水里，俯视下方，那被阳光照得透亮的二三十米深的海床世界，我感觉自己好像正从空中慢慢飞过一个城市，海底高低起伏的珊瑚堡礁，就是奇形怪状的城市天际线，礁群之间暴露的狭长沙质海床底，是纵横交织的白色马路。游鱼不多，比不上我潜泳过的夏威夷哈瑙玛海湾，但也色彩缤纷。感谢那位下水前拼命给我们看图识鱼扫盲的潜水导游，他自嘲因为从纽约来，所以天生话痨。因为他，我才能在水中认出不少加勒比海鱼类，如蓝刺尾鲷、蝴蝶鱼、天使鱼、石斑鱼、鹦鹉鱼，而见得最多的还是白底黑纹的雀鲷，三五成群，像到港后上岸无聊闲逛的水手。

从礁群某个深处，缓缓游出一群鲨鱼，如突然出现在大街转角的一队黑色骑警，这些护士鲨不急不慢，十余条首尾相衔，沿着狭长的海床底鱼贯而过。

但我的脑海中，却还是久久映现着那一只孤独的绿海龟，尽管它早已不见踪影了。我知道，五百多年前，从我身旁的水面，曾经驶过一条西班牙大帆船，船头站着的那个人惊讶地发现水下游动着数不清的大海龟。渐近岛岸时，他看见岸边密密麻麻覆满了半圆形的石块状物质，还以为那些是岩石，上岸才发现，它们竟然全是海龟，爬得满岛都是，这人立即将这个无人岛命名为海龟岛。他叫哥伦布，正率领一支西班牙船队，进行着他最后一次对新大陆的航海探险。哥伦布登上这个岛的那一天，是 1503 年 5 月 10 日。

哥伦布离开了，而他开启的大航海时代正疯狂地迎来高潮。83 年后的 1586 年，一个叫德雷克的英国私掠船船长、航海家，登上这个海岛，海岛那时早已被改名为鳄鱼岛了，现在名为开曼群岛，就是加勒比语中咸水鳄鱼的意思。那时在岛上，德雷克船长就已经没有看到哥伦布眼中那么多的大海龟了。

为什么在短短几个世纪，一个海洋物种就到了濒危地步？答案是：海龟的悲剧命运，始于大航海，恶化于美洲殖民，可能行将灭绝于现代拖网渔业。

五百年前，那些为肉类保鲜发愁的欧洲大航海水手们惊喜地发现，这个岛群上的大海龟简直就是冰箱发明前的肉类活冰箱。你只需要上岛去掀翻它们，抬上船扔进舱里就行了。在长达数月甚至经年的航海中，船员们可以随时宰杀它们得到新鲜肉食。就这样，随着一只只航海船队的经过，无数次大屠杀上演，对这个岛上巨大海龟群的反复洗劫，让它们迅速减少了。一直到 19 世纪晚期，开曼群岛始终是繁忙的海龟捕运中心，成千上万的海龟从这里被运往佛罗里达的龟肉加工厂，供应北美市场。由于过度捕猎，野生海龟数量锐减。今天，开曼群岛当地的野生绿海龟，已经到了濒临区域性灭绝的地步。

当今，远洋大型拖网渔船的过度捕捞，是造成有洄游习性的海龟大量死亡的重要原因。拖网渔船业者在网底层加上铅条航行，除了对高经济价值鱼种一网打尽，连在海中洄游的海龟也难逃一死。现在，许多国家已开始规定本国拖网渔船使用海龟逃生器设备，让不经意被捕的海龟可以从网内自行逃脱。此外，海洋的污染、产卵栖息地的人为破坏，也是海龟族群数量减少的原因。

海龟未来的命运，就在现代人类手中。

我在岛上看到的第二只海龟，是在开曼群岛的旗帜徽章上。盾徽上方的那只绿海龟，象征着这个曾经主宰开曼群岛的生物与人类航海之间的紧密关系。

我想起在广州麓湖畔的艺术博物馆里，静静躺着的那只大海龟壳，它上面有精致雕刻的两艘大帆船。那只海龟壳，既是人类大航海时代的物证，也是一个为此而蒙难的物种的纪念墓碑。

人类文明的进化过程，已经给这个星球造成了很多难以愈合的伤痕。

潜水的头一天晚上，我在游轮上排队准备购买次日的潜水票，一位美国男游客走近队列，问我有没有兴趣买他手中的票。那是去开曼群岛海龟养殖场与海龟一起游泳的门票，这人买票后又后悔了，想卖掉他的票。我礼貌地谢绝了，我不想去观赏养殖场里的那些可怜生灵，它们反映不了野生海龟的自然生存状态。

开曼群岛有着世界上唯一的海龟养殖场，养了数千只濒临灭绝的绿海龟，用以满足当地民众对海龟肉的需求，并向游客提供旅游观赏服务，包括抚摩海龟、与它们共泳。这些失去自由的海龟被迫生活在狭小、拥挤的水池里，互相撕咬。疾病和压力给它们带来了很多问题，比如在繁殖期，有些小海龟生下来就没有眼睛。这些残疾海龟被宰杀以生产海龟肉，如同牛排和汉堡包一样被出售给旅行者。动物保护主义者已经在呼吁，希望停止以生产海龟肉为目的的海龟养殖，将养殖场改造为海龟康复和放归中心。

海龟是一种有远距离洄游天性的动物，澳洲科学家发现他们追踪的一只海龟，在不到十周的时间里竟然迁徙了近四千公里。你能想象得出这种天性中具有自由基因的海洋野生动物被终身囚禁在水塘里的感受吗？

我在清澈的水体上方继续游着，一边向下俯视，希望至少能再看到一只海龟，但是没有。海底珊瑚礁群呈现深黛色，间杂着灰白色，没有想象中的五彩斑斓，球形珊瑚较为多见。在近岸处的沙质海床上，珊瑚礁群消失了，只有一株一株的片状绿色珊瑚，在月白色海床上随着涌流摇曳生姿，如风轻拂过稀疏的树林。这绿珊瑚，从正面看似一棵开枝散叶的树，侧看却薄如一片剪纸，它有一个极美丽的名字——维纳斯海扇。

在一片黑白灰色间杂的矮小珊瑚丛旁，我发现一条与环境色高度相似的扁平状鱼，它正在悄悄地贴着海底移动，丝毫没有惊扰它周围游着的小鱼群。

浮潜同伴中的两个年轻美国人，不时向下俯冲潜近海底，泳姿优美，与鱼群和珊瑚礁一同构成一幅美丽的画面。

但愿我们的到来，没有过度打扰这另外一个世界的生灵。

人类文明发展史上，一种动物与一个重要历史过程紧紧伴行，据我所知至少发生过三次：成吉思汗对欧亚大陆的征服完成于马背之上；佛罗伦萨作为文艺复兴的摇篮和英国工业革命的前驱——毛纺业，其产品都是用羊毛织成的；大航海时代那些玩命的水手冒险家，应该感谢他们吃掉的成千上万只海龟。

在加勒比海中正胡思乱想着，一不小心喝了不少海水，真咸啊！好吧，就当是多喝了几杯蓝色玛格丽特好了。我们那位纽约来的潜水教练，在大家下水之前就是这么说的。可是，最初调出这款鸡尾酒的人，用盐霜比喻怀念的泪水，是为了纪念他逝去的恋人。那么我呢，就为了纪念一个凋零的物种吧；还为一个祝愿——在未来某一天，当轮船驶近开曼群岛时，船上的人们都惊讶地看到加勒比海那水晶一般透彻的海水下，正游动着数不清的大海龟，就像当年哥伦布船长看到的一样。

加勒比海溅起的蓝色思绪·玛雅文明篇

一、沉默的废墟

"我的名字叫胡安。"

我们的导游，一位四十多岁的玛雅人与西班牙人混血儿，在去墨西哥的图卢姆玛雅文明遗址的大旅行车上，用饱含激情又带有一丝伤感的声音，向我们介绍他自己，然后开始讲述那个他母亲所属的民族创造的古老文明。

如果说，玛雅文明是人类历史上最神秘、最不可思议的古文明，恐怕没有人会提出异议。因此，当他滔滔不绝地给我们讲玛雅文明的种种类似神迹之事时，我们一车人就只有瞠目结舌乖乖地听。这是个比哈利·波特的世界更为神魔，却并非虚构的真实历史存在。

一个远离其他人类文明、只会刀耕火种的石器时代人群，却在天文学、数学等方面有极高成就。而在它的文明达到鼎盛之际，却突然抛弃了所有中心城市，隐退到丛林里去了。玛雅文明这超级古怪的历史，难道不够让你目瞪口呆吗？

舟车劳顿过后，我们终于站在了图卢姆（Tulum）城内。一眼望去，蓝天烈日下，满目废墟、芳草青青、棕榈无言，只有几条尺余长的蜥蜴在灰白色的石砌废墟间爬来爬去，青蝇吊客。

　　图卢姆是玛雅文化后期唯一的海滨城市遗址，坐落于墨西哥尤卡坦半岛，它盘踞在加勒比海岸边悬崖上。现今遗址尚存六十栋石头建筑，以屹立于悬崖之上的卡斯蒂略古神殿最为著名，其他著名建筑还有降神庙。图卢姆是祭神的重要场所，也是连接陆地和海上的一个贸易枢纽。因为面朝日出方向的大海，该城又叫黎明之城。

　　在一处只剩房屋地基的遗址中央，胡安停下了脚步，表情神秘，指着远处高坡天际线，一个小小的方框形石屋，问我们它可能是什么建筑。大伙看着那个像极了美国《国家地理》Logo 的石砌方框，都摇头表示不知。然后胡安开始讲故事了。二十年前的一个清晨，他的一位玛雅族发小，在图卢姆城废墟中溜达着，当走到这个地点时，不经意地向东方望了一眼，突然浑身一震，他看到：一轮刚刚跃出地平线的旭日，那耀眼的光芒，正精确地穿透远处高坡上那个小石屋方框，照射到他站立的建筑遗址正中间。然后，在第二年的同一天清晨，在同一地点聚集了一群人，他们是来自哈佛大学、耶鲁大学、麻省理工学院、斯坦福大学等一众顶级学府，还有美国宇航局的专家，这些学者、专家终于也等来了那道旭日之光穿过小石屋方框，投射在他们站立的废墟之所。那一天，正是玛雅历法中雨季来临的首日。

　　胡安一边说着，一边变戏法似的亮出一张日出穿透石框的照片。我们看着那颗准确镶嵌在方框上、光芒四射的旭日，确实有震撼之感。玛雅人就是这样借助自然天象与精湛的建筑工艺融合成了一个可以直观的绝妙景致。

胡安转述了当时一位在场专家的幽默评论：那个石屋方框，不是窗口，是劳力士。

胡安在路过一个神殿时，语带悲愤地告诉我们另一个故事：16世纪的某一天，征服了美洲的西班牙人，在古城的神殿里找到了一本深藏的玛雅古书。随后，他们做的第一件事，是召集玛雅人来到神殿前，当着众人的面，烧毁了这本厚厚的古书。讲到这里，胡安似乎有点哽咽了。他对我们说，西班牙人明白一件事：知识意味着什么？力量，他们就这样毁灭了我们文明重新醒来的力量。

胡安说出的是一个历史事实。他的父辈西班牙人在发现和征服新大陆后，以天主教原教旨卫道士的狂热，毁掉了绝大多数的玛雅文字，以至于现代人类难以破译他的母系先民玛雅人创造的文明的缘起与缘终。

也算玛雅人流年不利，西班牙人发现和征服美洲的岁月，正是宗教裁判所在西班牙和欧洲大行其道的日子。在哥伦布发现新大陆的 1492 年，宗教裁判所已经在西班牙成立十四年了，它以极端残酷的手段惩罚异端，逮捕、审判和烧死宗教异见者，以维护天主教的正统性。至 19 世纪初宗教裁判所取消时为止，被火刑处死的人约有十万，这是欧洲中世纪最黑暗的一页。

而在西班牙人发现的新世界的另一端，他们也建立了类似的宗教法庭。这个法庭在遥远的南美洲，不遗余力地维护着天主教会的权威和正统，并将这个异域文明中的天生异端送往炼狱。1539年，墨西哥的宗教法庭将抨击教会的特斯科科酋长判处火刑。

胡安告诉我们，西班牙人发现玛雅神殿中的羽蛇神浮雕后，认为这是异教徒崇拜的邪魔而大加毁坏。在玛雅神话中，羽蛇神与种植玉米的雨季一起降临，因而羽蛇神成了玛雅农人最为崇敬的神祇。在另一座玛雅古城奇岑伊扎中，有一座以羽蛇神命名的金字塔。在塔的两个底角，雕刻着两个蛇头。在每年春分、秋分这两天太阳落山时，可以看到蛇头投射在地上的影子幻化成为一条动感很强的飞蛇，象征了羽蛇神在这两天的降临和飞升。那么，在雨季来临的第一天，图卢姆城中那个被旭日透过石屋窗口照亮的建筑遗址，是否原来就是一座羽蛇神殿庙呢？现在的人们已经永远不得而知了。

在哥伦布发现新大陆前的 13 至 15 世纪，图卢姆城达到鼎盛时期。到墨西哥被西班牙人完全征服后，还努力挣扎着存在了七十年，直到 17 世纪初，最终还是消亡了。据说图卢姆古城消亡的原因，是西班牙殖民者从欧洲带来的传染性疾病。

站在灰黑色卡斯蒂略神殿边的悬崖上，东眺一望无垠的湛蓝大海和悬崖下的加勒比海滩风景：椰影、白沙、浪花、泳客。悬崖将世界分割成两个，我身后的废墟古城属于黑白、死寂、永恒的历史；我面朝的沙滩、人群与大海属于彩色、喧哗、鲜活的现实世界。我站在悬崖边这条时光的分割线上，百感交集。

二、无 解 之 谜

　　跟着导游胡安的匆匆脚步和激情讲述，我写得有点散乱，想重新理出一个头绪，让目光超越眼前的图卢姆古城遗址，从人类历史的视角，对玛雅文明的起止做一个最简要的叙述。

　　二十万到四十万年前，东非的原始人群里发生了某些重要进化事件，产生了一个新的种群。这群人的特点是有发达的大脑，他们被叫作智人。

　　七万至九万年前，智人再一次走出非洲，渡过红海，进入阿拉伯半岛，走向广袤的欧亚大陆，这次他们成功了。现存的人类，无论住在地球上哪一个角落，都是这群走出非洲的智人的后代。

　　约两万年前，在最后一次冰河期，海面下降了，白令海峡露出了一座陆桥，成为亚、美两洲的天然通道。当时以猎取猛犸、鹿类为生的亚洲东北部猎人可能尾随这些动物，穿过白令海峡大陆桥来到了美洲，成为美洲人类的始祖。随着更寒冷时期的到来，欧亚北部和美洲北部变成了无人的冰原。因此，约一万多年前，亚洲与美洲的人类迁移往来就断绝了。

　　冰川退缩后，欧亚大陆冰冻线以南的人群先后进入新石器时代，发展了各种语言和文明。北美洲的人群则继续向南进发，到达南美洲。至此，智人完成了在全世界的迁移。

　　在美洲大地的不同印第安人群中，诞生了代表性的三大古文明：阿兹特克文明、印加文明和玛雅文明。其中，玛雅文明是古印第安文明中的翘楚，其他文明难以望其项背，其以印第安玛雅人而得名，约形成于公元前1500年。

玛雅文明是世界上唯一诞生于热带丛林，而不是大河流域的古代文明，分布于现今墨西哥、危地马拉、洪都拉斯、萨尔瓦多和伯利兹五个国家。在与欧亚非大陆所有其他文明隔绝的前提下，玛雅人没有发明出金属工具和轮子运输工具，他们仅凭借新石器时代的原始工具，创造出了自己的辉煌文明。

我们的导游胡安，可能会强烈反对关于玛雅人从未发明轮子运输工具这一考古论断。他展示给我们一张八年前从玛雅墓葬中出土的儿童玩具照片，那是一个四轮动物小车，然后反问我们："玛雅人建造了数量庞大的建筑群，你肯定他们就没有使用任何带轮子的运输工具吗？之所以没有发现古代玛雅人用轮子的证据，那只是因为西班牙人毁灭了我们过往的历史而已。"

玛雅被称为美洲的希腊，我猜可能主要有两个原因。一个原因是，玛雅人的雕刻、彩陶、壁画有很高的艺术价值。最后一次远航美洲的哥伦布，被玛雅人制作的精美的陶盆深深吸引了。从此，"玛雅"这个神奇的名字开始传入欧洲。另一个原因是，玛雅人从未建立过统一的帝国，而是像希腊人一样，建立了众多的城邦，它们之间战争与和平交织，甚至出现两个大城邦之间激烈争战的情景，这些都可以与伯罗奔尼撒半岛上发生的希腊历史相类比。

玛雅人的数学、建筑学、历法和天文学都达到了极高水平。他们在世界上最先有"零"的概念。玛雅人测算的地球年为

365.242 0 天，与现代测算的误差仅为 0.000 2 天；测算的金星年，与现代测算五十年内的误差仅为惊人的七秒。他们已经高度精确地掌握了日食周期和日、月、金星的运动规律。

很多人猜测，在遥远的古代，美洲热带丛林中可能来过一批高度文明的外星智能生命，他们给尚在原始时代的玛雅人匆匆留下各种先进天文、数学知识，然后又嗖地飞走了。这些外星人被玛雅人认为是天神，玛雅浮雕上确有很像现代宇航员在开飞船的图像。我以前读到这种说法，第一反应就是——这是胡说八道。可现在，连虫洞、引力波、多维宇宙、量子纠缠都出来了，我还真不敢再无知无畏地说谁胡说八道了。再说，某一群孤悬在南太平洋岛上的土人，不也是因为原来在岛上看过一次直升机降落，就搞出了一个叫作嗨利科普特（直升机）天神崇拜的原始宗教，让若干年后第二次直升机降落到那岛上的人意外享受了一次神级待遇吗？

你再想想看，如果你不是金庸笔下那位——让满脑袋泡妞的念头降低了智商的田伯光先生，看到刚刚被你揍得鼻青脸肿的小混混令狐冲一夜之间变得剑法奇妙无比，反过来打得你满地找牙。你当然会猜想到，这家伙夜里肯定找大师去上补习班了，至于背后那位高人是叫风清扬，还是叫某星人，那就看他命里的缘分造化了。

想到这里，突然感到有点儿后怕：要是那些外星人陪着这群玛雅农民多玩会儿，教会他们金属冶炼、飞行技术什么的，那中国历史上朝我们猛扑过来的可就不是蒙古、清朝骑兵那前后几伙人了，我坐在这里码的字也会是玛雅象形文字了。也许，外星人早就预料到那可能发生的、人类之间互相征服的一幕，所以就采取了对地球文明的不干涉政策，只教会石器时代的玛雅人用星际航行的历法与天文学，让其去种好他们赖以为生的玉米。不然的话，这后来的历史剧情就应该反转成：玛雅人一路寻到比利牛斯半岛，让西班牙人满地找牙了。

2018年去世的英国物理学家霍金，曾经对建造巨型麦哲伦望远镜、期待发现外星人联络信号的人们发出警告：建成麦哲伦望远镜是有可能找到外星文明的踪迹的，但是发现后，千万别联系，我们需要保持静默。确实，这是智者之见。

玛雅人的天文学远远超过了他们的其他文明成就，也许更有可能因为，国王吩咐祭师们负责观测天象，用来指导百姓种好玉米，顺便按时辰祭祭神。这群吃饱了撑的没事干的聪明家伙，迷上了浩瀚的星空。他们登上那筑起于密林之上的高高塔台，透过塔顶的庙宇窗口观察夜空，并参照远处地平线上的山巅与山谷，观察太阳、月亮及星辰的升起和降落，从它们的周期性变化，推算出了日月星辰的运动规律。在玛雅祭司中，一定出过不止一个伽利略级的牛人，就这样愣是把还在石器时代的玛雅人天文学，超前折腾进了星际旅行时代，也顺便让后来的地球人为他们的神级成就献上了膝盖。

我想就此打住，不谈是人还是天外来客这事了，玛雅文明之神秘莫测，说也不信，到此方知。借用庄子一句话：六合之外，存而不论。

但是，玛雅文明还有更奇怪的事情发生。公元 9 世纪初，玛雅人几乎在一夜之间从众多主要城邦撤走，消失于美洲的热带丛林中。他们放弃了发达的城市文明，大举迁移。创建的每个中心城市都终止了新的建筑，城市被完全放弃，所有曾经繁华的玛雅大城市就此荒芜。

考古学界对玛雅文明的湮灭，提出了许多假设，诸如阿兹特克帝国入侵、人口压力、流行疾病、环境与气候变化，等等。最不可思议的一种猜测是，玛雅人早已从外星人那里得知了本民族的命运，所以时辰一到，他们就服从命运的安排，走进了美洲丛林。

其实，还是自然资源耗竭、内乱加上阿兹特克帝国入侵，导致玛雅文化的衰败，这个原因听起来比较靠谱。至于后来西班牙人来到美洲时，玛雅文明已近尾声，西班牙军队主要征服的还是阿兹特克帝国。尽管如此，在尤卡坦半岛上，还残存着一些玛雅小邦。1526 年，一支西班牙探险队前往尤卡坦，试图用暴力建立西班牙殖民地，并强制推行基督教信仰。一部分不肯屈服的玛雅人展开了长达百余年的游击战。1697 年，最后一个玛雅城邦，也在西班牙人的炮火中灰飞烟灭了。

因此，这个剧情可以简单讲成：玛雅人建立了众多城邦，但被后来者阿兹特克帝国入侵，就像罗马帝国收服了各个希腊城邦一样；而突然一支文明水平远超美洲的西班牙军队，就像玩星际穿越一样，实施了降维打击，轻易击败了整个美洲的阿兹特克帝国、印加帝国和残存的玛雅城邦。

被导游胡安痛骂的父系先人——那些西班牙人，其实对玛雅人干的最大坏事，是大力破坏了玛雅文明的遗存。这好比，上辈家道已经破落了的曹雪芹住的京西村子里，来了一个拄文明棍的恶少，对着曹老头一顿羞辱，还抢走他的《红楼梦》手稿并一把火烧了，抢剩下的几页里，居然有老庄头乌进孝给贾府送年货的单子。这张写满珍馐美味的单子，足以让后来看到的人们流出哈喇子——原来这穷光蛋曹老头家，曾经奢侈到这种变态的地步啊！因此，即使玛雅人不是被西班牙人整穷的，这些西班牙殖民者变态的汪达尔主义行为，也实在是招人恨。他们烧掉的是远不止于一部《红楼梦》的伟大古文明记录。

如果要从这群西班牙人中找出最像那拄着文明棍的恶少的家伙，那就是臭名昭著的随军主教迭戈·德·兰达，他不光几乎烧尽了玛雅经典书，还烧死了能识玛雅文的全部祭司。从此，一直守着本民族语言、信仰和生活方式的玛雅人，再也无法真正看懂先人的文字了。那些遗存的大量玛雅象形文字，在石碑、庙宇、墓室、玉器和陶器上，在贝壳、树皮和鹿皮上，就这样沉默地与你对视着。

历史上，还从没有过一个烧书的人能逃得掉被钉上人类耻辱柱的结局。不信，我们就一起开始数数看。

三、文 明 缘 起

导游胡安恨不得在短短的时间内，将他母系先人的玛雅文明辉煌历史，一股脑灌到我们这一车人的脑袋里。我们这个旅行团，除了我、另外一个中国人和一个三口之家的斯洛伐克人外，全是美国人。在回程的大巴上，胡安填鸭式地猛灌，让不少人撑不住了，开始昏昏欲睡。这让胡安先生有点不安了，但在几次道歉打扰了大家的瞌睡之后，仍然滔滔不绝地讲着。

不过，也许是他发现我一直在认真听，也许是很多内容与中国人有关，胡安讲的时候，我们有很多眼神交流。

玛雅文明，还确实与华夏文明颇有几分相似之处。

作为印第安人一支的玛雅人，与中国人一样，都是蒙古人种，因此都有着黑头发黄皮肤的典型蒙古人种外表。据胡安介绍，玛雅人 87% 的基因与蒙古人种相同。玛雅婴儿的屁股上也有蒙古人种幼时屁股上特有的青色胎记，即蒙古斑。

再看文化。

玛雅农人最为崇敬的神祇——羽蛇神，在玛雅浮雕上被描绘成一条长满羽毛的蛇，拥有神力，能在空中自由飞翔，它给玛雅人带来雨水。这不就是古代中国的图腾龙的形象吗？

玛雅神话中，也讲月亮上住着可爱的乖乖兔。

玛雅人听到猫头鹰叫，也会当成凶兆。

玛雅人和中国人一样，也用象形文字，玛雅象形文字的发展水平与中国的象形文字发展水平相当，不过玛雅文字符号的组合远较汉字复杂。

玛雅人用的笔，是头发制成的毛笔。

玛雅文物中有很多是玉器，玛雅人和中国人都喜爱玉石并具备精巧的玉器雕琢能力。

美洲早期的奥尔梅克文明被认为是玛雅文明的母体。而在墨西哥出土的奥尔梅克时期玉器，竟然具有中国殷商年代玉器的文化特征。因此，有学者提出了假说"殷人东渡美洲论"，以解释为什么奥尔梅克文明在三千年前的美洲突然出现，以及奥尔梅克艺术风格与中国殷商时代艺术相似的现象。最早提出这一设想的人，是19世纪英国翻译家梅德赫斯特。

大约三千年前，在牧野（今河南淇县南）发生了一场震撼中国历史的决战——牧野之战。结果是周武王代表的新生力量结束了商朝末代君主纣王的统治，商朝灭亡了。不过，牧野之战还有个情节被人们忽视了：在大决战即将开始之前，商纣王曾紧急征调一支援军勤王，其统帅是攸侯喜，由于路途遥远，没等攸侯喜的军队赶到都城，商纣王已经自焚在朝歌。勤王未酬的这一支军队，后来就从中国史书中消失了。

英国人梅德赫斯特所说的周武王伐商纣王时，殷人逃亡来到美洲，有可能就是攸侯喜与他的追随者了。

另一假说为：商纣王的儿子武庚，字禄父，反叛兵败后，其残余族人向东北方向渡海，逃到了美洲。

有人会反问：人类进入新石器时代，起始时间在八千到一万年前，那时候美洲和亚洲之间的白令海峡陆桥已经消失，两地之间的人员来往也早已断绝。中国与美洲之间隔着万里浩瀚的太平洋，就凭三千年前的航海条件，能做到跨洋航行吗？

问得好！

太平洋北部有一道从日本流向北美的暖流叫黑潮，又称日本暖流。它穿过中国台湾东部海域，沿着日本往东北方向转往美洲方向移动，汇入东向的北太平洋洋流，碰到了北美大陆后，向南又形成一个洋流，叫作加利福尼亚洋流。黑潮的流速相当快，洄游性鱼类可以像搭上高速公路般，得到一个快速便捷的路径。1852年，美籍华人乔治·休从广东偕数人驾小艇八艘，就曾沿着黑潮漂至加利福尼亚州。他同他所乘坐的小艇照片，现存于美国旧金山唐人街博物馆。

到了加利福尼亚，请问离墨西哥还有多远？

美洲玛雅文明的母体——奥尔梅克文明的兴起可能与殷商有关，最早在学理上提出这一假设的是美国学者威廉姆·迈克耐尔。他在1964年出版的《西方的崛起：人类社会的历史》中提道，中国商朝的艺术品和从中美洲挖掘出来的文物出奇地相似，文明跨洋可能是一个合理的解释。类似的推论在迈克尔·扰的著作《美洲的第一个文明》中也出现过。他提道，奥尔梅克人的社会结构、艺术和中国殷商时期很相似，奥尔梅克文明有可能与中国殷商文明有某种联系。

国学大师罗振玉和王国维也提出过殷人东渡美洲的可能性，后来郭沫若等人亦相信该说。近年美国俄克拉荷马中央州立大学许辉教授发现，在两百多个奥尔梅克的玉圭、玉雕上面，刻有与中国甲骨文相似的符号。他两次带着拍摄下的符号照片回中国，请教数位中国甲骨文专家，得到的鉴定意见是：这些字与先秦文字高度相似。因此，许辉以这些新的研究证据重申了殷人东渡美洲的观点：约三千年前，中国的殷商王朝被周武王打败以后，殷商的遗民曾东渡太平洋抵达中美洲，对当地奥尔梅克文明的发展产生了重大影响。

然而西方主流学术界人士多认为奥尔梅克文明是印第安人独自发展出来的，他们被称为独创派。仅有少数学者主张奥尔梅克文明来源于欧洲、非洲或亚洲，他们被称为传播派，殷人东渡美洲论就是其中的一个支派。

认同许辉教授的哈佛大学学者艾克荷姆提出，早在哥伦布到达美洲之前，亚洲移民和探险家就到达美洲，使新大陆的宗教、艺术、天文、建筑蓬勃发展，形成美洲历史上的第一个文明社会。美洲文明可能起源于商朝，因为两者同时拥有类似的艺术风格和宗教意识。

史密森尼学会考古学家麦葛斯，甚至走得比许辉还要远。她在比较了厄瓜多尔发现的陶器与日本古陶器之后，认为早在五千多年前，古代亚洲居民就通过海上交通与美洲文明发生了文化交流。她说："古代人类将海洋视为高速公路，而不是一道屏障。"

而最新的殷人东渡证据，来自美国人约翰·拉斯坎普，据英国老牌报纸《每日邮报》2015年7月9日报道：约翰·拉斯坎普在新墨西哥州、加州、犹他、俄克拉荷马、亚利桑那和内华达州多个岩壁上发现了共计八十四个商朝甲骨文。因为文字篆刻时间比哥伦布发现美洲早了两千八百多年，因此他认为是中国商朝人最先发现了美洲大陆。

殷人东渡美洲的这一推测，只是玛雅文明或古印第安文明源头的众多推测理论中的一个，还需要发现更多的证据，包括发掘考古学、玛雅象形文字破译，以及人类基因遗传学方面的研究进展，以求进一步实证。也许，殷商文明只是玛雅文明之河的源头中偶然汇入的一条溪流。

殷人东渡美洲论以其越来越多的考古发现与文化比较学研究结果，至少可备一说，不容忽视。然而所有传播派的观点，却长期被统治国际主流学术界的美洲文明独创派视为证据可疑的伪科学，有不够尊重美洲原住民之嫌。

导游胡安曾经打趣地说，几千年前，中国人曾来到美洲，但他们没有插旗帜；西班牙人来到美洲插了旗帜，土地就成他们的了。拥有一半玛雅血统的胡安这样说倒也平安无事，但玛雅人之外，不管是中国人，还是西方人，如果也这样说，就多少要面临政治不正确的尴尬。这就是地球变成地球村之后，人类社会的微妙现实。

我一向对文化沙文主义持反感态度，也反对任何方式的民族主义意淫，不管是来自西方还是东方的。浩瀚宇宙中，人类本来就渺小可怜，如同神丢弃在某个角落的半块面包上生长出来的一簇霉菌。"蜗牛角上争何事？石火光中寄此身。"对人类文明史中的模糊部分，学者们以客观和科学的态度去探幽发微就可以了，分什么种族、文化？再说了，我们地球人都来自十五万年前，那位被称为线粒体夏娃的非洲女性，她老人家如果在天有灵，看到这群后代为争谁是某个地方文明的开启者而吵得如此煞有介事、急赤白脸的，我猜她老人家一定有向这群不肖子孙扇耳刮子的怒火。

四、玛雅预言

2012年12月21日晚，美国费城的金梅尔音乐厅里，灯光渐暗，声如退潮。我坐在听众席中，与上千名来宾一起，准备开始安静地聆听费城交响乐团圣诞系列演出的第一场。聚光灯下，那位十分风趣的乐队指挥，不紧不慢地讲起了开场白："各位女士们，先生们，你们真是这世界上最聪明的人，知道今天整个地球就要毁灭了，所以就索性大方掏腰包来这里，听世界最佳交响乐团费城交响乐团演出。"众人听罢哄堂大笑，我才猛然发现，这一天，刚好是传说中玛雅预言里的世界末日。

传说在玛雅预言中，五千一百二十五年为一个太阳纪。在每一纪结束时，地球都会上演一幕惊心动魄的大毁灭，然后重生。地球已经历了四个太阳纪的生死劫，正处在第五个太阳纪，而这一纪会在2012年12月21日的毁灭中结束。

还真有不少人完全相信这个预言。我坐在金梅尔音乐厅里听交响乐的当晚，遥远的欧洲，一个靠近法国和西班牙边界的美丽法国小山村——比加哈什镇，已经被蜂拥而至的末世论信仰者挤爆了。原来，一个谣言在世界上不胫而走了多年：玛雅历法预言的世界末日来临时，这里将成为地球上唯一可能的幸存处，外星人将降临比利牛斯山，带走少数幸运的人类，使他们免于死亡。当地警察只好设下路障，阻止更多人涌进这个弹丸小镇。

很多民族都有过关于人类末日的预言，但是，为什么只有玛雅人的末日预言受到人们如此重视呢？原因是，玛雅历法的计算，实在是精确到了可怕的地步，因此就具有了强大的预言力量。但玛雅人自己却否认玛雅预言中世界末日的说法。一位名叫皮克顿的玛雅长老终于忍不住站出来对世人说："根本没这回事，末日理论其实源自西方，玛雅人从来没有这类想法。"玛雅预言中关于2012年12月21日是世界末日的说法是误解，那一天是玛雅历法中重新计时的"零天"，表示一个轮回的结束和下一个时代的开始。

预言与神箴，是玛雅文化中永恒的主题词。

史上一直处于无限循环之中的玛雅农业文明，以及周而复始的天文学规律的发现，使玛雅人的生命哲学中有着深深的宿命观。其实，玛雅就是一个按照预言与神箴而活着的民族。他们深信本族的预言记载，安然接受命运所决定的未来。据说，玛雅祭司在西班牙入侵者到来之前，就曾预见到这一事件，他们从神谕中得知，这些远道而来的人将成为玛雅人的新王。1696年，西班牙征服者派遣的神父抵达时，玛雅部落的领袖竟然对他说："根据预言，我们背离神的日子还未到，请四个月后再来吧！到时，我们将印证预言。"玛雅人这种敬天知命、服从神谕的态度，令西班牙人也感到震惊！

玛雅人最终隐身丛林，当然是西方人征服美洲的直接后果，但似乎也与玛雅人对预言中自身命运的遵从不无关系。历法预言已写下了自己的命运，又何必挣扎？一个远离其他人类文明，在孤独中前行的石器时代民族，终究不能抵抗"火器时代"人类的入侵，炮火轰鸣自然地被看成天神施威，西班牙骑兵被当成半人半马的天兵天将。神话中那保佑玛雅人的克沙尔鸟也飞走了，古朴和信神的玛雅人在心灵和物质上受创之重，可想而知。他们从此全体沉沦。尽管对这个创造了伟大天文学的民族怀有极大的敬意，我还是不得不承认，今天的玛雅民族从文化意义上而言，已经是一个化石民族。

那天，参观完玛雅城市废墟，导游胡安带着我们去一个位于丛林深处的玛雅村落里吃午餐。途中，他不停地讲述着自己的童年、他那位个子很矮的玛雅妈妈、他的村庄、玛雅人的习俗。

在村落里，我见到的玛雅男人、女人，身材都矮小。他们每个人都面带腼腆地沉默着。

在村庄的边缘，我注意到一个玛雅人的天主教堂，它极其简陋，仅为茅草凉棚下的一堵墙与一个十字架祭坛，两侧墙龛中各有一尊基督与圣母玛利亚的雕像。十字架与神像上，装饰有花环，玛雅人天生爱美。西班牙殖民者毁去了他们的玛雅神灵以后，给了玛雅人新的神。于是，不能没有神的玛雅民族，默默地接受了来自遥远大陆的神，去安慰自己严重受创的心灵。

想想看，就连我们的导游胡安，一位深深热爱他母系民族文化的混血儿，自己也有着来自父亲民族的典型西班牙人姓氏，我们心中不免为这个民族长叹一声。

告别导游胡安，游轮离岸航行。黄昏，我长时间站立在甲板上，隔海远眺墨西哥的尤卡坦半岛海岸，一抹长长的晚霞低垂，刚好照亮了整条海岸线。那里正是玛雅人创造过辉煌历史文明的土地，那抹亮丽的晚霞就像是对一个已逝文明的隐喻或者致敬。

如果你对一个已经凝固在石头上的文明还保持一分敬意，你应该会对这个孤独思考了数千年的古老民族的智慧有着去理解与欣赏的愿望，而不是当仅仅看到玛雅人那一套神魔无处不在的文化符号系统时就断定玛雅文化一味愚昧与不可取。或许，玛雅文明不是一个关于如何赢的智慧文明，但却是一个关于敬畏的智慧文明。

比如，一句玛雅预言曾经这样说过：地球并非人类所有，人类却属于地球所有。

眼前的海岸线，这个晚霞笼罩下绚烂如锦的狭长空间，会是一个玛雅神示吗？它如同一卷向你徐徐展开的电影默片，告诉你，我们在这个星球上的生存空间仅仅是海面之上、大气对流层之下的薄薄一层界面。人类的无限贪婪、征服与索取，终将有一天会让那个关于"地球末日"的玛雅古老预言成真。

那个玛雅母亲的儿子临别前伤感的声音，随着一阵海风又在我耳边悄悄出现：

请各位记住我，我的名字叫胡安。

末日听乐记

2012 年 12 月 21 日圣诞假期里，我在美国金梅尔表演艺术中心听了一场费城交响乐团的圣诞系列演出。

位列全美五大交响乐团之一的费城交响乐团，在自己家乡的演出果然不同凡响，且不说今夜的客座指挥兼钢琴家是大名鼎鼎的格莱美奖获得者托维，还有阵容齐整的门德尔松合唱团，单讲这设计成小提琴共鸣箱形状的音乐厅本身，就是乐团出门巡回演出时没法带走的。这座建成仅十余年的音乐厅具有极佳的音响效果，可以说只有金梅尔中心才配得上费城交响乐团，反之亦然。

灯光暗下来，合唱声一响起，我眼中的交响乐团立刻变得清晰起来，因为突然盈眶的泪水，意外改善了我的近视眼的聚焦。那是一首圣歌《来吧，来吧，以马内利》。

第二首是门德尔松的《听！天使在高声唱》。这是一首曲调很熟悉的圣诞歌曲，歌词选自《新约·路加福音》中的一段：

在伯利恒的郊外，一些牧人在夜间看守羊群。上帝的一位使者站在他们旁边，突然主的荣光四耀，他们非常害怕。

天使说:"不要怕!看呢!我报给你们大喜的信息,是关于万民的——今天在大卫的城里,为你们生了救主,就是主基督。你们要找到这个婴儿,包着布,卧在马槽里,那就是记号了。"忽然有一大队天兵,同那天使一起赞美神说:"在至高之处,荣耀归与神!在地上,平安归与他所喜悦的人!"

接着是几首乐曲,包括亚当的《啊!圣善夜》、霍尔斯特的《玛丽的小男孩》、柴可夫斯基的《胡桃夹子·雪景》,等等。指挥托维在乐曲演奏间隙中,如与友人冬夜围炉交谈一般,将他本人在英国作曲家霍尔斯特家乡古镇的感受,还有柴可夫斯基作品中那新雪覆盖的平安夜森林美景,向观众娓娓道来,让听者如临其境。

当《平安夜》响起时,人们纷纷悄然起立聆听,我诧异为什么这回合唱团的声音大了很多,还越来越大,随后立刻就明白了,这是人们在低声唱和,跟唱的人越来越多,声音也就越来越响亮,我也加入了这众声合唱。接近尾声时,一位老兄的声音提前飘出了人们的合唱,算是出了把风头,还是个很不错的男高音。

《平安夜》是人们最熟悉的圣诞歌曲。其原始歌词由约瑟夫·穆尔神父用德语写成,作曲则是由奥地利一所小学的教师弗朗茨·格吕伯完成。此歌被翻译成四十多种语言,是最流行的圣诞歌曲,即使没有音乐伴奏人们也能吟唱。

这首颂歌第一次在奥地利奥本多夫的尼古拉教堂演出时,是在1818年12月25日。穆尔神父虽在两年前就写出了歌词,但是在这个寒冷的平安夜才带给格吕伯,请他马上写出一首吉他伴奏曲子。他这样做的原因不明，传说当晚尼古拉教堂的管风琴不能工作（据说因为老鼠咬坏了管风琴的风箱，感谢这只神奇的老鼠）。而格吕伯也不负朋友期待，只用短短数小时就谱好了曲子。

《平安夜》的原始手稿已经遗失，不过1995年发现了一份穆尔神父写于1820年左右的手稿，上面显示他在1816年被分配到奥地利一个教堂时写了歌词，还显示格吕伯在1818年曾为歌词作曲。格吕伯由于受到当地音乐的影响，其所作的乐曲旋律类似于奥地利民间音乐。

关于这首歌的另一个说法是，第一次演出后，它很快就被人们忘记了，直到修管风琴的师傅1825年发现了手稿才重新上演（是不是又是那只搞破坏的神奇老鼠？它简直就是上帝派来的一位特工）。格吕伯一生都在改编它。现有的穆尔神父1820年改编版保存在萨尔兹堡一家博物馆。

《平安夜》的曲调和歌词搭配得天衣无缝，聆听的人无论是否基督徒都会为之动容。如果说它是世界上最美妙动人的歌曲之一，相信没人会反对的。

中间休息时，我发现不少听众在脱去外套后都显正装，女着露背长裙，男着西服领带，原来互不相识的邻座们纷纷互相攀谈。无论黑白黄色，一片温暖和谐气氛，恍如置身大同世界。一位着西装领带的老者和后座的一个韩国人家庭攀谈他的中国之行。可叹我左右皆空座，只好自嘲今夜坐的是君王席，孤家寡人。

我有一个感受：人性如流水，自然有下流的趋向，而纵观人类向善的历史，就是挣脱这一自然趋向的努力过程。音乐即是为人性指路的向导之一，人性的进化始终在音乐的熏陶中发生着。当孔子听到《韶》时，不禁由衷地赞叹道："《韶》尽美矣，又尽善也。"身为教育家的孔子，在他所授课目"六艺"，即礼、乐、射、御、书、数中，礼乐并提，可见音乐在他心目中的极高地位。今夜，在这异域的文化殿堂，在圣诞飘飘乐声中想起夫子教诲，深感人性境界之古今中外殊途同归。

一位"圣诞老人"登台送给指挥托维一个大玩具麋鹿，然后站上了托维的位置，指挥乐团完成一曲演奏，这位圣克劳斯先生表现得还挺专业的，被"抢走饭碗"的指挥做了个无可奈何的手势，把观众们乐坏了。

演出终曲结束于亨德尔的旷世杰作——清唱剧《弥赛亚》中的大合唱——《哈利路亚大合唱》，全体起立吟唱，气氛热烈感人。

亨德尔在 1742 年写作清唱剧《弥赛亚》，他的写作速度惊人，二十四天便完成了全部曲目。在写作中亨德尔常常被感动得泪流满面，泪水浸湿了手稿。尤其当他写到《哈利路亚大合唱》时，曾双膝跪地，双手向天，喊着说："我看到天门开了。"当年在柏林首演引起巨大轰动。在伦敦上演《哈里路亚大合唱》时，英王乔治二世按捺不住激动，站着听完了全曲。从此以后，《哈里路亚大合唱》要站着听相沿成习。1759 年春，七十四岁的大师仍亲自指挥演出，演出结束时老人在暴风雨般的掌声中倒下了。几天以后，这位乐坛巨星陨落了。亨德尔享受了英国国葬待遇，长眠在历代国王圣贤下葬的威斯敏斯特教堂墓地。

这次音乐会之前十年，我在访问伦敦时曾到过威斯敏斯特教堂，拜访过包括亨德尔在内的诸多英伦名人墓。也在那一年赴圣彼得堡时，到涅夫斯基教堂墓地向柴可夫斯基大师致敬。

这场圣诞音乐会之后又过了五年，我在奥地利旅行时，拜访了《平安夜》歌词作者——穆尔神父——曾经服务过的一个山村小教堂。车抵达拉姆绍村时，刚好是中午十二点整，那个叫圣巴托洛缪的小教堂钟声正回荡在积雪闪耀的阿尔卑斯山峰和红叶飘零的山谷之间。从穆尔神父开始写这首歌词时起，时光已经悄悄走过了两个世纪。

泪水之路

一

离开美国南方回国前，我们要卖掉那辆黑色本田车。因为卖车，我太太结识了琳达，一位在教会活动上遇到的美国老太太。琳达挺热心，帮忙张罗在伯明翰市的当地报纸上登卖车广告，还给我们打气说："这车很棒，别担心卖不掉，你们尽管按可心的价格卖，不行就让我来买。"我和太太大受鼓舞，可连续接触了几拨意向买家以后，感觉比较费心，就干脆按照我们的心理底价卖给了琳达。双方皆大欢喜，琳达老太太终于可以换掉她那辆咣当作响的破雪弗兰了，她每次开车去教堂，新来教会的人看到她的车破成那个样子，都不免大吃一惊。

六十岁上下的琳达夫妇，是典型的美国南方老百姓，质朴诚恳、老实天真、一脸"傻乎乎"的样子，让人想起20世纪著名插图画家罗克威尔笔下的美国社会滑稽众生相。琳达比较胖，肉嘟嘟的身材显得身上的连衣裙很紧张，关键是眼泡、脖子与鼻子上的肉也争先恐后地咕噜猛长，颇有点喜感。然而她那张胖胖的脸，却泰然自若，非常祥和，那是信仰神明的心灵透出的一种光。琳达在医院做临终关怀的义工，我想，一个即将辞世的人，看到琳达向自己投来的关切眼神，可能会对将要开始的未知旅程少了几分疑惑和害怕吧。

琳达两口子来拿车那个傍晚，我和太太准备了晚餐，来庆祝这个交易。琳达的先生，工程师丹尼，又瘦又结实，脸皱巴巴的，活像一枚干硬的坚果。这两口子站一块儿，就好似一对脱口秀的演员。当丹尼看到院子里那辆二手黑色本田时，竟然快活得像个孩子一样手舞足蹈起来。他拿着汽车的遥控钥匙，不停地按着，享受车门自动上锁和解锁的咔咔声，哈哈笑着，说这是他第一次试自动车钥匙，太好玩了。

大家吃得很开心，琳达夫妇对我太太做的中国菜赞不绝口，太太在得意之余，狠狠瞪了我几眼，算是报了我平日挑剔她厨艺之仇。突然，丹尼老头话头一转，问我俩对坐飞机有没有兴趣。我与太太相互对视了一眼，心想这个问题有点怪，美国这么大，到哪里都要飞来飞去，谁没坐过飞机啊。老头可能察觉到了我们的诧异，略显尴尬地咳了一声，说道："我是说，我们想请你们夫妇，坐一次我们的私人飞机。"

我和太太顿时张大了嘴，惊得差点没让下巴掉下来。刚刚买下我的二手本田车、告别自己那辆老破雪佛兰的琳达夫妇，他们竟然有私人飞机？

吃惊归吃惊，我们还是接受了他们的邀请，准备在即将到来的周末，随琳达夫妇上天观光一趟。丹尼问我们，是希望在伯明翰上空绕飞一圈，来一次城市观光；还是愿意跟他们飞一趟邻近小城市塔斯卡努萨，在那里用晚餐后再飞回来？我们想，既然都飞上天了，不妨多飞会儿吧，于是就选择了飞塔斯卡努萨。只是心里祈祷，那飞机可千万别像他们原先的那辆汽车一样破。

二

到了周末，琳达开着我们卖给她的黑色本田，带我们去机场。丹尼已经将他的那架白色小飞机开出了机库，此刻戴着飞行耳机，在飞机旁等我们。

接下来，丹尼语带歉意的几句话，又让我们吓了一跳。他说，抱歉得很，他本来准备用他的另一架飞机，那架飞机更新更舒适一些，但因为这个夏天他们准备从南方的家——亚拉巴马州飞到遥远的阿拉斯加去露营，出远门前飞机须做维护，现在还没有完成。我连声说"没关系""没关系"，心想你们还有多少出"拍案惊奇"要上演啊，两眼却盯着那架单引擎小飞机瞅。还好，它虽然半旧不新的，却也收拾得干净利落，精神头十足，颇像它的主人老丹尼。

琳达看到我们惊讶的样子就解释说，他们并不是有钱人，只不过喜欢玩飞机，于是节衣缩食养了两架小飞机，很多美国人都有这样或那样的癖好，不过别人可能玩的是游艇啊、老爷车什么的。琳达还笑着说，为了多玩几年飞机，只好不让在邻州佐治亚一个核电站上班的丹尼退休了。我这才明白，为什么这老两口一直开那么破的一辆车了。也许，他们没有养孩子，也是因为要玩飞机。

我们先爬上飞机翅膀，然后爬进了机舱，丹尼在塔台无线电的指引下，很快就开着飞机上了天。就这样，两家人，两条完全不相同的生活轨迹，在美国南方的天空上、一个狭小的空间里实现了交集，你也就成了他人世界的观摩者。

机舱不大，可以坐四五个人，因为隔音效果差，发动机的嗡嗡声让你无法与人交谈。以前我都是乏味地度过飞行时间，今天的飞行高度，让我可以很好地欣赏大地的美景。

我们几乎径直向着西下的斜阳飞去，夕照的光线在云层下方斜射到大地上，给所有的景物镀上了一层金，也让河流、湖泊水面跳跃起一道道火焰般的光芒。一望无垠的大地，由树林、草地与田野反复交替拼织而成，其间点缀了各种精致的楼房，间或可见白色的尖顶教堂。田野上阡陌纵横，道路伸向远方。飞机里的人都默不作声，天地之间的景色让每个人有与神同行的庄重感。我多少有点理解：琳达夫妇一辈子不置家产，不抚育后代，而迷醉于飞行。因为，飞行能给予人最放松的自由之感。是的，自由，只有飞翔在天空里才能得以完美实现。人们相遇在沙漠、在海洋、在山巅，但只有天空，才有着无限多条永远不会交叉的道路，你可以在那里尽享你的孤独，而不用担心有人来打扰。

面对大地上的历历景物，我让自己的思绪在风中放飞，去追逐时光。

大地沉默着，隐藏了无数的秘密。很多生命在这块土地上出现和消失，有些是花开花落一般的自然，有些却是惨遭摧残、碾落成尘。历史消散如烟，我的思绪却追赶上早已远去的那些背影。

时光倒流回一百七十年前，飞机正在掠过的下方地面上，一群人的长长队列正缓慢走在一条尘土飞扬的路上。这群人是印第安人，这条穿过好几个州的迁徙之路，叫泪水之路，世代居住在北美东部土地上的印第安人，被迫经过这条路长途迁移到西部，为白人腾出东部的土地，然后白人用从非洲贩来的黑奴，发展南方种植园经济。那些曾经在这条路上艰难跋涉着的印第安人中，很多人死去后被就地掩埋。最终，成千的印第安人死在泪水之路上，化为这块原野上的尘土。

历史的万花筒，在织锦似的大地上旋转，变幻出一幕又一幕场景。印第安人的身影消失在泪水之路，仅仅一代人的时间之后，要求废奴的北方与蓄奴的南方之间，又在北美大地上燃起了熊熊战火。我们下方的南方亚拉巴马州，自然在南北战争中加入了南方联盟，我们正在飞往的小城塔斯卡努萨，因为远离前线，就成了关押北军战俘的地方。在战争最后的日子里，北军闪亮的刺刀终于出现在这片原野上，塔城燃烧成了冲天一炬。

大历史的烽火狼烟散去了，大地上留下的不仅仅是战争英雄的雕像，也有寻常儿女的哀怨故事。在飞机上，我的眼目随着一条公路远眺，它伸向南方地平线，那里有一个叫马里昂的小镇，小镇边有一栋红砖楼，当地人传说，有时会看到四层顶楼的塔室窗口隐现一张年轻女人苍白的脸。她一直在等待恋人从南北战争的沙场上归来，那人终究没能够回来，于是，她死后鬼魂就一直守在那间塔室。也许，她就是在那里目送心上人渐行远去，直到那个背影最后消失。我突然觉得，这个美国南方哥特式文学魅影深浓的传说与清朝王国维笔下的人生境界三叹非常暗合：

昨夜西风凋碧树。独上高楼，望尽天涯路。

衣带渐宽终不悔，为伊消得人憔悴。

众里寻他千百度，蓦然回首，那人却在灯火阑珊处。

你一定还会想到古诗《陇西行》中最著名的那两句："可怜无定河边骨，犹是春闺梦里人。"美国南方小镇上传说中的那个凄婉的女鬼，其实是古今中外无数乱世佳人眼泪凝结的化身。

也许，夕阳不太情愿为我泄露这方土地上过多的秘密，开始一点点收回它的余晖，而从飞机上看，小城塔斯卡努萨也在望了。

三

飞机降落在一个私人飞机专用机场，在环境优雅、风格低调的宾客厅等待片刻，坐上机场地面服务包租的小车，趁着还有天光，丹尼开车带着我们顺便逛了逛塔城的阿拉巴马大学校园。

原来，丹尼和琳达年轻时，就是在这个校园里相逢、相爱的。因此，每年他们都要来一次塔斯卡努萨，纪念两个人在这里度过的青春时光。这次我们算是搭上一次顺风机。在经过某个对他们有特殊纪念意义的地方时，丹尼或琳达都会向我们简单介绍。比如，丹尼在哪个运动场上比赛，琳达在场边当啦啦队员疯叫；某次看夜场电影后，在某条大街和公园溜达到深夜……有的地方，他们只是相视会心一笑，不发一言。

车开到一条小河边，在水畔的浓荫中，有一家餐厅，环境非常幽雅。琳达夫妇选择了屋角的一张小桌，我们选择了近窗的另一张桌子，相隔两三张桌子，好让他们享受旧梦重温的二人世界。我们点了两份鱼餐，边吃边欣赏落地窗外的河畔景色。夕阳已经落在天际线后面了，河面倒映着胭脂色的霞光，一条黑黢黢的小船上，两个身影还在黄昏的微光里捕鱼，我问侍应生，他说我们吃的鱼就是那条船刚刚捞上来的。

餐后来到水边草坪散步。这条浓荫夹岸的河流，名字叫"黑武士河"，是纪念 16 世纪著名印第安大酋长塔斯卡努萨的，在美国东南部印第安语里，"塔斯卡努萨"就是黑武士的意思。原来我们来到的这个小城，就得名于那位反抗西班牙人而宁死不屈的酋长。

这是一个发生在三百多年前的悲壮故事。

1540 年，西班牙征服者德索托，率一支探险队辗转来到今天的亚拉巴马州，当地的印第安大酋长塔斯卡努萨主动派遣使者向德索托表示恭顺，并欢迎西班牙征服者在他的领土内自由行走。

德索托拜谒了大酋长。这位酋长高大威严，一看就不像是轻易屈服的人。为了安全起见，德索托决定要带着这位酋长一起穿过他的领地，实际上就是把他当作人质，而酋长也爽快地答应了。

果然，德索托早前派出的人回报，塔斯卡努萨确实另有图谋，他已经悄悄命令麾下武士带着兵器，在前面一个叫马比拉的要塞中集结，并加固要塞防御。

　　抵达马比拉之后，塔斯卡努萨果然转变了态度，表示不愿意再继续跟随德索托行军，并找了个借口从德索托身边脱离。德索托知道上当了，在他的部下杀死了一个拒绝给塔斯卡努萨报信的原住民时，冲突爆发了。猛烈的袭击迫使德索托一行挣扎着向村镇外撤退，遭受了严重伤亡。

　　很快，被西班牙人带来的印第安奴隶也摆脱了镣铐，并加入到了袭击西班牙人的战斗中，一些西班牙人在撤退的过程中把武器丢在了村镇里，被印第安武士们得到。情势越来越危急，但西班牙的后续部队抵达了，德索托命令装备精良的士兵攻城。包围了城镇的西班牙人用火绳枪和骑兵长矛，屡屡将印第安人逼退回村镇之中。印第安武士虽然人数众多、作战勇猛，但在西班牙人的技术优势下，以弓箭和刀斧为主要武器的他们，始终无法占到上风。

　　战况十分残酷，西班牙士兵筋疲力尽，不得不退到附近的池塘，饮下被战死者鲜血严重污染的池水解渴，然后重新加入战斗。最终，西班牙人决定采用火攻战术。

　　很快，聚集着大量印第安武士的城镇，就被熊熊烈火包围了，失去逃生希望的印第安人，纷纷冲进燃烧的屋舍内，然后被活活烧死。马比拉镇在西班牙人的包围下，燃起了浓烟烈火。是役，塔斯卡努萨酋长和他的儿子，连同两千多名印第安武士一起阵亡；

西班牙一方，共有包括德索托两位亲戚在内的十几名重要人物被杀，还有许多西班牙士兵战死，以及百余名伤者，对一支欧洲探险队来说，可谓损失惨重。

发生在今天亚拉巴马州的马比拉之战，拉开了北美大陆上欧洲人与北美原住民之间惨烈冲突的历史大序幕。

离开黑武士河畔，我们驱车返回机场。飞机在暮色中起飞，向伯明翰城飞去。

四

丹尼邀请我坐到副驾驶座上，看他开飞机。从驾驶舱的前挡风玻璃望出去，视野更开阔，可惜黄昏将尽，只有天边残留的一抹深红色晚霞和大地上零星的灯火了。

尽兴而返，一路无语。直到望见万家灯火的伯明翰，才又兴奋起来。

丹尼特意开飞机绕着城市中的一座山——红山，飞了半圈。山顶上，那座罗马神话中的锻造之神，也就是火神伏尔甘的铁铸像被白色射灯映射，在夜空中发着光，比白天我在伯明翰阿拉巴马大学（分校）校园远望到的样子要好看许多。想到20世纪初，用这座山上的铁矿石铸成的世界第一铁雕像，原打算放置在市中心广场上，却因为市民认为这位男神光着屁股不雅而将其赶到山上去了。那位雕像设计师，名叫莫雷蒂的意大利人，当时一定为美国人的保守观念大感惊讶。从这个故事中可以看出以清教徒立国的美国社会里，南方更为传统和保守。

红山是一座铁矿石山，我们平日驱车从大学公寓区去城市商业区，经过红山口的断崖时，可以见到山体岩面通体的赭红色，想来红山因此而得名。

以亚拉巴马州丰富的铁矿和煤矿资源为依托，南北战争结束后，伯明翰地区建立了巨大的钢铁联合体，那座全球最大的锻造之神铁铸像，就是在1904年圣路易斯的世博会上展示伯明翰钢铁工业形象的大手笔。

我曾经很纳闷，南北战争之前，这些人干什么去了？如果当时的南方联盟，在战线的大后方亚拉巴马州拥有一个伯明翰钢铁托拉斯，那北方联邦就不一定赢了，光是红山一座铁矿就能生产出足够多的铁炮、弹丸和枪刺，那会让格兰特和谢尔曼的北军吃多大的苦头呢？

南北双方高举的旗帜分别是保卫家园与解放黑奴。真正决定战争胜负的其实是两种经济模式——南方种植园经济与北方工业经济。南方肥沃的土地与温和的气候加上从非洲贩来的黑奴，使棉花种植利润极其巨大。这也是南方守着丰富的煤铁矿资源，却迟迟不发展钢铁工业的原因。可以说，是南方的棉花扼杀了南方的钢铁，而最终，却是北方的钢铁打败了南方的棉花。

出来混总是要还的。靠极其非人道的奴隶制，南方赚来了大把不义之财，结果就是随风而去。尽管我一向对《飘》的作者心怀敬意，专程拜访过她在亚特兰大的故居，对玛格丽特·米切尔笔下的老南方那田园诗一样的美景心生向往，但良心告诉我，那是建立在不道德之上的一种生活。尽管南方美国白人是被迫结束了那种田园诗生活，但他们也从此卸下了一个沉重的灵魂十字架。不然的话，在今天的无月之夜，这黑沉沉的大地上，又会有多少黑奴在猎狗和猎枪的追击下夺命逃亡？

随着飞机稳稳落地，几个小时的旅程结束了，我们与琳达夫妇友好地告别。一次卖车引出的机缘，让我在美国南方的天空，像读一本打开的书那样阅读了这一方土地，也感受了在它上面生活的人们所享受的自由。

我们回国后，我太太有时还会收到琳达的电子邮件，她絮叨着自己的家常、与丹尼的旅行，还请朋友们去看他们放在脸书上的旅行照片，当然身在国内的我们是无法看到的。有一封邮件说：她父母留下来的家族产业——一个小咖啡馆，本来是一直由她们几个姐妹经营的，却在最近遭了火灾。最可惜的是有件收藏在店里当装饰的古董也被毁了，很是惋惜云云。两人互相通信好一阵子，直到谷歌被百度赶跑，我太太的谷歌邮箱也从此丢了，电子邮件联络才中断。

这次飞行已经过去多年，每当我回忆起在美国南方度过的时光，眼前就会出现一个情景：一对银发夫妇，并肩坐在一架小飞机里，去赴天空里的约会，他们在漫天夕阳中慢慢飞着，优雅地老去。

宝拉教授

一

宝拉教授是多年前我在美国佛蒙特大学的科研导师。我写下这篇怀念她的文字时，这位和蔼可亲的美国老太太已经离开人世四年了。我收到宝拉的最后一封来信却是在她去世一年多后——我出国到加拿大探亲的那个夏天。到多伦多的次日凌晨，我打开尘封已久的谷歌信箱时，看到了宝拉在她生命中最后一个感恩节给我的一封电子邮件。那时她应该已经病得很重了。这封短信其实是她给我留下的遗言，信中有这样一段文字：

"我不需要感恩节来提醒我，有你作为我的朋友是多么幸运。感谢你给予过我的所有安宁和欢乐。"

我的双眼立刻湿润了，望着窗外湛蓝的天空，我极力想象宝拉在天堂里的模样。你好！宝拉，你最后的来信，我已经收到了。你知道，总有一天我会读到它，把它当作你从天堂的来信，是吗？

二

对宝拉的回忆，就从佛蒙特那个红叶飘飞的秋天开始吧。那时我来到宝拉的研究组已经一年了，微生物系要为这位为大学服务了三十五年、德高望重的老教授开一个荣誉退休研讨会。对于一位大学教授来说，这是个很高的荣誉。系秘书黛比告诉我，她来系里这么多年，这事还是头一回遇见。大学为此请了宝拉研究领域里数位北美顶尖科学家作为嘉宾向她致敬。

果然，荣誉研讨会上第一个正式亮相做学术讲座的嘉宾，就令全场倾倒。

来自加拿大 UBC（不列颠哥伦比亚大学）的芬利教授上台后一言不发，从怀里掏出一支高音萨克斯管，自顾自地吹了起来。那悠扬美妙的旋律，让众人一惊之后立刻为之倾倒。一曲吹罢，芬利教授微笑致意，说这样做只是想告诉大家，科学家并不是人们想象中的一群乏味无趣的书呆子。在这番小小的"自鸣得意"之后，他开始了同样精彩的学术讲座。宝拉的一个助手告诉我，芬利教授早年的研究生涯中得到过宝拉教授不少帮助，所以这次专程来参加宝拉的荣誉退休研讨会。

其实，这种类型的研讨会，与普通学术会议有着明显的不同。它的气氛要轻松活跃得多，更像是学术圈中人的一场节日派对。学者们在展示各自的研究进展时，竞相插科打诨，也常常调侃荣誉退休的教授本人，表达一种另类的致敬。这让我在瞠目结舌之余，又觉得饶有风趣。

比如，我们邻组的副教授明茨——他总是和我们组一起开课题讨论周会，在他的学术讲座幻灯片里，出现了一张宝拉教授面对一个实验结果活脱脱气急败坏的照片。配上的画外语是："这该死的虫子，它究竟想告诉我们什么呀？"

又比如，我们系一位中年男性教授，回忆起他读研究生时，随宝拉教授到一间实验室做实验。宝拉在那里发现了一本书，顿时高兴得大叫："我找你找得好苦，还以为再也找不到了呢！"这位男教授装出很神秘的样子问大家："你们知道宝拉找到的是什么书吗？那是一本关于性的书！"

在众人的哄笑中，宝拉颤巍巍地站了起来，老太太的脸上竟然现出一丝少女的羞涩。她说那其实是《金赛性学报告》，当年轰动美国的、一本有科普意义的学术专著。一次夜间做实验，等得无聊，就随手翻看不知谁丢在那里的这本书，不想越看越被吸引。隔天书却不见了，让她好生失落，所以当这本书失而复得时，让她大喜过望。

另一位女教授——宝拉以前的学生，站起来"揭发"了宝拉多年前一件往事：一次在某个城市开学术会议，到了晚上，宝拉悄悄地拉上她的这位女学生跑去一家夜总会，看了一场脱衣舞表演！大家又是一阵疯狂地大笑。这回可怜的宝拉没法向大伙辩解什么了，老太太只好在哄笑声中捂住了脸。

系主任苏珊教授的发言给宝拉解了围。她回忆起十九年前，在一个机场转机时遇上了宝拉教授。那时苏珊刚刚博士毕业，正在人生的十字路口迷茫徘徊，宝拉鼓励她继续走科研之路，并招她来佛蒙特大学，这一场邂逅改变了苏珊的人生。

最后一位演讲人，是来自佛罗里达大学的学者，在他最末一张幻灯片上出现了著名的爱因斯坦质能方程式——$E=mc^2$。宝拉在随后的答谢致辞中提道，年轻时她曾经与爱因斯坦有过一次短暂的见面与对话。那次谈话，对当时还是一位修女的宝拉后来走上科学之路，起了极其重要的作用。

看到身躯衰弱、拄着拐杖才能行走的宝拉教授和陪伴在她身旁、精力充沛的苏珊教授，想到宝拉谈起她年轻时与其对过话的暮年爱因斯坦教授，一个词很清晰地浮现在我的脑海——传承。

三

宝拉出生在20世纪30年代纽约布鲁克林区的一个爱尔兰家庭。这是一个多子女的天主教家庭，身为长女的她，没独享几年父母的疼爱，因为接二连三出生的弟弟妹妹而被父母不得不忽视了。家境的贫困让宝拉很早就成了教会学校的寄宿生，后来成了天主教多明我教派的修女。她早年在纽约哈莱姆区一家教会背景的中学教科学课程，还在纽约市科学教育委员会任职，是一名理科课程的学生顾问。这是宝拉后来有机缘遇见爱因斯坦的一个原因。

20世纪50年代初，当时还是一位科学课教师的年轻修女宝拉，参加了新英格兰地区一个科学教育工作者会议，会议举办者从普林斯顿大学请来了爱因斯坦教授。在会议中途茶歇时，爱因斯坦注意到一身修女装束、与众不同的宝拉，就主动走近与她聊天。宝拉还记得爱因斯坦对她说："科学家的工作，其实就是将上帝做的拼图，一块一块地重新拼接起来。唯此一途，人类方可接近与理解上帝。"

这是在宝拉荣誉退休研讨会后，我在一次单独向她汇报课题进展时听到的。听着老太太的回忆，想象一头乱发的爱因斯坦对宝拉说这些话时的神情，我不禁心驰神荡。爱因斯坦是在用这些话，来概括他尚未来得及完成的"统一场"论吗？

宝拉坦言爱因斯坦的话给了她很大触动，成了她后来从事科学研究的一个缘起。十多年之后，已经三十多岁还是单身的宝拉进入佛蒙特大学校园，开始攻读微生物研究生。在她攻博期间，与一位丧偶的著名植物学家——弗莱德教授结识并成婚。这是另一个对宝拉的生命影响至深的人。

我去宝拉家做客时，见到过弗莱德教授几次，那时他已经年过九旬，是一个阿尔茨海默病晚期患者，无法与人交流，但你仍可感觉到他慈祥的外表下隐隐透出的人性尊严。和宝拉有多年交情的中国台湾女学者玛格丽特告诉我："你无法想象弗莱德曾经是一个多么优秀的人，他博学、优雅、风趣、仁慈，让见到他的每一个人都如沐春风。"

四

玛格丽特的话，在宝拉教授荣誉退休研讨会之后半年，我从一群人那里得到了验证。那是在弗莱德教授去世第四天的追思会上，追思仪式在大学里的艾伦小教堂举行，空气中弥漫的只有淡如新英格兰晨雾一样的哀思与感怀，没有痛失斯人的悲恸。人们对弗莱德的崇敬之情，令我吃惊。虽然我得知佛蒙特州枫糖业的创立与发展弗莱德居功至伟，还有其他很多足以傲人的专业成就，但人们绝不仅仅因为这些而景仰弗莱德教授，他们更多是在谈论这位早年哈佛高才生的人格魅力。

我印象最深的是弗莱德与前妻的女儿——爱伦女士的讲话。

爱伦完全沉浸在对她父亲的回忆中，像一个梦游者在台上呓语。她谈到童年时与父亲一起在山脚下的果园采摘水果的情景；也谈到小弟弟提姆降生后，父亲将她和大弟弟彼得喊到一起围炉夜话，谈一个生命降临人世的意义；父亲弗莱德喜欢带着这姐弟三人观看节日花车游行和随后的乐队演奏比赛，并总能猜对最后获胜的乐队。"当然，那是因为他是我爸爸。"已年过花甲的爱伦女士语含骄傲地说。

从那以后，宝拉就一个人居住在那栋带大院子的房子里了，她与弗莱德教授没有生过孩子。好在她人缘极佳，经常有朋友去看望她。因为她行走不便，所以大家不太放心，我和太太也有空就去她家坐坐。宝拉很喜欢我太太，常和我太太唠家常。

看着她家院子内外的那些大枫树在秋天里姹紫嫣红，我脑补出一个情景：人们遵照弗莱德生前的遗愿，将他的骨灰从飞机上撒向了佛蒙特州漫山遍野的枫林，那是他毕生的成就所在。那个午后，宝拉独自一人坐在院中，看到一架小飞机从头顶飞过，知道那是弗莱德来向她做最后的告别。突然，她看到水杯的液面上，一片灰白色的东西正微微颤动着，分明是刚从天上飘落下来的、她此生唯一的挚爱——弗莱德的骨灰。宝拉对着那片漂浮的骨灰凝视了好久，然后一只手拄着拐杖，另一只手端起水杯，颤巍巍地站起来，慢慢走向院子里的那棵大枫树，那是弗莱德在多年前亲手栽下的。宝拉来到树下，一边对爱人低声讲着什么，一边将那杯骨灰水倒在了树下，然后转身离开。

对不起，这个意象可能来自我依稀读过的某个电影剧本中的场景，我用了它来映现当年宝拉对弗莱德的追怀。现在他们已经在天堂重聚了，两位慈爱的长者想来不会介意我这一冒失的想象吧。

五

回国后，我和太太每逢圣诞节都给宝拉寄去礼物，其中一些中国风的工艺品很适合她挂在圣诞树上，那棵大圣诞树简直就是她的记忆百宝箱，挂满了朋友们多年以来的问候礼物、相片、明信片、纪念品。

然后，在2015年年初的一天，我突然收到了佛蒙特大学微生物系主任苏珊教授的来信。

亲爱的志翔：

我非常悲伤地写信告诉你及所有人，我们亲爱的朋友和同事——宝拉·范弗斯·泰勒博士在1月28日星期三去世了。

宝拉教授不仅是一位具有国际声誉的杰出科学家，而且是一位鼓舞人心的导师和教育家。她的逝世对我们整个学术界都是一个损失，她的学术成就与人品都将被人们深深地怀念。

宝拉作为研究生开始了她在佛蒙特大学的学术生涯，她在 1973 年获得博士学位，在研究细菌与宿主细胞相互作用方面成绩斐然，并成为研究牙菌斑和疾病之间相关性的专家。她的实验团队是第一个证明了牙周微生物对上皮细胞入侵的先驱团队。因为她的卓越研究，美国国立卫生研究院连续给予其二十三年基金资助，其中包括十个年度的著名 NIH（美国国立卫生研究院）奖。作为一名多产的科学家，她在微生物学领域享有卓越的声誉。

在宝拉的整个职业生涯中，教学作为研究和服务的一部分，令她赢得了无数的奖项，其中包括佛蒙特大学著名的基德卓越教学奖、1999 年度杰出教师奖，并被评为佛蒙特大学沃尔曼奖的最佳获奖者。宝拉教授的研究荣誉同样令人印象深刻，她于 2004 年入选美国微生物学学会院士，并获得了 2002 年度国际口腔生物学研究奖。此外，她作为 AADR（全美牙科研究学会）国家咨询委员会、美国国立卫生研究院口腔生物学和医学研究部的成员，担任国家级专家。此外，她还担任了佛蒙特州科学与工程学院院长、国家科学基金会杰出女科学家讲师，向高中生演讲，鼓励女性从事科学研究。

在 2003 年退休后，宝拉将她的工作激情倾注到一个新的职业——临终关怀，作为一名志愿者，她通过当地的护士协会为患者提供生命临终支持，并持续参加这个项目直至 2014 年。

在这个悲伤的时刻，我们和她的家人一起共寄哀思。纪念仪式将于 2 月 1 日星期日下午两点在大学校园的艾伦小教堂举行，随后在比林斯图书馆举行招待会。

苏珊·华莱士

我没能赴美参加这个三天后就要举行的追思会。在得知佛蒙特大学在校园里为宝拉种下了一棵纪念树后，我委托好友壮宇君，辗转找到了一位在纽约哥伦比亚大学读书的广州女孩，嘱托她如果访问佛蒙特，请为我找到这棵树，并拍照以为凭吊。

前年秋天，我转收到了这位哥伦比亚大学女孩寄来的一组照片。在一方绿茵茵的草坪上，亭亭玉立着一株小枫树，背景中，微生物系的建筑物依稀可辨。坠落枫叶点缀的草地上，嵌着一块铜铭牌，上面的铭文写道：

纪念挚爱的

宝拉·范弗斯·泰勒教授（1933—2015），

良师、先生、同事和朋友，

她的精神仍在令这世界发生着改变。

致　谢

　　首先，我要向故事中遇见的所有人致以深深的敬意。没有他们，自然也就没有这本书。

　　同时致谢本书的推荐人：鄢烈山、傅国涌、马勇、叶匡政、谢作诗、胡传吉、杨佩昌、蔡慎坤等老师，以及为此书提出过宝贵意见的王力女士。

　　鸣谢中山大学口腔医院的所有领导和同事们、中大赴港体检队的医学同行朋友，以及武汉、广州及海外的所有师友。

　　感谢家人、亲友们的理解与支持。

　　最后，特别感谢我的妻子罗文秋。一路相伴的你，是本书中故事之旅的同行者、见证人和第一读者。我生命中的一切美好皆因有你。

彭志翔

二〇一九年九月于广州越秀

图书在版编目（CIP）数据

历史的隐秘角落 / 彭志翔著 . —成都：天地出版
社，2020.1（2021.9 重印）
ISBN 978-7-5455-5285-0

Ⅰ.①历… Ⅱ.①彭… Ⅲ.①随笔—作品集—中国—
当代 Ⅳ.①I267.1

中国版本图书馆CIP数据核字（2019）第227115号

LISHI DE YINMI JIAOLUO

历史的隐秘角落

出 品 人　陈小雨　杨　政
作　 者　彭志翔
责任编辑　王继娟
封面设计　今亮后声 HOPESOUND pankouyugu@163.com ·任晓宇
责任印制　董建臣

出版发行　天地出版社
　　　　　（成都市槐树街2号　邮政编码：610014）
　　　　　（北京市方庄芳群园3区3号　邮政编码：100078）
网　　址　http://www.tiandiph.com
电子邮箱　tianditg@163.com
经　　销　新华文轩出版传媒股份有限公司

印　　刷　廊坊市印艺阁数字科技有限公司
版　　次　2020年1月第1版
印　　次　2021年9月第2次印刷
开　　本　880mm×1230mm 1/32
印　　张　10
字　　数　223千字
定　　价　58.00元
书　　号　ISBN 978-7-5455-5285-0